实用对联大全

陈晓晖◎编

第二版

气象出版社
China Meteorological Press

内容简介

本书介绍了对联基本知识，收录了近万副实用对联，包括：春联、元宵节联、中秋节联、重阳节联、婚联、贺生育联、贺寿联、贺建房联、大门联、中堂联、店面联、挽联、名胜联等，可谓数量众多、种类齐全、古今荟萃。在同类对联排序上，本书按照字数由少到多排列，方便读者查阅。同时，本书给对联中的生僻汉字标注了汉语拼音，对难解词语的典故出处及其含义进行了注释，是极富实用性与知识性的对联大全集。

图书在版编目（CIP）数据

实用对联大全/陈晓晖编. --2 版. --北京：气象出版社，2021.1（2023.4 重印）
ISBN 978-7-5029-7340-7

Ⅰ.①实… Ⅱ.①陈… Ⅲ.①对联－作品集－中国
Ⅳ.①I269

中国版本图书馆 CIP 数据核字（2020）第 240961 号

实用对联大全（第二版）
Shiyong Duilian Daquan（Dier Ban）

出版发行：气象出版社
地　　址：北京市海淀区中关村南大街 46 号　**邮政编码**：100081
电　　话：010-68407112（总编室）　010-68408042（发行部）
网　　址：http://www.qxcbs.com　**E-mail**：qxcbs@cma.gov.cn
责任编辑：杨　辉　**终　　审**：吴晓鹏
责任校对：张硕杰　**责任技编**：赵相宁
封面设计：地大彩印设计中心
印　　刷：三河市君旺印务有限公司
开　　本：710 mm × 1000 mm　1/16　**印　　张**：19
字　　数：160 千字
版　　次：2021 年 1 月第 2 版　**印　　次**：2023 年 4 月第 2 次印刷
定　　价：38.00 元

目 录

对联知识 / 001
对联是什么 / 003
有关对联的基本概念 / 004
对联的形式 / 005
春联 / 007
数字首字联 / 009
生肖春联 / 021
城乡通用春联 / 031
军营春联 / 096
教学、科研、文化机构春联 / 097
各类商铺、公司春联 / 099
春联横批 / 102
其他节日联 / 105
元宵节联 / 107
清明节联 / 113
端午节联 / 114
中秋节联 / 116
重阳节联 / 117
婚联 / 119
通用婚联 / 121
特殊婚联 / 146
四季婚联 / 151
择日婚联 / 167
婚联横批 / 173
贺生育联 / 175
贺生男联 / 177
贺生女联 / 179
贺孪生联 / 180
贺生孙联 / 180
贺生曾孙联 / 181
贺幼儿百日联 / 182
贺幼儿周岁联 / 182

贺寿联　/ 183

通用寿联　/ 185

贺女寿星联　/ 193

男女双寿联　/ 194

切龄寿联　/ 196

贺长辈寿联　/ 203

贺师长寿联　/ 205

贺各界人士寿联　/ 206

寿联横批　/ 207

贺建房联　/ 209

贺奠基、上梁联　/ 211

贺竣工联　/ 213

贺迁新居联　/ 216

贺四季迁居联　/ 224

贺建房、竣工、乔迁联横批　/ 226

建筑装饰联　/ 227

家宅联　/ 229

宾馆、民宿、别墅用联　/ 235

挽联　/ 241

通用挽联　/ 243

挽男士联　/ 245

挽女士联　/ 252

挽祖辈联　/ 256

挽父辈联　/ 260

挽平辈联　/ 273

挽晚辈联　/ 280

挽各类人士联　/ 282

挽幛　/ 286

挽联横批　/ 290

名胜联　/ 291

对联知识

技规收则

对联是什么

对联是一种以对偶为基本修辞方法的文体，它的特点是：

1. 上下联字数相同

上下联字数相同是两句话能成为一副对联的基本要求。

2. 上下联句式相同

一般来说，如果上联是主谓结构，下联也应该是主谓结构，如果上联是动宾结构，下联也应该是动宾结构。另外，上下联句子的节奏也应该是完全一样的，如“青松蟠户外，白鹤舞庭前”，“青松”对“白鹤”，“蟠户外”对“舞庭前”，这样便是工整的对联，假如变成“青松蟠户外，鹤舞蹈庭前”，虽然结构还是一样，但节奏大乱，也不能视之为对联。

3. 上下联相同位置词性相同

也就是要求名词对名词、动词对动词，或至少要相近。

4. 上下联平仄相对

古代汉语音调分为“平上去入”四调，平声为平，上声、去声、入声为仄。现代汉语已无入声，平声分为阴平和阳平，上声和去声为仄声。汉语的音调全靠平仄相间来调动，才能变得抑扬顿挫，婉转好听。一副对联必须平仄相对，吟诵起来才有音律美。尤其是上联末尾一字为仄声，下联末尾一字为平声，这是对联在音调上的基本规则。尽管规则如此，撰联亦应遵守，但从古至今，确也存在一些对联作品并不严格依此安排上下联的尾字，这也与汉字的古今声调变化有一定关系。从实用的角度看，有时生活中常见的通用对联也可能因侧重字义而忽略了平仄的规则，这种情况虽不提倡，但也已在长期约定俗成的使用中固定下来。

5. 上下联内容相关

这是为了使一副对联能够有一个鲜明的主题。对联虽短小，却是以精悍、凝练见长，两联内容毫无关系，散乱不知所云，便缺乏属对的意义了。

有关对联的基本概念

上联——对联的前半部分。一副对联由两个句子组成，先出者为上联。上联一般以仄声字结尾。上联的位置，应在读者所面对方向的右侧。上联又称出句、上支、上比、对公、对头等。

出句——指说出或写出来令人应对的句子，一般指上联，但须根据收尾字平仄声来判断，有时也以下联为出句。

下联——对联的后半部分。古人称“后”为“下”，故对联中后书的部分为下联。下联一般以平声字结尾。下联的位置，应在读者所面对方向的左侧。下联又称对句、下支、下比、对母、对尾等。

全联——也叫“上下联”，指整副对联。

半联——半副对联，指只有上联，或只有下联。之所以会出现半联留存于世，一是由于年代久远，另半副湮灭无闻；二是本身不容易对得上对句，从而形成所谓的“绝对”。

单联——一是指半联，二是指与套联相对时称一副联为单联。

套联——由两副以上对联组成的内容相关、字数相等、同时用于同地的一组对联，比较少见。

支——一副对联可分为两支，上联称上支，下联称下支。

比——亦可表示为“支”，即上联或下联。

副——上、下联合称“一副对联”。古时表为“幅”，因“幅”之意常表单数，现已不用。

言——对联以上联（或下联）的字数计算，几个字则为几言。如“愿闻己过，求通民情”为四言，“春风放胆来梳柳，夜雨瞒人去润花”为七言。但长联一般称字而不论言。

扁——通“匾”，亦称“额”，常连用称“匾额”。

颜——指题匾额处，门楣。

幛——用于喜庆、哀挽等场合的交际礼品，分为喜幛、寿幛、挽幛等，一般是整幅的丝帛织品，上面题缀文字，并不要求与联相配。

横批——与对联配合使用的横额，多为纸制，亦称横幅、横疋（pǐ）、横头。

虚额——不直书地名，或用典，或拟景，较具文采的横额，如《红楼梦》中的“有凤来仪”“杏帘在望”。

实额——直书地名、店名的横额，如“同仁堂”。

对联的形式

正对——对联中最常见的形式，主要是由并列关系构成，上下联内容须相关，联内所用字词亦须工整相对。但是内容不可以完全相同，同义的实词不可相对。

反对——由转折（变换）关系构成，上下联意思相反的，联中所用的词语也多是反义的。

串对——就是一个意思分两句来说，上下联独立看来都无意义（至少意义不全），所以上下联一般都有因果、连贯、递进、条件、假设等关系，这种对也叫流水对。

工对——又叫严式，它要求以同类的名词相对，类别越精细，联则越工。凡以同类词、近类词或词性相同的联绵词相对的，都叫工对。古时的工对要求极严格，现代有所放宽。

宽对——和工对相对。其特点是在使用字词上不苛求小类和平仄相对，只需大类相对，句式结构大致相应即可。宽对也不是无限地宽，通常要求做到上下联句子句读相同，字数相等，语意流畅。

回文对——回文又称回环，是讲究词序可回环往复不绝的一种修辞方法，以趣味性为重。回文联有三种不同的写法：第一种，上联倒转作下联，如“人过大佛寺，寺佛大过人”；第二种，上下联顺逆同一，如“北陵奇景奇陵北，南塔新奇新塔南”；第三种，上下联颠倒互换法，如“禽鸣听耳悦，鲤跃视神怡”，亦可读为“怡神视跃鲤，悦耳听鸣禽”。

春联

数字首字联

一

一帆风顺
四季好运

一方和气
四面春风

一门瑞气
满院春光

一门毓秀
四季臻祥

一门有庆
五谷丰登

一片春色
四方吉祥

一声除旧
万户更新

一夜腊去
五更春来

一元复始
万象更新

一枝独秀
万木争春

一帆云做伴
千里月相随

一门开暖日
百鸟唱新春

一年春作首
万事公为先

一畦春韭绿
十里稻花香

一堂开淑景①
万众会新春

一夜连双岁
五更分二年

一枝迎春早
百朵吐艳多

一代风流人物
千秋幸福时光

一天兆丰瑞雪
满地化雨春风

一刻莫闲岁月
十分珍重年华

①淑景：美景。

一院芝兰瑞气
万家杨柳春风

一剪梅花献岁
千门笑脸迎春

一声爆竹除旧
万户桃符更新

一代英雄奔前景
满园桃李秀阳春

一代豪杰抒壮志
九州黎庶写春秋①

一路奔马蹄声碎
万家爆竹喜气浓

一路观梅知腊尽
几家沽酒待春归

一片晓烟杨柳绿
满山春色杏花红

一片欢声除旧岁
几多喜事会新春

一元二气三阳泰
四时五福大合春

一元复始天增寿
四海欢腾地又春

一心同步青云路
万众齐描大地春

一轮红日开新宇
万里春风绣绿洲

一年好景随春至
千秋宏图与日新

一声布谷迎春到
两手茧花接福来

一岁良辰千古节
百年正朔万家春②

一唱雄鸡天下白
初升旭日东方红

一寸丹心乡土恋
两枝玉叶肱股亲③

一帆春色迎朝曙
万顷碧波送晚霞

一派春光夸锦绣
万家灯火庆升平

一冬无雪天藏玉
三春有雨地生金

一室泰和真富贵
满门春色大荣华

一天春雨红梅笑
万里东风翠柳摇

一枝独放迎春到
万马齐奔报捷来

一片春花红间紫
两行烟柳翠绕青

一代雄才风流尽占
九州春意色彩纷呈

一柱擎天九龙腾跃
八仙过海五岳欢歌

①黎庶：百姓，民众。为使对联排列整齐，便于读者查阅，本书正文中脚注编号统一标注于对联句尾，余同。

②正朔：指农历正月初一。

③肱股：身边得力之人。

一代风流九州生色
八方锦绣四季呈祥

一片歌声不分童叟
满眼绮丽难辨城乡

一元复始九州同庆
八方和谐四季平安

一声爆竹庆民安国泰
三杯春酒祝人寿年丰

一季寻春鸟语花香鱼跃
四时问福家祥人寿年丰

一屏三色菜花黄麦青韭绿
百鸟千声布谷唤鹊噪鸠鸣

一曲农家乐乐满家家户户
千盏透杯香香遍寨寨村村

一代风流矫健步伐创大业
千军虎奋浩荡英姿建奇功

二

二月莺花声色动人耳目
九秋蟾桂影香惹我身心

三

三春及第
五福生根

三星高照
五福骈臻[1]

三江进宝
四海来财

三阳开泰
万象回春

三阳开泰
六合同春

三春驰骏马
四海驾金龙

三春布德泽
万物生光辉

三代夏商周
四诗风雅颂[2]

三阳从地起
五福自天来

三阳开泰地
万事亨通年

三阳生瑞气
百鸟唤春光

①骈臻：一齐来到。
②此为北宋王安石、刘攽联。

三阳临吉地
五福萃华门①

三春胜景诗中画
九州宏图锦上花

三春景象千般美
四合门庭百样新②

三春草长随人意③
四方河长似利源④

三春乍暖牛得草
一往无前马识途

三春喜庆三阳泰
五谷丰登五福临

三星在户财源旺
五福临门家道兴

三江春水三江酒
一寸光阴一寸金

四

四时吉庆
五谷丰登

四海生色
五湖呈祥

四柱擎天⑤
三阳开泰

四海春阳丽
五洲气象新

四海春风洽
千秋阳历长

四时花似锦
万众面皆春

四序开新律
九州度瑞年

四柱擎华夏
五星耀神州

四季时时胜意
千家事事舒心

四海升平鱼龙现
九州安定风月新

四海升平龙马跃
九州安定景色新

四野阳和春有脚
一江水暖月当头

四海九州皆丽日
三山五岭尽春晖

四季平安多福气
一堂和睦可长春

---

①萃：聚集。
②四合：四周聚合的。
③草长：青草生长。
④河长：河水长流。
⑤四柱：古代神话中，女娲炼石补天，并斩大鳌四足，立在大地四角，支撑天空，此即所谓“四柱”。

四海英才龙腾虎跃
千秋大事霞蔚云蒸

四海花香九州春满
三江锦绣一代风流

四柱撑天宇神州崛起
五星耀中华巨龙腾飞

四序更新巍巍乎万里长城三春不老
一元复始灿灿兮千年古国九鼎生光①

五

五花能追日②
八骏可追风③

五云燔吉第④
三瑞映华门

五福百福全家福
三春万春大地春

五福堂前呈瑞彩
百花枝上闹春光

五风十雨平安岁⑤
万紫千红富贵春

五风十雨皆为瑞
万紫千红总是春

五更钟鼓楼头月
万里帆樯江上风⑥

五湖春色浮天地
千岱青岚入画图

五湖四海家家乐
万紫千红处处春

五湖生意如云集
四海财源似水来

五湖寄迹陶公业⑦
四海交游晏子风⑧

---

①九鼎：鼎是古代的一种大型礼器，后世指代政权，故夺取统治地位又称为“问鼎”。传说大禹铸造了九个大鼎，为夏、商、周三代传国之宝。

②五花：唐代流行将马鬃修剪编结成五瓣，所以骏马又称“五花马”。

③八骏：周朝的周穆王有八匹骏马，分别名为赤骥、盗骊、白义、踰轮、山子、渠黄、华骝、绿耳，史称“八骏”。

④燔：本义为焚烧，这里指云霞的颜色照耀门庭。古代将云色分为五种，分别是青、白、赤、黑、黄，赋予不同的含义，这里的“五云”则意为彩云。

⑤五风十雨：五天刮一次风，十天下一次雨，意为风调雨顺。语出东汉王充《论衡·是应》：“风不鸣条，雨不破块，五日一风，十日一雨。”

⑥此为明代李泰所写对联。

⑦陶公：指春秋时期的富商陶朱公。传说他本是越国的大夫范蠡，曾辅佐越王勾践，后来他为了逃避勾践的猜忌而出走，化名鸱夷子皮，泛舟五湖，还做起了生意，成了一个大富翁。因他定居在宋国的陶朱，人们便称他陶朱公。

⑧晏子：指春秋时期的齐国丞相晏婴。晏婴是一位很有智慧的政治家，擅长外交。

五岭春明堪驻马
四山云霁听鸣鸠

五谷丰登劳动致富①
六畜兴旺勤俭生财②

五岳峥嵘雄狮奋起
九州激荡巨龙腾飞

五谷飘香香透千山万壑
双燕报喜喜盈四舍三邻

五福临门贺喜春投玉燕
三星照户迁乔早报金莺③

五千年辉煌文化喜添新页
九万里锦绣河山大展宏图

六

六畜兴旺
五谷丰登

六合天下瑞④
八方锦中春

六行兴民孝友睦姻任恤
五经试士易诗书礼春秋⑤

七

七星拱照
五福临门

八

八路进宝
四方来财

八方捷报
万里春光

八方锦绣
万里春晖

八方盈正气
四海庆新春

八骏日行千里地
七弦时谱万家春

---

①五谷：古代所说的五种作物，有两种说法，一说五谷为“麻、黍、稷、麦、豆”，另一说为“稻、黍、稷、麦、菽（豆）”，现在用作粮食的统称。

②六畜：指马、牛、羊、猪、犬、鸡，泛指家禽家畜。

③迁乔：典出《诗·小雅·伐木》“出自幽谷，迁于乔木”，原意指鸟从低而深的山谷中飞到高大的树木上筑巢栖居，比喻人的地位上升了，或从旧宅搬迁到新居。

④六合：指上、下、东、南、西、北六个方位。

⑤任恤：待人诚信，同情他人。此为明末清初毛稚黄联。

九

九州永泰
四季长春

九州日丽
四海春新

九州大治
百姓小康

九州花似锦
四海歌如潮

九州歌岁早
万国乐春新

九州驰骏马
四海驾蛟龙

九州生瑞气
万户报新春

九阳祥烟聚
千山淑气融①

九州春色来天地
四海宏图壮古今

九州日丽迎新政
四海龙吟乐大年

九州鼎盛唐尧日
四海昌隆虞舜天

九天日月开新运
万里笙歌乐太平

九陌晴光行处好②
四围春色望中新

九万云程催良骥
千里征途赖贤才

九州黎庶春风满
万里山河气象新

九州安定顺百业
八骏腾飞兴中华

九州喜庆元春日
四海欢呼大有年

九州春意闹百花争艳
富民宏图展万马奔腾

九州大地处处如诗如画
未来征途人人似虎似龙

十

十分春色
万里鹏程

十年树木成梁栋
万民兴邦壮古今

十年树木千秋业
一望江山万里春

十亿神州旭日起
千秋华夏巨龙腾

十亿神州如日起
千秋伟业似龙腾

---

①淑气：温暖之气。
②陌：本义为田间小路，泛指道路。

十里早莺鸣暖树
一群骏马越雄关

十字街四隅头东南西北
一年历八个节春夏秋冬①

百

百花齐放
万木争荣

百花齐放
万马奔腾

百花吐蕊
万户迎春

百花竞艳
万树争春

百花献瑞
万户纳新

百家吉庆
万象更新

百业兴旺
五谷丰登

百花开田野
五福入农家

百业千秋鼎盛
九州万里春晖

百花迎春斗艳
群英为国争光

百花吐艳春风暖
万物生辉国运昌

百花争艳山河美
群鸟欢歌岁月甜

百花香溢春光艳
万马蹄飞国运昌

百鸟鸣春开丽景
千帆逐浪鼓雄风

百鸟齐鸣迎旭日
千林披翠舞东风

百鸟朝凤歌声美
千门迎春岁月新

百鸟和鸣歌序曲
万民欢愉庆丰年

百福全随佳节至
千祥俱向早春来

百年天地回元气
一片山河际太平

百业兴昌欣逢盛世
万民愉悦喜接新年

百花争艳风景无限好
万象更新江山分外娇

百花争艳装点江山千古秀
九州欢腾齐歌祖国万年春

①此为北宋张耒、晁补之联。

百福骈臻鱼跃鸢飞财进宝
千祥云集水流花放福临门

百业万兴山海多姿皆入画
三春伊始神州无处不飞花

百业兴隆河清海晏人人乐①
千年盛世山明水秀处处春

千

千祥齐至
百福骈臻

千里丰稔
万户祥和

千山佳气
万姓喜颜

千门春色
万户福音

千家共庆
四海同春

千门敛福
万户迎春

千秋大业
万国新春

千枝吐艳
万物生辉

千峰月色
五湖春光

千岩竞秀
百壑争春

千家迎新岁
万户庆丰年

千家贴红对
万户迎绿春

千古龙盘虎踞
百姓燕舞莺歌

千家欢歌笑语
一路骏马春风

千仞峰峦皆秀
万里江河竞流

千里朝霞辉碧野
一江春水涨新潮

千门彩树曈曈日②
万户清歌剪剪风③

千门共贴迎春画
万户同唱祝福歌

千里江山春气象
一年锦绣好文章

千条杨柳逢春绿
数点梅花入梦香

---

①河清海晏：意为黄河水变得清澈，大海风平浪静，比喻社会安定、政通人和。
②曈曈：日出时明亮的样子。
③剪剪：轻风吹拂的样子。

千条绿柳迎春舞
满树红梅对雪开

千家人庆桃符换
一夜春从爆竹来

千家桃李皆春色
万户屠苏不醉人①

千树青松送寒去
万朵红梅迎春来

千山叠翠风光好
万水扬波气象新

千秋事业英雄气
万里山川锦绣图

千顷农田千顷绿
一犁春雨一犁歌

千帆竞发催春讯
百舸争流荡晴波

千般春色千般好
四季花开四季香

千里松涛无山不绿
万顷麦浪有地皆春

千里遥途始于足下
万代伟业创自手中

千秋大业从今天做起
万代福源靠妙手争来

千枝竞秀有天皆丽日
万木争荣无地不春风

千家爆竹为河山喝彩
万户歌声唤海岳开心

千江绿水春荡千江浪
万里白帆风吹万里船

千家乐乐千家人人如意
政策好好政策户户称心

千古江山增秀色春光入槛
万家人面映桃花喜气满堂

千帆竞发几经风雨几经浪
万马奔腾一路凯歌一路春

千门迎旭日山川普照春光满
万家趁春风人民喜庆江河清

万

万千气象
一代风流

万民有庆
百福无边

万紫千红地
花团锦簇天

万方春烂漫
四海龙腾飞

万里春光溥②
千门瑞气新

---

①屠苏：古时候正月初一饮用的一种药酒。
②溥：广大，普遍。

万马奔腾日
千门幸福春

万家腾笑语
四海庆新春

万众共迎旭日
九州同庆新春

万里春风抒壮志
百年好梦启征程

万里春风陶礼乐
百年事业赖功劳

万里和风生绿柳
一片春光映红梅

万里和风融喜气
一轮红日发春华

万里江山凝秀色
满园花木竞朝晖

万里河山花似锦
千村老幼面皆春

万里河山铺锦绣
九天日月庆光华

万里山河春浩荡
一天云锦日光华

万里征途识马力
三春岁月有莺歌

万里彩霞迎旭日
一群骏马带朝烟

万顷烟波天接海
千舟欢笑喜迎春

万象风光春不老
一泓喜水福无疆

万顷嘉禾盈瑞气①
千园硕果笑春风

万象更新人间景
一枝独报天下春

万象昭苏涵旭日②
百花吐艳舞春风

万树梅花争早放
千骑骏马着先鞭

万枝桃李光千户
一片风雨润八方

万壑松涛山雨过
千山花色水风生

万方更始歌尧日
四序重新贺大年

万树欣随春水绿
百花争向艳阳红

万朵云霞开锦绣
三春花树焕文章

万众共书开拓史
九州同唱奋飞歌

万众一心齐奋力
百舸千里竞争流

万民尽乐欢增岁
百业腾飞倍感时

---

①嘉禾：原指形态异乎寻常的稻禾，古人认为是吉祥的征兆。现泛指生长壮硕的稻禾。
②昭苏：指恢复生机。

万木争荣五岭碧
千帆竞发一江春

万管玉箫歌盛世
千支妙笔赞新风

万岁昭苏新燕贺
一龙驰骋庆云飞①

万紫千红百花争艳
五湖四海一体同春

万紫千红有浓有淡
五湖四海同德同心

万里风和光生柳叶
五陵春暖色泛桃花

万象更新无山不秀
一元复始有水皆清

万紫千红天开美景
五风十雨人庆丰年

万里春风峥嵘岁月
满庭瑞雪抖擞精神

万户春风礼陶乐淑
三阳景运人寿年丰②

万里春潮融八方锦绣
九天晓日流五色云霞

万紫千红满园皆春色
五风十雨遍地尽朝晖

万树红梅飞雪迎春到
千江绿水心潮逐浪高

万里春风绽放文明花朵
千支彩笔齐描旖旎山川③

万里江山重见尧天舜日
九州花木共沐时雨春风

万众一心描绘九州颜色
千树同春妆点万里河山

万象维新天降百祥随日至
三阳开泰人膺五福趁春来

万象皆春春色春光春似海
新年纳福福天福地福如山

万木逢春三山五岭皆吐翠
百花得意万紫千红尽争荣

万树红花几度东风送暖至
千行绿柳一天好雨伴春来

万里蓝天凤舞龙飞春光无限
千村绿野人欢马叫气象有余

---

①庆云：古人所认为的一种吉祥的云气，也叫“景云”“卿云”，其状似云非云，似烟雾又非烟雾。
②景运：好的时运。
③旖旎：柔和美丽。

生肖春联

子鼠

苍松随岁古
子鼠与年新

子时岁交替
鼠年春更新

钟声鸣子夜
瑞气入鼠年

灵鼠迎春春色好
金鸡报晓晓光新

鹊喧梅放春入户
鼠报年来喜盈门

鼠须笔写吉祥字①
雀尾屏张如意图

梅放莺啼春到户
鼠临岁启喜盈门

春雨晓风花开五色
鼠须麟角力扫千军

甲帐和风吹回新律②
子亭春色笼罩芳晖③

甲子开元江山添秀色
东风化雨天地共长春

丑牛

辛夷花放④
丑腊春回

客岁送金鼠
新年迎铁牛

牛耕芳草地
鹊报吉祥春

紫燕寻旧主
金牛舞新春

草绿黄牛卧
松青白鹤吟

①鼠须：指鼠须毛笔。制作毛笔的鼠须来自黄鼠狼，并非生肖所指的家鼠，这里只是借用。
②甲帐：汉武帝所造的一种用珍宝珠玉制作的帐幕，用来请神灵下凡。甲又是天干之首。
③子亭：指小亭子。子也是地支之首。
④辛夷花：即木兰花。

人逢如意事
牛舞艳阳春

灵鼠跳枝月影晃
春牛耕地谷香飘

梅雪光映千山笑
碧野牛耕百谷香

绿柳摇风燕织锦
红桃沐雨牛耕春

鼠去牛来闻虎啸
民殷国富看龙飞

子去丑来三阳开泰
鼠灵牛健万事亨通

寅虎

春风入户
虎气临门

牛耕绿野
虎啸青山

岁更牛得草
春到虎归山

牛劲健犹在
虎威欣又生

旧岁骑牛去
新春跃虎来

骑牛踏雪去
跨虎携春来

春是一年首
虎为百兽王

春日春增色
虎年虎坐威

虎啸惊百兽
瀑飞震万方

虎啸众山沸
春归万木荣

燕飞水花俏
虎跃山势雄

虎跃山河壮
春来日月新

虎虎有生气
家家庆吉祥

虎迎新岁月
人改旧乾坤

虎跃康庄路
莺歌锦绣春

时来花作雨
春到虎追风

道祖骑牛去①
赵公跨虎来②

牛岁庆丰穰
虎年喜健康

笛吹岁末牛铃曲
壁挂年头虎啸图

金牛奋蹄开锦绣
乳虎添翼会风云

---

①道祖：指道家祖师老子。老子骑青牛出函谷关西行而去，从此消失无踪。
②赵公：指黑虎玄坛赵元帅，名为赵公明，是民间认为的财神爷，其坐骑是一头黑色猛虎。

虎行雪地梅花五
鹤立沙洲竹叶三

江山一统腾龙日
岁月三春入虎年

斗柄回寅除旧岁①
梅花数点报新春

牛奋四蹄虎添双翼
人增干劲国奔小康

迎虎岁人人壮改革虎胆
贺新春处处树文明新风

牛岁牛奔踏胜利凯歌归去
虎年虎啸迎经济改革腾飞

卯兔

虎声传捷报
兔影带春晖

虎去雄风在
兔来瑞气生

金虎归山去
玉兔迎春来

虎跃花世界
兔迎玉乾坤

卯门生喜气
兔岁报新春

红梅迎雪放
玉兔报春归

春自红梅报起
年从玉兔迎来

玉兔驾月观新岁
金猴捧桃兆丰年

喜玉兔今年奋起
祝巨龙明岁腾飞

临风门户迎春入
融月楼台接兔归

卯时美景花方艳
兔岁良辰酒更醇

青山虎啸雄风在
绿野兔奔好景来

虎岁才舒千里目
兔年更上一层楼

虎归山谷雄风在
兔到人间喜气生

虎岁刚饮祝捷酒
兔年又放报春花

虎啸雄风镇五岳
兔生瑞气秀三春

虎尾扫时年吉利
兔毫挥处岁新年

---

①斗柄回寅：又作“北斗回寅”，意思是北斗星的斗柄指向了寅的方位，古人称此为“建寅”，将其作为新一年的开端。

丁帘卷雨饶春意[①]
卯酒盟杯祝丰年[②]

己过自责怨以远[③]
卯门大启春为长[④]

兔奔千里传春讯
龙腾九霄壮国威

月照玉兔闻香桂
天行骏马踏春风

虎啸千山声声响应
兔驰万里步步腾飞

兔岁初临健步已驰千里
虎年虽去雄风犹镇八方

北斗回寅万户金鸡争唱晓
东风送暖九霄玉兔喜迎春

丁香悬玉树小果金黄生宝气
卯兔出蟾宫长毛雪白放银光[⑤]

桑养蚕蚕结茧茧抽丝丝成锦绣
草藏兔兔生毫毫扎笔笔写文章[⑥]

辰龙

龙兴华夏
燕舞阳春

人享南山寿
龙吟大地春

龙口吐春水
农家收福源

龙飞逢泰运
兴业兆丰财

龙吟春正好
燕语日初长

龙腾花世界
兔别玉乾坤

龙腾云似海
兔别花如云

龙来国飞跃
天远海奔流

海为龙世界
云是鹤家乡

龙年得龙瑞
春节溢春光

长风振云翮[⑦]
震雷起渊龙

---

①丁帘：一种丁字形的卷帘。丁也是天干之一。
②卯酒：指早晨喝的酒。卯也是地支之一。
③己过：自己的过错。己也是天干之一。
④卯门：在地支中，寅和卯对应的方位是东，卯门就是东方之意。
⑤蟾宫：指月亮。传说月中有蟾蜍，所以月亮又被称为蟾宫。
⑥此为明代吴文之联。
⑦翮：鸟的翅膀。

岁首喜看玉兔跃
耳边遥闻金龙吟

笋因落箨方成竹①
鱼为奔波始化龙

喜玉兔今年进步
祝巨龙明岁腾飞

玉兔才随明月去
金龙又挟早春来

玉兔毫光生紫气
金龙捷足入青云

南山玉兔传珍宝
北海金龙送福财

龙子龙孙龙年龙潭会
虎头虎脑虎气虎威生

东海跃明珠金龙献岁
南天升淑气黄鸟鸣春

高歌一曲迎金龙出海
痛饮千杯送玉兔归山

龙化湖中龙化庙边龙化
鸡鸣山上鸡鸣寺里鸡鸣②

送玉兔硕果丰收千里雪
迎金龙宏图再展万年春

玉兔回眸留恋今朝美景
金龙昂首前瞻明日宏图

蝉以翼鸣不啻若自其口出
龙从角听无乃不足于耳与③

玉兔归时深慕人间春色美
金龙起处喜看华夏蓝图新

朝鸠唤晴暮鸠唤雨鸠司晴雨
飞龙在天潜龙在渊龙隔天渊④

巳蛇

龙留丰收景
蛇舞吉祥年

龙吟山河壮
蛇舞日月新

①箨：竹笋上所生的一层层的皮。
②此为明代李泰与塾师联。
③古人认为龙是用龙角听声音的，故曰“龙从角听”。此为明代李东阳联。
④此为明代洪英联。

龙去神威在
蛇来灵气生

民逢大有岁
国值小龙年

小龙衔瑞草
大地发春华

龙含宝珠辞旧岁
蛇吐瑞气贺新春①

龙驾祥云门接富
蛇衔瑞草户迎春

龙甲金光弥海宇
蛇珠宝气漫山川②

龙岁才舒千里目
蛇年更上一层楼

大泽龙吟藏远志
莽原蛇蜕蕴生机

龙腾蛇舞中天瑞
日丽风和大地春

旧岁龙标金榜去
新年蛇献玉珠来

金蛇狂舞春添彩
玉树临风喜满门

日暖千山蛇起舞
春融九域凤来翔③

龙惯飞翔终归大海
蛇虽曲行敢上高峰

龙去蛇来星移物换
莺飞燕舞日暖风和

辰龙游碧宇云蒸霞蔚
巳蛇掘黄金民富国强

佳节舞龙蛇千家进宝
东风荣草木万户迎春

喜炮闹元春千家接喜
春风荣蛇岁万户迎春

金龙送冬归祖国五风十雨
银蛇衔春至神州万紫千红

龙飞凤舞锦绣山河添锦绣
龟瑞蛇祥光明中国更光明

云腾雾海海归玉龙辞龙岁
锦绣河山山舞银蛇庆蛇年

---

①瑞气：指瑞应之气，有三种，一种名为庆云，是太平之兆；一种名为归邪，是有人来朝觐归依之兆；一种名昌光，是圣人出现或贤明君主接受帝位之兆。现泛指吉祥之气。

②蛇珠：比喻卓越才华。典出三国时期曹植的《与杨德祖书》“人人自谓握灵蛇之珠”。

③九域：指九州，中国的别称。

午马

春归盛世
马到成功

玉龙奏凯
金马开元

马跃花间路
鸟鸣柳上春

马驰原野阔
春暖柳烟浓

马驰春色里
人在画图中

闻鸡人起舞
跃马国争春

小龙随岁去
骏马带春来

新春燕语巧
大道马蹄轻

春到红鬃马上
喜盈绿柳门前

留下小龙瑞气
迎来骏马精神

宝马富贵家家乐
神童吉祥岁岁欢

宝马扬蹄奔大道
金鸡昂首报新春

大道扬鞭驰骏马
高天振翼展雄才

冬去蛇留诗意里
春来马入画图中

喜谢银蛇留宝在
笑迎金马带春来

飞雪片片凝瑞兆
马蹄嘚嘚报春声

好鸟知时歌美景
良驹接岁创新图

马奔大路风生响
梅报早春雪吐香

丹青描得山如画
翰墨绘来马似龙

化雨春风千里绿
扬蹄骏马八方雄

花放四时呈秀色
马驰万里报佳音

小燕喜穿春前柳
神驹轻踏草上风

新春帖留吉祥草
骏马图挂墨韵斋

新桃又报笙歌日
神骏宜追治世风

伏枥犹存千里志
添翼更上九重天

红梅翠柳妆春色
赤兔青骝跃画图

红梅献瑞千门富
快马加鞭一路春

豪情振笔歌新岁
骏马加鞭奔坦途

快马加鞭追红日
蜡梅吐蕊笑春风

老骥伏枥千里志[①]
短锥处囊半寸锋[②]

马思边草拳毛动[③]
雕盼青云睡眼开

马蹄得意奔新路
鹊语随心报好音

世上岂无千里马
人间难得九方皋[④]

新岁新春新气象
好人好马好前程

向阳花木三春雨
得意马蹄一路风

水如碧玉山如黛
人奋雄心马奋蹄

雄鹰大展凌云志
骏马喜迎改革春

齐跨骏马迎新岁
满斟美酒驾丰年

跃马扬鞭抒壮志
耕云播雨夺丰收

立马昆仑山岳伟
扬帆沧海浪涛雄

改革同乘千里马
奋飞欲揽九天星

江山锦绣诗中画
骏马奔腾路上春

梅柳渡江乾坤增色[⑤]
骅骝开道岁月更新

山舞银蛇梅开塞北
原驰骏马春报江南

跃马迎春春风扑面
银驹献瑞四季呈祥

大地回春金蹄焕彩
抬头见喜银鬃带风

喜盈门天乐人亦乐
庆春节马驰志也驰

---

①老骥伏枥：语出三国时期曹操的诗《步出夏门行》："老骥伏枥，志在千里。烈士暮年，壮心不已。"

②短锥处囊：典出《史记·平原君虞卿列传》。战国赵孝成王九年，秦国入侵赵国，平原君受命去向楚国求援。平原君的门客毛遂自荐随行，平原君认为毛遂已经在自己手下待了好几年，却一点都不出众，肯定没有才能，不愿意带他。毛遂说，锥子若放进袋子里，很快就会露出尖头，如今我没有露出来，是因为您根本没有把我放进袋子里啊。平原君就带他去了楚国。毛遂在犹豫不决的楚王面前痛陈利害，终于说服了楚国出兵救赵。这个故事也是成语"毛遂自荐"和"脱颖而出"的出处。

③拳毛：卷曲的毛或头发。安葬唐太宗李世民的昭陵，石刻上有六匹骏马，称为"昭陵六骏"。其中有一匹名为拳毛騧，是李世民征战沙场时的坐骑，其得名就是因马身上长满卷曲的毛。

④此为明代杨一清所写对联。九方皋：又作九方皐，是春秋时期一个善于相马的人。传说他为秦穆公相马，不辨雌雄，不知毛色，但能准确地看出是不是千里马。

⑤梅柳渡江：意思是长江以北的梅花开了，柳树发芽了，说明春天已渡过长江，从南方来到了北方。语出唐代诗人杜审言《和晋陵陆丞早春游望》："云霞出海曙，梅柳渡江春。"梅柳作为春天的象征，经常并用。

庆盛世雄狮轻起舞
展宏图快马猛加鞭

纪月建寅群芳竞秀①
启元属午万骥争驰

骅骝开大道百业兴旺
骏马到神州万人欢歌

春回大地处处添异彩
马到神州人人庆新年

神州呈瑞彩满天捷报迎旭日
大地庆马年一路凯歌壮春风

未羊

马驰金世界
羊唤玉乾坤

马奔万里昌国运
羊登千山展宏图

马蹄腾跃凯歌奏
羊角扶摇捷报传②

凯歌阵阵玉门已过千里马
鼓角声声泰岱又登带头羊

天马班师捷报频传惊宇宙
瑞羊降世宏图再展耀神州

申猴

羊辞霜雪地
猴跃桃李枝

金猴开玉宇
紫燕舞新春

金猴匡正气
玉宇荡清风

申年桃献瑞
猴岁雪兆丰

佳园春色眼中闹
密林猿声耳边来

桃花点点千山秀
猴岁家家四季春

猴喜满园桃李艳
岁迁遍地春光明

金猴玉兔弄春色
紫燕黄莺弹妙音

大圣迎春图正气
新风拂面倡文明

大圣重来惩腐恶
宏图再展现辉煌

方知猕猴深爱月
最喜鸥鹭不猜人

①建寅：古代以北斗星斗柄的指向来确定月份，称“月建”，建寅的意思是斗柄指向十二辰中的寅，即夏历正月。

②羊角：指盘旋上升的风。典出《庄子·逍遥游》：“抟扶摇而上者九万里。”

酉鸡

宝鸡献瑞
康爵延年①

鹊送喜报
鸡传佳音

金鸡献岁
喜鹊登梅

晨明鸡唱晓
水暖鸭知春

鸡催千里晓
春启万家门

鸡鸣一日首
梅笑百花前

宝马扬蹄奔大道
金鸡昂首报新春

天兆丰年飞瑞雪
春迎喜讯唱金鸡

兆丰消息听瑞雪
报喜佳音看金鸡

百花雪尽今争放
众鸡春来始自鸣

鸡唱三声春满野
梅开万户喜盈门

凤纪书元人间改岁②
鸡声告起天下皆春

金猴一吼彩云捧旭日
晨鸡三唱朝霞染红梅

戌狗

戌日耀吉瑞
狗年臻福祥

莺歌杨柳岸
犬吠杏花村

犬守升平岁
梅开如意春

犬宁平安日
梅开幸福春

日新月异鸡啼晓
岁吉年祥犬守门

狗护一门喜无恙
人勤四季庆有余

犬卧阶眠知地润
鸟临窗语报天晴

孰谓犬能欺得虎
焉知鱼不化为龙

瑞雪铺成丰稔景
犬蹄踏出报春花

瑞雪翩翩丰收景
犬蹄朵朵报春花

小犬入门嫌路窄
大鹏展翅恨天低

---

①康爵：指空的酒器。语出《诗经·小雅·宾之初筵》："酌彼康爵，以奏尔时。"后世以此作为敬酒用语。

②凤纪：又称凤历，意为年历，也就是纪年历法。

戌岁祝福万事顺
狗年兆丰五谷香

笑指深林一犬低眠竹下
闲看邃户孤木独立门中①

白犬当门两眼睁睁惟顾主
黄蜂出洞一心耿耿只从王

亥猪

亥时春入户
猪岁喜盈门

猪大能如象
肥多可致金

猪肥家业旺
春早寿元长

狗年已展十分锦
猪岁再登百步楼

狗守家门旧主喜
猪增财富新春欢

迎猪年春至福临生机勃勃
送犬岁除夕年丰喜气洋洋

豕岁又是丰收岁高高兴兴送去
鼠年更为繁荣年喜喜欢欢迎来

城乡通用春联

爆竹报喜
楹联迎春

爆竹辞旧
桃符迎新

槽头兴旺
厩内平安

长空溢彩
大地流金

春临宅第
喜上眉梢

春回柳眼
红入桃腮

①此联为拆字联，“笑”拆为“竹下一犬”，“闲”拆为“门中孤木”。

春风化雨
政策归心

春风化雨
壮志凌云

春和景丽
物阜人康

春风拂户
喜气盈门

春光九十
气象万千

春为岁首
梅占花魁

春风剪柳
喜鹊登梅

春光满面
瑞气盈庭

春光入户
燕语垂帘

春光似海
盛世如花①

春光骀荡②
国步龙腾

春盈四海
花漫九州

春风得意
富路从心

春水焕彩
锦鳞生辉

春风得意
丽日舒怀

春临农户
鱼跃龙门

春风吹绿
江山映红

春回大地
福满人间

春归院落
喜驻门庭

春安夏泰
秋吉冬祥

春临大地
喜到人间

春临吉地
福满华堂

春焕梅蕊
韵谐竹芽

鼎新革旧
豫立亨通③

冬梅报喜
瑞雪迎春

法治天下
春满人间

繁华世界
锦绣神州

---

①此联出自作家李广田写于 1962 年的散文《花潮》：“我一面走着，一面听人家说着，自己也默念着这样两句话：春光似海，盛世如花。”

②骀荡：意为使人舒畅的，多用于形容春天的景色。

③豫：预先、事先。亨通：顺利。

丰收酒美
勤劳汗香

福满天下
喜焕人间

国家兴旺
人民安康

花团锦簇
虎啸龙吟

花迎旭日
马跃前程

鸡鸣晓旦
燕舞阳春

江山不老
日月长春

阶前风暖
径外花香

劳动致富
和睦生财

龙吟虎啸
腊尽春归

丰收岁月
康乐人家

根深叶茂
本固枝荣

国期大治
民乐小康

花开富贵
竹报平安

黄金岁月
锦绣河山

吉祥有喜
富贵长春

江山如画
大地皆春

鲲鹏志气
龙马精神

龙腾虎跃
燕舞莺歌

龙吟国瑞
虎啸年丰

凤鸣盛世
龙有传人

国光蔚起
民气昭苏

鸿鹄得志
桃李争春

花迎喜气
鸟唱春光

黄鹂正啭
紫燕初飞

家逢喜庆
国步康庄

椒花献颂
柏酒浮春

蜡梅报喜
翠竹传春

龙腾虎跃
水啸山吟

满天喜气
遍地春光

梅唇吐艳 柳眼观春	梅传春讯 竹报福音	梅方吐蕊 竹已催春
梅间试笔 柳上寻春	梅开五福 竹报三多①	梅开佳景 雪兆丰年
梅开春色 国展宏图	门心似水 物我同春	门迎喜色 景遇祥光
民康物阜 海晏河清	民生有幸 国运无疆	年耕绿野 春满银川
年逢大有 瑞兆宜春	乾坤正气 日月光华	勤劳是本 仁善为纲
庆云跃日 芳草迎春	穷山变富 旧貌换新	人登寿域 世跻春台
人逢盛世 景遇丰年	人欢马叫 春和景明②	人间改岁 天下皆春
人勤春早 物阜年丰	人勤春早 马到功成	人勤春早 草盛畜肥
人勤物阜 地利民和	日薰春杏 风送蜡梅	山川竞秀 物我皆新

①三多：指多富、多寿、多男子（子孙）。典出《庄子·天地》："尧观乎华。华封人曰：请祝圣人，使圣人富，使圣人寿，使圣人多男子。"

②春和景明：出自北宋文学家范仲淹的《岳阳楼记》："至若春和景明，波澜不惊，上下天光，一碧万顷。"

山川添秀
大地回春

山河锦绣
人物风流

山河似锦
岁月更新

山河壮丽
岁月峥嵘

山明水秀
气淑春和

山清水秀
人寿年丰

生财有道
幸福无疆

时和世泰
物阜民安

岁当盛世
人遇华年

天翔紫燕
海涨春潮

天增岁月
春满人间

无忧岁月
有福人家

祥光满室
瑞气盈门

祥云捧日
玉树临风

英雄门第
荣耀人家

迎春接喜
除旧布新

云霞呈秀
梅柳生辉

载瞻星气
如写阳春

枝繁叶茂
牛壮豚肥①

布谷催耕早
春风化雨新

财从山上取
春在河中流

畅怀年大有
极目世同春

春风轻梳柳
夜雨细润花

春风新策马
晓日复腾龙

春风拂柳绿
时雨润桃红

春风传捷报
凯歌贺新年

春风吹岱岳
光明照中华

---

①豚：指小猪，也泛指猪。

春风添画意
岁月赋诗情

春风临大地
旭日照人寰

春风荣草木
瑞雪润河山

春风发万卉
丽日照千门

春风吹大地
红日照中华

春风别旧岁
红日照新村

春风初应律
花信早传梅

春风芳草地
疏雨杏花天

春风拂锦绣
瑞气接楼台

春风辉德里
淑气霭华门

春光荣草木
福气寿山川

春光撒大地
彩霞映神州

春光回大地
喜气到人间

春光腾四野
捷报喧九州

春光遍草木
喜气满山川

春光盈宅院
喜气满门庭

春晖铺大地
正气满乾坤

春晖满庭院
欢笑溢门窗

春明花富贵
风静竹平安

春浓催奋进
日暖励长征

春江堪饮马
祖国喜腾龙

春草年年绿
宏图日日新

春雨新麟角①
和风振凤毛②

春联映春日
福地托福天

春到花成海
秋来果满枝

春和猪似象
家睦子成龙

春早人愈早
年新景更新

---

①麟角：麒麟的角，比喻宗族的蕃盛或珍贵稀有的事物。
②凤毛：凤凰的羽毛，比喻出众的才华、子孙中才华堪比父辈的人，或是比喻珍稀之物。

春来花世界 雪落玉乾坤	春来瑞雪里 人在百花中	春来花气盛 时霁鸟声繁①
春归花不落 风静月常明	春归梅柳上 喜报门庭前	春催杨柳绿 花放山河新
春占红梅上 莺歌绿柳前	春染一片绿 花开万朵红	春暖群芳喜 风清百鸟鸣
春暖观龙变② 秋高听鹿鸣③	春到千家院 福临百姓门	春降千门笑 花开万户欢
春促山河变 人描天地新	春播千村笑 福驻万户欢	春到碧桃树 莺歌绿柳窗
春意满庭院 豪情生笔端	春临福宅地 福载善人家	春驻向阳院 喜临幸福家
翠柳千姿秀 蜡梅万朵香	笛弄梅花调 莺歌杨柳风	东风迎新岁 瑞雪兆丰年
发家勤为本 致富俭当头	风正民心顺 人和国事安	风光行处好 春色望中新

①霁：雨、雪停止，天气变晴。

②龙变：指神奇的变化，也比喻借时势而变得兴盛。

③鹿鸣：鹿的鸣叫声，典出《诗经》“呦呦鹿鸣，食野之苹”。古代科举考试后，会为金榜题名者举办宴会，席间演奏古乐《鹿鸣》表示庆祝，所以“鹿鸣”也借指科举考试。

风来花自舞
春至鸟能言

风景年年好
江山处处新

风助飞雪舞
诗伴落梅吟

风光逐时好
春色一番新

风来花飞舞
春到鸟唱歌

风清春不老
谷聚岁常丰

风度竹流韵
马驰春作声

风暖鸟声碎
日高花影重

古村千门晓
新柳万户春

寒梅因雪艳
飞燕为春归

红日千秋照
神州万载春

红日照绿柳
玉雪映金梅

红梅报春早
喜鹊登枝高

红梅传喜讯
绿柳舞东风

红花香千里
春风暖万家

红点桃花艳
青描柳色新

湖山千嶂碧
花树九州春

花开香四季
家睦乐千年

花开春富贵
竹报岁平安

花开群芳谱
鸟唱迎春歌

花香春正好
燕语日初长

花放山河丽
光照天地新

花肥春雨润
竹瘦晚风疏

花木四时秀
云霞万里明

华屋辉生壁
春山绿到门

挥笔龙蛇走
迎春莺燕歌

江山如有待
春色总无私

江山千古秀
天地一家春

江山皆入画
春色独宜人

金鸡唱晓色
紫燕衔新泥

酒泛新春绿
梅开隔岁红

举头闻鹊喜
开户接春来

开卷书香久
迎春鸟语新

开春迎紫燕
敬业效黄牛

帘卷三冬雪
窗含万里春

螺号催鱼汛
春风鼓白帆

马蹄溅朝露
牧歌染流云

梅报平安信
燕传如意春

梅香催腊去
燕语唤春来

梅绽春风近
柳摇笑语浓

梅开花世界
雪落玉乾坤

梅花含白玉
柳色吐黄金

梅花报春信
瑞雪兆丰年

梅花喜瑞雪
芳草迎春晖

梅花传雅韵
瑶草寄幽心

梅柳迎春早
门庭集庆多

梅梢春有信
柳畔水生香

门户开春景
江山入画图

门嵌山河秀
燕飞杨柳春

门对千山秀
心怀万木春

门外山河秀
庭前草木新

门迎新岁月
地接好春光

门前多喜气
院里满春光

年丰人增寿
春早福满门

年华富地久
岁月寿天长

暖催桃腮放
晴烘柳眼开

普天开景运
大地转新机

侨乡春日暖
海外福星辉

青山披锦绣
绿水溢春华

青山四面景
绿柳万家春

轻舟腾巨浪
鱼汛送春风

人勤春来早
花好月更圆

人随春意泰
年共晓光新

人有鸿鹄志
国呈龙虎姿

人人歌盛世
家家庆新春

日丽山河秀
风和草木荣

日月开新纪
田园入画图

日月恩光照
乾坤喜气多

日月千秋照
江河万古流

日月光华照
乾坤春意浓

日月光天德
云霞拥地灵

日照三春暖
花开九州红

日出千山秀
花开万里香

日新歌盛世
岁转庆丰年

瑞气临门早
春风及第先

山村雨初润
水乡月正明

山水含春意
风云入壮图

山河千古秀
平野万象新

山河增秀色
天地播春晖

山高半轮月
春晓一声鸣

山光悦鸟性
春色暖人心

身勤生百巧
心正值千金

神州春浩荡
寰海日光华

笙吹渔家乐
网织水乡春

升平天下瑞
和谐世间春

淑气腾佳景
和风蔚早春

岁新绵甲子
德厚富春秋

岁岁平安日
年年如意春

岁岁春满院
年年喜盈门

天开新岁月
人改旧乾坤

天开清淑景
人庆乐和年

天开阳春景
人描富贵图

天高鹏展翼
路远马扬蹄

天上三星耀[①]
人间四海新

天恩春浩荡
文治日光华[②]

天增岁月寿
福满人间门

天心随律转[③]
人事逐年新

屋环花果树
门对米粮川

喜气满庭院
春光辉德轩

喜报传喜讯
春联耀春光

喜庆新春日
笑迎大有年

喜鹊登高望
红梅报春红

喜鹊登高树
红梅报早春

喜承新雨露
欢度好时光

鲜花献模范
美酒敬功臣

小康新日月
大德好家庭

雪舞梅如雪
春归柳迎春

雪映丰收景
梅迎欢乐春

雪尽梅花俏
春来竹叶青

雪飞梅争艳
春来柳更青

阳和辉大地[④]
瑞气霭重门

杨柳随春绿
江山映日红

有山皆竹木
无地不桑麻

鱼香飘万里
曙日照千帆

渔歌随浪涌
海货与山齐

爆竹一声除旧
桃符万户更新

碧海苍山玉宇
春风丽日神州

①三星：星空中处于同一个星宿的三颗星，有参宿三星、心宿三星和河鼓三星。
②此为清朝雍正帝赐宠臣张廷玉春联。
③天心：天空的中央，也有本心、初心之意。
④阳和：春天的温暖之气，也代指春天。

碧柳翠杨春雨
绿水青山人家

鞭炮声声报喜
红灯盏盏迎春

潮涌千帆皆满
花开万象更新

处处春光济美①
年年人物风流

春自寒梅报到
年从瑞雪迎来

春播秋收门第
山欢水笑人家

春到勤劳门第
福临和睦人家

春风化雨有庆
庭院生辉呈祥

春种满田碧玉
秋收遍野黄金

春种千山绿玉
秋收万顷黄金

春早满园吐秀
德行百世流芳

春暖风和日丽
年丰物阜民欢

春风满园花气
夜月一室书声

春风春雨春色
新年新岁新风

春日人人共乐
青山处处皆欢

春驻笔花万朵
云描淑景千番

春光祥光满户
喜气福气盈门

春雨春花春色
新年新景新风

春引百花竞放
雪兆五谷丰登

春来花香鸟语
福到人寿年丰

春著笔花万朵
泰蒸豹雾千层②

发扬革命传统
争取更大光荣

放手勤劳致富
带头科技兴农

风景这边独好
江山如此多娇

风展红旗似画
春来绿水如蓝

风正江山吐秀
心齐国运昌隆

改革如虎插翼
宏图似锦添花

①济美：意思是在过去的基础上使得事物更加美好。

②豹雾：传说有一种生活在南山的黑豹，因爱惜自己华美的皮毛，在雨雾天气便藏身不出。古人以“南山雾豹”比喻远离权力斗争、清高孤傲的隐者，以“豹雾”指代隐者居所。典出《列女传》。

共喜春回大地 同歌福到人间	国富星辰耀彩 政清日月生辉	红梅风骨傲雪 桃李妖娆迎春
户户金花报喜 家家紫燕迎春	花发满城锦绣 春生大地文章	唤醒春风拂面 迎来正气舒心
家家恭喜致富 人人庆贺安康	江山春色新丽 祖国前景光明	节日人人共乐 江山处处皆春
景美年丰国瑞 春新日丽人欢	旧岁悉除旧弊 新春大树新风	骏马秋风蓟北① 杏花春雨江南
开拓路途春美 革新枝头花荣	开创千秋大业 绘成万里宏图	老梅傲雪烂漫 嫩柳迎春多姿
柳色年年相似 世风岁岁更新	龙自海中跃起 凤从天上飞来	梅报九州春色 旗开一代风流
梅开五福喜乐 竹报三多开怀	梅萼先传信至 桃符已唤春归	描绘中华特色 放飞大地春光
妙手描山绣水 雄心强国富民	年丰人寿福满 柳绿花香春浓	鸟语花香鱼跃 民康物阜财丰
前程绚丽似锦 好景明媚如春	人欢马叫春早 雨顺风调年丰	人人同庆佳日 处处喜迎新春

①蓟北：蓟是古代所置州县名，秦为蓟县，唐为蓟州，治所在今天的京津一带。

人寿国强家富
年丰花好月圆

人喜团结安定
国爱繁荣富强

日丽风和花艳
人欢马叫春新

日暖风清雨润
龙腾马跃人欢

瑞雪娇梅袅柳
新春美酒佳联

山碧千峰竞秀
水清百鸟争春

山清水秀春艳
花好月圆谷香

身展鲲鹏志向
心怀龙马精神

盛世祥云丽日
新春福气和风

盛世千秋伟业
神州万里春风

时雨当春乃降
好花着意而开

守法奉公遵纪
尊长爱幼敬贤

松下清琴皓月
花底好鸟春风

岁岁三春得意
年年万事开心

岁岁风调雨顺
年年物阜民康

泰运频书大有①
昌期幸际升平②

桃符满门溢彩
春色遍地生辉

天赐一门吉庆
春来二字平安

田园风光绝好
农家岁月更新

铁手描山绣水
雄心强国富民

物阜国强民富
天时地利人和

喜到英雄门第
春临幸福人家

喜创千秋大业
殷期万众小康

香梅含苞怒放
瑞雪吐絮迎春

笑盈盈辞旧岁
喜滋滋迎新春

新岁新光新景
春风春雨春花

绣出山河似锦
迎来大地皆春

---

①泰运：好运、天运。
②昌期：兴隆昌盛的时期。

旭日临窗送暖
东风拂面报春

雪映梅花更艳
春归柳色尤青

雪映一天澄碧
云浮四海清晖

养成勤俭人品
树立简朴家风

迎春花开盛世
布谷鸟唱丰年

又是一年春色
依然万象光辉

政策逢春化雨
汗珠落地开花

芝草满庭吐秀
百花遍地飘香

芝草满园吐秀
群英遍地生辉

竹梅展姿傲雪
桃李含笑迎春

竹报一元复始
花开小康初成

壮志五湖四海
春光一刻千金

爱栽桃李与人乐
喜看梅兰为我开

爱国心诚葵向日
迎春花早鼓催人

爱国丹心昭日月
兴邦壮志起风雷

白雪无声梅斗艳
东风有意柳争春

白帆挂出东方日
银网收回南海潮

白雪银枝辞旧岁
和风细雨润丰年

白雪阳春传雅曲①
高山流水觅知音②

爆竹一声除旧岁
桃符万户换新春

爆竹一声辞腊月
红花万朵笑春风

爆竹犹留千古事
梅花独占一枝春

爆竹花开灯结彩
春江柳发岁更新

爆竹冲天去报喜
飞花入门来贺年

---

①白雪阳春：又作“阳春白雪”，原为战国时期楚国的一种高雅音乐。后世用来比喻非常高雅深刻以至于很少有人能懂得的文艺作品。典出战国诗人宋玉的《对楚王问》。

②高山流水：春秋时期音乐家伯牙在汉江边弹琴，一个叫钟子期的樵夫路过聆听，对琴声表现高山、流水的意境无不心领神会，伯牙认为钟子期是自己的知音，两人成为挚友。钟子期死后，伯牙摔碎了自己的琴，再也不弹奏了。后世便用“高山流水”来比喻知己情谊或表现力极强的音乐。典出《列子·汤问》。

爆竹烟花添瑞气
颜筋柳骨写春秋①

笔书福字悬门上
诗借春风入画中

碧水温柔怀明月
青山豪放笑春风

碧海青天千里秀
红楼绿水万家春

碧海红霞辉玉宇
东风旭日荡神州

碧桃丹桂探春色
甘雨和风兆丰年

碧浪千层春雨润
清风十里稻花香

碧海金波涵旭日
春风银网耀朱鳞

碧海青天灿烂日
红花绿树锦绣春

遍地祥光临福第
满天喜气入华堂

不违天道春常驻
善用人才国永兴

财如旭日腾云起
富似春潮带雨来

财源兴盛勤劳户
运气造福节俭家

灿烂花灯光盛景
喧腾锣鼓颂丰年

草绿花红锦绣地
粮丰林茂小康村

草色初成新气象
春光犹似旧年华

草长莺飞两岸阔
湖平风正一帆悬

策马前驱现代化
闻鸡起舞建设程

姹紫嫣红春灿灿
千村万户喜洋洋

长风劲送千帆远
百鸟齐鸣万木春

长天气转千山绿
大地春回百草香

长将有日思无日
莫把无时当有时②

长开泰运禧新岁
最爱春光媚画堂

倡导文明兴社稷
发扬传统振家风

潮来海角千帆动
春到渔船万尾鲜

晨风拂面扬帆去
蓉色染舟踏浪归

诚心革故春长在
执意图新富自来

---

①颜筋柳骨：唐朝颜真卿、柳公权的字体，泛指书法作品。
②此联出自古代儿童启蒙教材《增广贤文》对句。

赤县开千秋国运[1]
红旗舞万代雄风

锄春广种扶贫树
挑露长浇致富花

创成世上惊天业
谱写人间动地诗

春风似仙姬奏乐
飞雪如天女散花

春风吹发英雄树
时雨浇开世纪花

春风有色能描画
细雨无声好润诗

春风得意马蹄奋
壮志凌云业绩新

春风得意马蹄奋
壮志凌云龙步腾

春风得意花千里
丽日扬辉暖万家

春风一至千山绿
旧燕双归万户新

春风大雅能容物
秋水文章不染尘[2]

春风放胆来梳柳
夜雨瞒人去润花[3]

春风和煦山河俊
民意欢腾岁月新

春风又绿芳原草
时雨全青沃野苗

春风化雨千家秀
红日增辉万木荣

春风吹绿千山树
旭日耀红万苑花

春风细剪池边柳
旭日浓妆岭上梅

春风送暖先舒柳
天意驱寒早放梅

春风送暖归杨柳
细雨飞红上碧桃

春风荡漾千丝柳
时雨催耕万顷田

春风堂上初来燕
秀雨庭前新种花

春风梳绿千门柳
润雨新红一径花

春风掩映千门柳
暖日晴开一径花

春风喜送千丝暖
旭日光生万户芳

春风春雨春光好
新岁新景新事多

春风晓日随流水
渔歌轻舟载锦鳞

春风已著花千树
丽日又添果万株

---

①赤县："赤县神州"的简称，代指中国。
②此为清代邓石如联。
③此为清代郑板桥联。

春风惠我财源茂
旭日临门人寿康

春风催花花似锦
丹青绘景景更新

春风笑逐福音至
天马喜随捷报飞

春风碧水鹏鹭静
旭日青山牛马嘶

春风南国来新燕
旭日东方起大鹏

春风拂柳家山秀
细雨润花画堂红

春随芳草千年艳
人与梅花一样清

春归绿柳红梅上
家住青山碧水间

春归柳梢莺声俏
风曳梅枝花气浓

春归祖国春风暖
喜看侨乡喜气多

春意融融盈富户
财神款款到农家

春回千家飞紫燕
福临万户报金鸡

春回瑞气笼仁里
日拥祥云护德门

春入春天春不老
福临福地福无疆

春入门庭多秀色
瑞呈宇宙有光辉

春上枝头寒霜去
福降人间紫燕归

春日春风春满院
燕歌燕舞燕临门

春日春风春光美
燕飞燕舞燕语新

春水船如天上坐
秋江人在镜中行

春光一片连天碧
笑脸千张映日红

春水多情花半露
东风足劲燕双飞

春光满院莺鸣柳
喜气盈门鹊喧梅

春光先到门前柳
新岁初开苑内花

春安夏泰长安泰
秋吉冬祥大吉祥

春回大地风光好
福满人间喜事多

春回黄鹤红花地
日暖白云紫气天

春至百花香满地
节来万事喜盈门

春色不随流水去
花香时送好风来

春动生机龙吐雨
物宜时令鸟催耕

春来日丽莺争啭
冬去雪消燕竞归

春来芳草依旧绿
时到梅花自然红

春雨昭苏传喜讯
紫阳高照暖人心

春回大地千山秀
日暖神州万木春

春回大地百花艳
雨过群山万树青

春华秋实盈庭灿
桂馥兰馨遍地荣

春至阳回千顷绿
时来运转万家新

春色无边称禹甸①
世风有道胜尧天

春色掩映千门柳
碧波旋回十里花

春花消息红梅报
芳草萌芽细雨催

春雨一篇苏子赋②
秋烟半壁米家山③

春到人间人增寿
喜临门第门生辉

春到山乡遍地喜
福临农户满庭春

春到农家添异彩
风吹田野吐清香

春到红梅馨万户
岁更爆竹响千门

春和草木四时秀
国泰田园五谷丰

春剪柳海莺先舞
日洒松涛鹤方歌

春盈四海风光美
花满九州景色娇

春情寄语千条柳
门第流芳万卷书

春寓枝头迎佳岁
乐在心中接丰年

春联换尽千家旧
爆竹催开万象新

春焕红梅香万树
岁更爆竹响千门

春到百花香满地
时来万事喜临门

春到堂前添瑞气
日临庭上起祥光

春和草木当庭秀
国泰山河映户新

---

①禹甸：中国的别称，语出《诗经·小雅·信南山》："信彼南山，维禹甸之。"

②苏子赋：指北宋文学家苏轼的名篇——前后《赤壁赋》。

③米家山：指北宋书画名家米芾、米友仁父子的山水画。米家父子的画作以水墨点染、山色如烟为特色。

春明锦树舒红日
露润繁花映紫霞

春到神州诗万卷
人逢新岁酒千杯

春景普布增福庆
世风高扬振文明

春联迎春春入户
喜鹊报喜喜盈门

春暖园中花笑艳
日融堤上柳含鲜

春临门户白雪化
福降人间黄牛忙

春日寻芳骑骏马
国家思治用贤才

春情寄语千条柳
快马加鞭万里程

春意盎然龙起舞
惠风和畅马奔腾

春暖花开迎丽日
人强马壮夺丰年

春融大地莺声脆
日照征途马步轻

春雨昭苏传喜讯
艳阳高照暖人心

春和景明花富贵
风调雨顺竹平安

春拂嫩柳山村暖
雪点寒梅小院香

春满乾坤来瑞鹤
花开锦绣照青松

春去春来春常在
花落花开花更红

春回大地春光好
福满人间福气浓

春入堂前添瑞气
花飞阶上散清香

春深碧海腾龙甲
花满瑶池起凤毛

春临玉树新枝秀
日映华堂紫燕安

春燕衔春春得意
福人纳福福无疆

春阳艳丽山河秀
国祚兴隆日月新①

春盈四海千山绿
花漫九州万里红

春联对对描佳日
椒酒杯杯颂丰年②

春信方传南国草
东风又染北江梅

春运洽融天日永
阳和发育物华新

春来喜著江山秀
节到欢吟宇宙新

---

①国祚：国运。

②椒酒：用椒和柏浸制的酒，也叫椒柏酒，古时正月初一用来祭祖，或是敬献给家中长辈。

春来天赐宅中喜
福至人添锦上花

春来也金梅吐秀
冬去矣红杏生香

春前有雨花开早
秋后无霜叶落迟

辞旧岁草原披绿
贺新春马额标红

辞岁红梅开五瓣
迎春新俗倡三风①

存海阔天空之志
养先忧后乐之心②

大有作为新日月
无边春色好河山

大地山川生笔底
神州伟业出毫端

大地有处皆丽日
人间无时不春风

大地山河鲜似锦
高天日月丽如虹

大地春回花竞放
新天日出鸟争鸣

大地春回添锦绣
江山雪后更妖娆

大地春光红艳艳
神州佳节乐陶陶

大江南北皆风景
长城内外尽朝晖

大好河山开盛纪
风流人物数今朝

大鹏俯视九州地
天马行驰万里空

大树新风光社稷
广开财路富侨乡

当仁不让仁人让
见义勇为义士为

党施惠政如人意
世展良图合国情

荡荡春风苏万物
霏霏细雨润群芳

得意春风苏万物
及时甘露沐群英

德政仁声传万代
宏图伟业耀千秋

登堂喜进延龄酒
绕膝欢分压岁钱

地旺人勤山献宝
春浓日暖国生辉

地献粮棉山献宝
民增福寿国增强

地领春风花世界
天赠瑞雪玉乾坤

地灵人杰千祥聚
裕后光前百福临

---

①三风：指学风、文风、党风。

②先忧后乐：典出北宋文学家范仲淹《岳阳楼记》：“其必曰‘先天下之忧而忧，后天下之乐而乐’乎。”意思是，（古代仁者）在天下人忧虑之前就忧虑，在天下人都快乐之后才快乐。

迭篆清香薰栋宇[①]
一帘春色映梅花

冬去喜生吉祥草
春来乐种富贵花

冬去山川齐秀丽
春来桃李共芬芳

冬去堂前迎紫燕
春来枝上舞黄莺

冬去红梅笑飞雪
春来绿柳舞和风

冬雪已白千里草
春晖又红万树花

冬去犹留诗篇在
春来即入画卷中

冬雪犹留诗意在
春风又入画图中

冬寒宜饮梅花酒
春暖早折杨柳枝

堆金积玉无双富
聚宝藏珍第一家

儿孝媳贤福添寿
家和邻睦喜增欢

发财有道财长有
求利以仁利自来

芳草春回依旧绿
梅花时到自然香

飞雪喜送贺年帖
春风笑吟祝福诗

飞雪伴梅无逊色
新春跃马有健蹄

丰收喜报全家富
改革笑迎满眼春

风祥长拂太平日
雨润新滋大有年

风尘一路蹄声碎
爆竹千家喜气浓

风吹稻麦翻金浪
日照棉麻闪银光

风吹绿柳千门晓
雨润红梅万象新

风光胜旧春满目
岁序更新喜盈门

风和日丽花争笑
水绿山青鸟竞歌

风飘嫩柳群山暖
雪点寒梅一院香

风平浪静扬帆去
鱼跃人欢把棹归

风清流水当门转
春暖飞花隔岸来

风调雨顺年成好
金果银鳞收入高

凤翥龙翔吟盛世[②]
莺歌燕舞咏阳春

---

①迭篆：古时常将熏香做成盘曲的篆字形状，故以此指代香料。
②翥：鸟向上飞。

芙蓉国里农家乐
杨柳林中稻谷香

富国兴邦财源广
贸无易有天地宽

改革潮涌新元启
致富龙腾泰运来

高扬时代主旋律
妙绘神州新画图

宫梅映雪祥光蔼[1]
堤柳迎阳淑气新

光荣灯照光荣匾
幸福花开幸福家

国富民强逢盛世
草长莺飞正阳春

国逢安定百年好
时际芳春万象新

海峡千帆朝故里
春风万里共婵娟

福伴朝阳蒸蒸上
喜随春江滚滚来

富如旭日腾云起
财似春潮随雨来

改革城乡先富裕
丰收岁月最香甜

高歌大治神州业
勇迈小康世纪程

古柳荫中来走马
好花深处有鸣禽

国强全自方针正
家富都缘政策优

国泰民安歌盛世
年丰人寿庆新春

国有鸿恩春日永
家传仁德福星明

海纳百川呈瑞彩
天开万里醉春风

福禄寿三星拱照
天地人一体同春

改革八方争捷报
登攀一路看鲜花

改革春风扬万里
英雄气概冠九州

攻关当似下山虎
报国应如耕地牛

光荣门第春光艳
烈士家庭草木香

国强因教育为首
民富以科学在先

国施善政人人乐
党树新风处处春

海上渔歌随浪涌
岸边喜气逐春来

寒梅竞报新春到
爆竹频催财神来

---

①宫梅：宫中种植的梅花。元代夏文彦《图绘宝鉴》岩四记载，道士丁野堂因善画梅竹得到宋理宗召见，理宗问："卿所画者，恐非宫梅？"丁答道："臣所见者，江路野梅耳。""野堂"之号由此而来。

好借廉风舒画卷
常将正气壮诗情

好趁春风抒壮志
常随丽日展宏图

和风融融拂千里
丽日杲杲映百川①

和平世纪多元化
富庶神州一统天

和气生财千倍利
公平交易万年金

和气盈门迎瑞气
春光满眼映祥光

和气自生君子室
春光先到吉人家

和顺一门添福寿
平安二字胜金银

和煦艳阳千顷绿
浩荡东风万木苏

合法生意皆有益
公平交易自驰名

河清海晏神州暖
人寿年丰节气和

贺岁欢欣歌大治
扬鞭奋发展宏猷②

红花满林飘如雨
翠光摇户散作烟

红梅傲雪花尤俏
翠柏耐寒叶更繁

红梅灿灿迎春到
碧水盈盈盼客来

红梅斗雪祥光满
绿柳迎阳淑气新

红梅喜引三春至
绿竹欣传五福来

红梅一枝报春到
彩灯万盏照年来

红梅乍绽知春早
白雪初融兆岁丰

红旗指引建设道
祖国笑迎小康春

红染重枝莺对唱
碧垂曲水色平分

红日舒辉临宅第
春风送暖入庭堂

红杏枝头春意满
农家院里笑声稠

红杏枝头春意闹
绿杨烟外晓云轻

红杏香里流春意
金鸡啼处报佳音

宏图大展兴隆地
泰运长临富裕家

宏图一展惊中外
大计百年震古今

①杲（gǎo）杲：明亮的样子。
②猷（yóu）：计划，谋划。

洪范五福先言富[1]
大学十章半理财[2]

户对青山摇钱树
门迎绿水聚宝盆

户满春风春满户
门盈喜气喜盈门

花发门前春色俏
柳临江上惠风和

花动一城春浩荡
歌酣万户国升平

花放东风香万里
柳舒时雨绿三分

花锦堆红香燕垒
柳丝回韵织莺帘

花开富贵年年好
竹报平安节节高

花开富贵家家乐
竹报平安月月圆

花开富贵年年好
灯照吉祥岁岁欢

花开四季香遍地
竹报三多喜盈门

花里清歌春载酒
琴中流水静留宾

花气袭人知骤暖
鹊声穿树喜新晴[3]

花木有情迎我笑
江山会意接春回

花能解语迎人笑
草不知名随雨生

花香满院春风至
喜气盈门幸福来

花因幸福也含笑
鸟为胜利亦高歌

花迎喜气皆如笑
鸟放欢声亦是歌

花知春暖枝萌蕊
人报党恩心献红

华夏年年腾骏业
新春岁岁展宏猷

化日舒长莺语巧
春风送远马蹄急

化雨春风开柳眼
登枝喜鹊动梅心

欢度新年联雅咏
高歌善政纵豪吟

惠政兴邦千家富
赤诚报国万众心

---

①洪范五福：《尚书·洪范》说，福有五种，分别为长寿、富裕、身心康宁、仁善好德、寿终正寝。

②大学：儒家所说的“四书”之一，原为《礼记》第四十二篇，明代儒家学者程颢、程颐兄弟将其单独抽出编注，后来南宋学者朱熹又做了重新编排，“经”（正文）一章，“传”（注释）十章。

③此联出自南宋陆游诗作《村居书喜》。

火树银花明盛世
龙腾狮舞闹新春

货殖共推瑚琏器[1]
鱼盐同仰庙廊猷[2]

货殖成书传古史
陶朱乐业自春秋

击节歌扬红日下
传音喜报碧云中

鸡安犬宁人康泰
雨顺风调岁稔丰

吉地祥光开泰运
重门旭日耀阳春

吉祥草发亲仁里
富贵花开画锦堂

吉祥在户人增寿
道德传家福满门

吉星高照安吉第
福曜常临幸福家

几点梅花添逸兴
数声鸟语助吟怀

计利须思天下利
求财勿取法外财

佳苑春风辉翰墨
重门瑞色沐恩光

家过小康甜蜜日
春归大地艳阳天

家添财富人添寿
春满田园福满门

家祥世衍无疆庆
国泰天开不老春

茧花结出丰收果
汗水汇成幸福泉

建设中华齐发奋
振兴祖国共争光

江山画卷描新样
桃李春风改旧观

江山盛世春风里
日月新天画图中

江山似锦呈异彩
大地皆春映朝晖

江山五色三千里
诗酒一席十万家

江山喜酿迎春酒
莺燕争鸣祝福歌

阶前春色迎人笑
窗外梅花焕物华

借得梅花十度意
嫁给春色一缕情

金戈铁马英雄第
卫国保疆战士家

金光大道鞭催马
黄土田间犁追牛

金鸡唱出小康景
玉犬迎来大有年

---

①货殖：指经商、商人。瑚琏：瑚和琏都是宗庙所用的礼器，也用来比喻治国理政的才能。
②庙廊：旧指朝廷，即君主制下的中央政府。

金鸡唱晓千山翠
喜鹊登枝万户春

金鸡啼出千门晓
桃符换来万象新

金鸡啼处升红日
绿水流时涌春光

金鸡啼抬头见喜
春风吹举步生辉

金鸡晓唱千家喜
白鹭晨飞万户春

金鸡一唱千门晓
绿柳千条四海春

金鸡争鸣春意闹
红梅竞放喜讯传

金鼓催春春意闹
宏图映日日光华

金针绣出九州锦
彩树联成四季诗

金樽玉粟千门秀
绿树红楼万户春

锦绣春光临大地
光荣红榜照门庭

锦绣河山牛马壮
升平世界犬羊肥

近水楼台先得月
向阳花木早逢春①

经营不让陶朱富
贸易常存管鲍风②

经营得法行行富
管理科学事事兴

经营攀上科学路
事业敞开致富门

精耕细作丰收岁
勤俭持家有余年

景象承平开泰运
风云如意获丰收

酒祝丰年康泰日
鸟传大地吉祥春

旧岁已添十分好
新年更上一层楼

举国英豪开盛纪
中天丽日庆长春

聚宝藏珍凝瑞气
兴家创业起春潮

军属门上光荣匾
战士胸前英雄花

军属门庭门结彩
文明院落院生辉

---

①此为北宋苏麟联。

②管鲍：指春秋时期的管仲和鲍叔牙。两人从小就是好友，长大后一起做生意，管仲穷，鲍叔牙富，因此鲍叔牙出的本钱比管仲多，但管仲总是多拿分红，鲍叔牙从无怨言。后来管仲当了齐国丞相，他说：“当初我少出多拿，鲍叔牙并不责怪我贪财，他知道我家里穷困，更需要钱而已。”后世将他们之间的友情称为“管鲍之交”，代指彼此相知的朋友。

开放一桥奔万马
承包二字富千门

开门见喜财源进
举手迎新福泽来

开源引出千泓水
节流汇成万顷波

看祖国江山如画
喜神州绿野同春

康泰一家人长寿
祥和二字户添金

科技兴农鹏展翼
人才落户锦添花

科技腾飞龙破壁
财经发展锦添花

跨入辉煌新世纪
迎来锦绣好年华

蜡梅吐芳映红日
翠柳含笑撒银花

劳动人家春永驻
炎黄儿女福无边

老骥犹存千里志
巨龙更上一重天

老鞭破土抽新笋
时燕衔泥入旧家

励精图治千家富
正本清源万木春

两个文明花并蒂
万家幸福树连根

两个文明开盛纪
万家歌舞庆新春

两岸红梅燃古意
一堤绿柳寄春思

麟舞祥院人财旺
凤踞高门家业兴

柳眼才舒芳草地
桃腮正晕碧云天

柳眼桃腮舒化日
莺歌燕舞闹春风

龙盘家内人财旺
凤舞门前事业兴

龙腾华夏开新运
鹊上枝头报好音

绿柳舒眉观新岁
红桃开口笑丰年

绿满林区山滴翠
春回茶岭路飘香

绿树常青春不老
红旗永举日恒光

绿竹常留四时景
金鸡报来万家春

虑事先须胸襟阔
治家应教子孙贤

满园春色花正笑
一路和风柳欲舒

漫将柳风编图案
乐把杏雨绘画轴

贸易方原师管子①
经营术不让陶朱

梅含秀色三江碧
柳拂朝阳四海春

梅带寒冬成旧岁
酒发馨香入新春

梅红塞北满天彩
柳绿江南遍地春

梅花伴雪思争俏
竹笋逢春敢冒尖

梅花光映千门晓
竹叶香浮万户春

梅花树上春风暖
桂子丛中时雨新

梅花一笑四野秀
布谷三声五谷香

梅花有识迎春早
柳絮无心报节迟

梅花欲待歌前放
兰气先迎酒上来

梅迎春意染新色
鸟借东风传好音

梅竹平安春意满
椿萱荣茂寿源长②

梅竹千声歌盛世
花灯万点报新春

美酒一杯辞旧岁
红花万朵盼新春

美名万里传功业
浩气千秋壮国威

门垂五株先生柳③
香满一池君子花④

门对青山千里秀
家居旺地四时春

门畔春色迎年秀
眼前征途映日新

门前嫩柳沾春露
院里好花映月光

门上桃符浮瑞气
宅前爆竹贺新年

门外奇花饶有锦
庭前瑞草总迎春

门迎百福春光好
户纳千祥景色新

门迎百福福星照
户纳千祥祥运腾

---

①管子：指春秋时期齐国政治家管仲，他善于经营，擅长制定经贸类的国策。

②椿萱：椿树、萱草，代指父母。

③先生柳：晋代诗人陶潜（陶渊明）退隐归乡，因家门前种有五棵柳树，故号“五柳先生”。

④君子花：孔子曾说“芝兰生幽谷，不以无人而不芳，君子修道立德，不为穷困而改节”，所以兰花被称为君子之花。

门迎吉庆家声远
满室荣华世泽长

门迎绿水荷藕满
户对青田稻黍春

门迎晓日财源广
户纳春风喜庆多

门栽桃李延春暖
日驻桑榆爱晚晴

民富国强万物盛
人和家兴百业昌

牡丹朵朵开富贵
紫燕声声唱阳春

南湖春色浮天地
东岱青岚入画图

南燕双飞三径闹
东风一笑百花开

能者当家家门富
科学生产产量高

年得丰盛家家富
民思安定日日兴

年丰人寿福音盛
水绿山青春景长

年丰人寿福如海
柳暗花明春似潮

年开舜日江山秀
人乐尧天宇宙新

年年过年年年好
月月赏月月月圆

年年迎春春常在
岁岁祝福福满门

年瑞人欢花解语
春融蝶舞鸟知音

鸟韵入帘春正早
花香浮动日初长

牛耕沃野层层绿
鹊闹红梅朵朵香

牛马猪羊六畜旺
花叶菱藕一池鲜

牛羊并壮猪盈圈
鸡鸭成群鱼满塘

牛羊过溪水云起
禽鸟在树山花开

牛壮猪肥六畜旺
林茂粮丰五业兴

农户逢春春似锦
科学致富富盈门

盼福望福福进户
想财招财财临门

平安竹报全家庆
富贵花开满室春

奇策胜陶朱妙术
厚生运端木良谋[1]

齐策战马迎新岁
满斟美酒贺丰年

---

①端木良谋：端木指孔子的学生子贡，他姓端木，名赐。子贡非常会做生意，当过鲁国、卫国的宰相，有很多厚待百姓的举措。

旗展五星光日月
花开四季丽山川

气象一新开利市
财源广进展宏图

乾坤日月祥光照
龙虎风云瑞气生

勤俭人家先致富
向阳花木早逢春

勤劳儿女财源盛
和睦家庭福泽长

勤劳门第春来早
和睦人家燕去迟

勤与俭治家妙策
忍且和处世良谋

青春有限志无限
岁月无情人有情

青山不语花含笑
流水无声鸟作歌

青山绿水风云静
碧海蓝天日月明

青山万里春光艳
盛世千军气势雄

青山有墨千秋画
绿水无弦万古琴

青松别具三分景
红梅报来一片春

晴空好展青云翅
重彩难描赤县天

庆新春年年如意
辞旧岁月月平安

人逢盛世精神爽
岁转阳春气象新

人逢盛世豪情壮
节遇新春喜庆盈

人逢盛世皆添笑
花到阳春尽展颜

人和政善千家乐
国泰民安百业兴

人欢马叫升平世
燕语莺歌锦绣春

人杰地灵家计裕
物华天宝国基宏

人坐庭前话春意
蜂舞院中戏梅花

人面共桃花一色
歌声同笑语齐飞

人面如桃迎客笑
春风似酒伴诗吟

人民气魄如龙虎
祖国江山似画图

人强马壮康乐日
囤满仓盈富裕年

人寿年丰新岁月
梅香雪瑞好春光

人寿年丰家家乐
国泰民安处处春

人似桃花争织锦
春如碧海竞扬帆

人添志气虎添翼
国庆富强民庆春

人物风流推此代 江山锦绣看今朝	人兴财旺时时乐 心想事成日日欢	人有笑颜春不老 室存和气福无边
人在征途阔步走 心向前景展翅飞	日丽风和春浩荡 花香鸟语物昭苏	日丽山河增秀色 花香鸟唱庆春来
日暖风和催人起 风和大地播春晖	日映晚霞金世界 月浮天宇玉乾坤	日月光辉千里共 春风柔暖九州同
日月光华歌复旦① 云霞灿烂乐长春	日月祥光来宅第 乾坤瑞气到衍门②	日照江山千载秀 春催祖国万年昌
瑞气呈祥舒万物 财源有路富千家	瑞气千条四海晏 春风万里九州新	瑞日芝兰光门第 春风棠棣振家声
瑞雪无声润大地 春风有意拂神州	瑞雪频催红梅蕊 春风新发绿柳枝	瑞雪纷飞寒节去 梅花盛放好春回
瑞雪铺出幸福路 春风吹入吉祥门	瑞雪迎春灯结彩 香梅对户月初圆	山川灵妙能长慧 花木精神亦永年
山光生在有无处 春色始于新旧间	山河再辟通途路 日月重开彩瑞天	山青水绿春长在 人寿年丰福永留
山水有情皆着绿 城乡无处不飞红	山铺瑞雪无墨画 水荡春风有声诗	山舞银蛇春烂漫 路驰骏马景妖娆

①复旦：意思是再次出现光明，也就是指天亮了。

②衍门：盛大、富足的人家。

山舞银蛇尘垢净
天嘘紫气彩云开

山乡踩出兴农路
田野传来致富歌

社会繁荣臻大治
人民安乐庆升平

神州美景千年盛
华夏春光百载新

生产兴隆通四海
财源茂盛达三江

盛世有逢皆乐事
春城无处不飞花

诗书满座风云起
老友一堂富贵春

时雨尽染千顷绿
春光不使一人闲

时雨点红桃万树
春风吹绿柳千条

时雨遍沾芳径草
丽日普照向阳花

史炳千秋昭国运
福联万代顺民心

事业有成人有志
春光无限福无边

疏柳清爽农家院
繁花热闹富裕门

鼠因仓固潜踪去
犬为世宁放胆眠①

数声柳笛飘牛背
无际春光到田头

数点梅花添喜庆
几声燕语道安祥

数点梅花横玉笛
二分明月落金樽②

树展嫩枝春世界
楹添新墨好时光

双手劈开生死路
一刀割断是非根③

水流春光山流彩
人恋事业蝶恋花

水云长日神仙府
禾黍丰年富贵家④

岁月逢春花万树
人民得意力千钧

岁月知春花解语
人心思治鸟调音

岁逢盛世家家富
人遇华年个个欢

---

①此联化自明末清初一位民间义士徐英家中的对联，原联曰："鼠因粮绝潜踪去，犬为家贫放胆眠。"

②此为清代王文治题扬州戏台联。

③传说朱元璋定都金陵后，下旨要求无论士庶人家，过年时必须在门上贴春联，他于除夕夜微服出游观赏，见只有一户人家没有贴，询问方知这家人是以阉猪仔为业的，还没找到帮忙写春联的人。朱元璋自告奋勇写下此联，送给了他们。后来这家人知道是御笔亲书，不敢贴出，高悬于厅堂供了起来。

④此为南宋朱熹联。

岁岁喜结丰收果
家家欣开富裕花

岁逢盛世家家福
人遇华年处处春

岁月如川思远举
英雄满座论宏谋

太平世界家家乐
锦绣河山处处春

泰运方开歌岁首
和风初拂庆春魁

泰运洽融春日永
阳和发育物华新

桃红柳绿迎盛世
人欢马叫颂华年

桃花已发三层浪
玉树长含万里风

桃蕾艳开三月雨
梅蕊香送九天风

桃吐千花迎财至
梅开五福接春来

题诗犹有风雷笔
报国常怀赤子心

提倡依法经营富
鼓励公平获利多

天长地久三胞谊
人寿月圆四海心

天道不言苏百草
地祥有意奉三春

天好地好人更好
猪多粮多福也多

天将化日舒清景
室有春风聚太和

天将化日舒清景
国有英才焕泰和

天降甘霖滋百草
国施惠政富千村

天开美景春光好
人庆丰年节气和

天空明月一轮照
大地春风四方行

天时地利福禄至
物阜年丰门庭吉

天泰地泰三阳泰
国兴家兴万事兴

天下皆乐人长寿
世间同和树延春

天心复见梅花点
元日又闻爆竹声

天增岁月人增寿
春满乾坤福满门

田野风光如画卷
农家生活赛神仙

庭前雪兆丰收景
岭上梅催富贵花

庭前清洁即为贵
家道安和便是春

庭院絮飞阳春柳
村寨歌扬拂晓鸡

铜山金矿皆财富
骏马肥牛亦利源

团结结成光明果
安定定扎幸福根

脱贫致富小康日
足食丰衣大有年

唯有腾飞孚众望
须从改革变沧桑

唯有拥军争国泰
方能克敌保民安

文明正气催春暖
礼貌新风扑面香

无边春色来天地
有庆年头跃虎龙

无边春色百花艳
有庆年头万木春

无声瑞雪抒春意
有信黄鹂唱柳烟

无限新春归大地
几番瑞雪兆丰年

物阜年丰民富裕
龙腾虎跃国兴隆

喜接三星来户内①
欣迎五福进堂中

喜今朝百般胜意
看明岁万事亨通

喜看春来花千树
笑饮丰年酒一杯

喜看稻菽金银浪
大展江山富裕图

喜看桃花开满树
笑斟椒酒饮多杯

喜庆新春同把酒
欢歌盛世共吟诗

喜鹊登枝盈门喜
春花遍地满园春

喜鹊登枝迎新岁
金鸡起舞报福音

喜吟大地三春绿
乐赏神州万里红

喜沾春雨花千树
笑舞东风柳万条

喜祖国繁荣大有
庆侨乡幸福无疆

细雨无声滋大地
和风有意暖人心

霞蔚云蒸新时代
春华秋实美农村

祥光万道临福地
瑞气千条绕华庭

祥天祥地祥和气
吉人吉事吉利财

向阳花木颜色媚
得雨园林气韵新

向阳门第春常在
积善人家庆有余

---

①三星：此处指民间俗信的福、禄、寿三仙。

小村涌出文明户
僻壤卷来网络潮

小鸟枝头皆朋友
青萍水面亦文章

心如花美家家美
业比蔗甜节节甜

新春新景新家运
多福多财多寿康

新景千祥临高第
阳春百吉进富门

新年共享丰收果
盛世同栽幸福花

新蒲细柳皆春色
紫燕黄鹂共妙音

新年景繁花耀眼
大中华碧海腾龙

信息打开幸福路
科学搭起富强门

信息生财财源广
科学致富富路宽

兴邦有策苍生幸
爱国无私赤子心

兴邦有道春长在
治国多方福永存

兴业须从勤处起
生财总自俭中来

雄鸡高唱千门晓
红杏盛开万户春

雄鸡一唱鸣春晓
喜鹊双飞报佳音

雄心共揽霜天月
壮志齐攻科技关

旭日一轮光玉宇
春风万里绿神州

旭日照山亦照水
春风惠我也惠人

雪重始知松柏劲
风清更觉桃李香

雪飞六出铺锦绣①
梅吐五福报新春

雪化红梅呈异彩
春回芳草发新芽

雪霁神州迎瑞日
云开赤县著花天

雪融大地春风近
霞染长天旭日高

雪洁巧铺千里玉
柳舒喜绽万条金

雪下已分六出景
花前又是一番春

雪消门外一山绿
花发江边两岸红

雪消门外千山绿
春到人间万户欢

---

①六出：雪花的别称，“出”的意思是花瓣，因雪花有六角，犹如有六片花瓣，故名。

雪润门外千山绿
梅点人间万户春

雪消门外山山绿
花发枝头月月红

雪映红梅千山秀
鹤伴青松万壑春

雪映红梅千山笑
春融碧草万里芳

眼底常观新世界
身边永伴好河山

燕翻玉剪穿门入
莺掷金梭过墙来

燕翻玉剪穿红雨
莺掷金梭动绿烟

燕剪轻裁风下柳
秧针精绣雨中花

燕舞莺歌歌盛世
国安家庆庆新春

燕向花间翻玉剪
莺从柳外掷金梭

燕子归来寻故垒
桃花依旧笑春风

阳和律吕千门晓①
玉振金声万象新

遥闻爆竹知更岁
偶见梅花觉已春

夜至春敲天乍暖
晨投花绽地尤香

旖旎春光脱旧貌
风流人物看今朝

衣丰食足农为首
业乐居安国是家

因地利生财正道
结人和致富康庄

银锄铁臂五谷旺
高楼大厦百业兴

英雄门第三春景
军烈人家一品红

莺歌燕舞芳菲日
马叫人欢艳阳春

莺歌燕舞阳春景
穗熟花繁丰乐图

莺歌燕舞春无限
雨顺风调岁有年

莺歌燕舞春光好
水远山高幸福长

莺啼柳浪山山秀
犬卧春台户户安

莺织新机随日至②
燕寻旧垒携春归

迎春瑞雪妆梅艳
送暖和风画柳新

迎春曙色含芳景
近日光辉接彩霞

---

①律吕：古代用来校正音律的器具，通常以竹管或金属管制成，共有12根，管的直径相等，长短不同，可以吹出不同高度的音。从最低音开始往上数，奇数管称为“律”，偶数管称为“吕”，合称“律吕”。

②新机：新的生机。

迎春逸兴闻鸡舞
祝岁豪情对鹊歌

迎客迎春迎富贵
纳财纳福纳平安

迎新春百花齐放
送寒冬万象更新

迎新春春光灿烂
辞旧岁岁月火红

迎霞出海千里浪
载月归帆万舱鱼

映阶碧草生春色
隔叶黄鹂送好音

映日梅花三五点
迎春爆竹万千声

勇当改革排头雁
甘作人民孺子牛

鱼香醉倒千重浪
螺号唤来万户春

渔船冲开千层浪
银网拖来万担鱼①

雨润桃花红欲染
日晞杨柳绿初浮②

雨过芳草连天碧
春到寒梅映日红

玉地祥光开泰运
金门旭日耀阳春

玉海金涛千里秀
绿树红楼万户春

玉蕊春浮香信早
柔丝绿染岁华新

玉树暖迎沧海日
珠帘光动锦城春

玉树银花送旧岁
红梅绿柳迎新春

玉燕门前歌盛世
金莺户外唱丰年

育苗绣出千秋锦
植树妆成万里春

欲高门第须行善
要好儿孙必读书

愿为江山添光彩
肯助国是出良图③

月圆花好春有酒
气淑风和院无寒

跃马扬鞭行大道
挥毫泼墨赋好春

云灿星辉皆是瑞
湖光山色最宜春

云呈五色文明盛
运际三阳世泽长

云间瑞气三千丈
堂上春风十二时

云开春光花千树
雨润秋色谷万仓

---

①担：旧制一担等于100斤（即50千克）。
②晞：在阳光下晒干某物。
③国是：国家的重大政策。

云山呈秀千般美
大地更新万户春

战士军前传捷报
英雄村里庆丰年

帐前雪酿丰收酒
马上鞭催艳阳春

朝阳伴福蒸蒸上
春水携财滚滚来

征程万里通春景
伟业千秋起宏图

政策归心民称道
汗珠落地土生金

政策英明百姓富
春风和畅万花荣

政焕北辰群曜拱①
信昭寰宇万民欣

芝兰得气一庭秀
桃李成荫四海春

芝兰向暖迎春笑
松柏逢春映日红

致富门前多妙手
招财路上有能人

志士闻鸡即起舞
才人梦笔自生花

中华儿女英雄志
祖国江山龙虎姿

中天星彩腾奎壁②
此地人文射斗牛③

忠厚一生惭善少
平安二字值钱多④

忠厚平和传家久
仁善礼义继世长

重信誉财源茂盛
守法纪买卖隆兴

忠义取财财恒有
公心待客客常来

种竹千竿清俗气
栽梅百树散清香

珠树绕环千古色
笔花开遍四时春

紫燕双飞寻旧宇
金鸡一唱贺新年

祖国已臻长治世
人民咸庆小康时

祖国昌盛千般好
大地更新万户新

祖国山河春正茂
人民天地日方长

---

①北辰：北极星。

②奎壁：古代天文学所说二十八星宿中奎宿和壁宿的合称，此二宿被认为主文运，所以也用来比喻文坛。

③斗牛：指二十八宿中的斗宿和牛宿。

④此联出自清人石成金《传家宝》。

爱春争春春光无限
惜时抢时时辰有余

爆竹千声同辞旧岁
梅花数点独报新春

爆竹数声花明柳媚
春风一度雪化冰融

爆竹一声人间改岁
梅花数点天下皆春

北国南疆八方锦绣
东桃西桂四季芬芳

璧合金瓯神州焕彩①
龙腾玉宇世纪更新

鞭炮齐鸣一元复始
笙簧迭奏万象更新

布谷鸣春人勤物阜
瑞狮舞彩国富年丰

残漏闻钟景阳报晓②
催花击鼓上苑回春③

草绿山青阳春有脚
羊肥马壮幸福无边

长城内外惊天画卷
大江南北动地诗篇

赤帜拂天日新月异
青松拔地人寿年丰

穿山越岭交通无阻
乘风破浪行驶安全

春风浩荡花香柳翠
岁月峥嵘虎跃龙腾

春风得意马驰千里
煦日扬辉光照万家

春风春雨宜人春色
新事新人治世新风

春风送暖千山竞秀
红日生辉百鸟争鸣

春雨春风桃红柳绿
新年新景虎啸龙腾

春雨春风冰消雪化
新年新景虎啸龙吟

春雨春风百花齐放
吉年吉日万事布新

春雨春花宜时景色
新人新事治世高风

春回大地百花争艳
日暖神州万物生辉

春燕剪柳春回大地
喜鹊登梅喜到人间

春满人间百花吐艳
福临小院四季长安

春花满眼欣逢盛世
秋果盈门共庆丰年

春水无形大地自秀
东风有意绿野舒青

辞旧岁合力山成玉
庆新春同心土变金

---

①金瓯：原意为金质的盆、盂等容器，也指酒杯，可用来比喻国家领土。

②景阳：指南朝齐武帝的景阳宫，此宫楼上置有一口钟，每天清晨敲响，宫女们闻钟即起。

③上苑：指皇家园林。

辞旧岁共饮幸福酒
迎新春齐绘吉祥图

党心民心心心相印
国事家事事事称心

党清国盛泽及万代
风正人和福降千家

地辟康庄无往不利①
车同轨辙到处咸宜②

东风报喜喜上眉梢
飞雪迎春春满人间

东风吹暖英雄门第
喜报映红光荣人家

东西南北八方永泰
春夏秋冬四季平安

多种经营四路进宝
全面发展八方生财

福星高照长空溢彩
万事亨通大地流金

富国兴家一元复始
改天换地万象更新

改革有成宏图似锦
春风得意马步如飞

改革创新兴家兴业
安定团结利国利民

攻千重关心怀天下
读万卷书志在远方

公羊传经司马记史③
白虎德论雕龙文心④

光荣人家门庭凝瑞
英雄宅第院落生辉

归矣风云皮输羊五⑤
斐然文采腋集狐千⑥

国富民强城乡普庆
山清水秀春色集祥

国计民生凭施新政
年丰物阜赖有良谋

---

①康庄：指四通八达的大道。

②车同轨辙：春秋战国时期，各国的车轨距都不一样，在路上行驶留下的车辙不能重叠起来，秦始皇平六国建立秦朝后，将马车两轮间的距离规定为6尺，这样土路很容易就被整齐地压出统一的车辙，有利于车辆行进，运输能力大大增强。

③公羊：指《春秋公羊传》，是一部对孔子所著儒家典籍《春秋》作注释的经典，传说作者是战国时期的儒家学者公羊高。司马：指汉代史学家司马迁，著有《史记》。

④白虎德论：公元79年，东汉的汉章帝在白虎观召开了一场经学研讨会，当时的儒家经学研究者畅所欲言，各抒己见，汉章帝亲自裁选，班固执笔，将会议的成果编成了一本书《白虎通德论》，也叫《白虎通义》。雕龙文心：即《文心雕龙》，这是南北朝时期南朝学者刘勰所著的一部文艺理论典籍。

⑤皮输羊五：春秋时期楚国人百里奚学识渊博、才华出众，他曾做过虞国大夫，后因晋国灭虞，他不想在晋国当官，被充配为晋国公主出嫁秦国的陪嫁奴隶。百里奚到了秦国，很快逃走，回到楚国，为楚王养牛。秦穆公听说他有贤才，便用五张羊皮将他从楚王手中换了回来，还任命他为大夫，管理国政。

⑥腋集狐千：从成语“集腋成裘”变化而来，意思是狐狸腋下的皮毛很小，但积累一千只狐狸的腋下皮毛，就可以做成一件狐裘，有“积少成多”之意。

国泰民安四季富裕
风调雨顺五谷丰登

国事和平万家团聚
春光浩荡四境安宁

国事升平山河壮丽
春风浩荡草木芳菲

国迎新年家图大业
人辞旧岁民盼小康

寒去矣天开生人路
春来也地得放花时

鹤发红颜人人自乐
青山绿水处处皆春

红旗鼓劲五湖泛彩
白雪兆丰四海同春

户对青山花果缀树
门含绿水鱼藕满塘

花香鸟语人勤春早
日丽风和民乐年丰

花果飘香桑麻挺秀
牛羊肥壮稻菽丰盈

花木逢春花明似锦
人民有党人定胜天

画里江山飞花点翠
枝头梅鹊斗艳争春

回首百年风云气壮
放怀千载事业心雄

会遇群贤清流趣永①
时当乐岁化日春长

吉星高照家迎好事
春光辉耀户纳祥福

家富人和顺如流水
时言乐笑穆若清风②

家家勤俭力戒浪费
户户清洁长葆健康

家庭和睦事事如意
老幼健康岁岁平安

阶前风暖径外花艳
桥边梅启涧旁柳舒

锦绣河山春风拂面
光明世界红日当头

兢兢业业朝朝暮暮
欢欢喜喜岁岁年年

俊杰领航神州崛起
人民做主祖国腾飞

开门迎春春风扑面
抬头见喜喜事盈门

开发财源为民致富
唯才是举替国进贤

开拓新程云鹏展翅
振兴华夏天骥骋才

腊尽春回风传喜讯
人欢马叫雪兆丰年

乐享升平安居盛世
风顺绿柳雪笑红梅

---

①清流趣永：南北朝时晋朝书法家王羲之与友人于上巳日（农历三月初三）聚会在会稽郡的兰亭，面对清澈的流水，一边喝酒一边吟诗。后来诗结集为《兰亭集》，王羲之亲自写下著名的书法作品《兰亭集序》。

②穆若清风：出自《诗经·大雅·烝民》“吉甫作诵，穆如清风”，形容声音像凉爽的微风一样柔美。

烈士精神人人敬仰
革命传统代代相传

烈士家属万民尊敬
革命英雄百世流芳

林木成荫无山不绿
沟渠结网有水皆清

龙鸾炳文神州焕彩[1]
鸿鹏展翅华夏腾飞

龙的传人扬眉吐气
春之使者傲雪朝阳

龙飞腾捷报传四海
虎生翼奇迹扬五洲

龙启吉祥云蒸霞蔚
花开富贵人寿年丰

龙腾云海凤翔天宇
春满江山花漫神州

露气春霖月华秋水
晴光淑景芳草远山

绿满林区千山滴翠
春临茶岭万里飘香

绿染千畴挥锄夺宝
春临四海洒汗成金

马跃人欢九州欢洽
鱼肥秧壮四海春浓

马壮牛肥土生白玉
人勤春早地产黄金

梅花点点芬芳千朵
爆竹声声欢乐万家

梅艳冰融人间增岁
风和日丽天下皆春

民族正气山川增色
功臣喜报门第生辉

年年过年年年如意
岁岁增岁岁岁平安

努力提高民族文化
勇敢攀登科学高峰

破浪乘风送君千里
浮槎泛海涉彼五湖[2]

启户迎春春风拂面
抬头见喜喜气满堂

勤劳致富山欢水笑
政策归心虎跃龙腾

人杰地灵气壮四海
物华天宝春盈五湖

人杰地灵百业兴旺
山欢水笑五谷丰登

日丽风和百花争艳
地灵人杰万众同欢

瑞气盈庭一门兴旺
甘霖沃野五谷丰登

瑞日暖融山河似锦
东风浩荡大地皆春

瑞雪纷飞满天喜气
凯歌高奏遍地春光

---

①炳文：焕发文采。
②槎（chá）：木筏。

瑞雪飞神州多壮丽
爆竹响山河尽朝晖

瑞雪飘飘丰年喜兆
蜡梅点点春节嘉祥

瑞雪纷飞村村兆瑞
春风浩荡处处迎春

山清水秀阳春有脚
人寿年丰幸福无边

山清水秀九州如画
鸟语花香四季长春

山山水水诗画新岁
家家户户歌舞丰年

山舞银蛇梅开北国
原驰骏马春报南疆

食足衣丰安居乐业
山清水秀悦目怡神

世事文明春风入户
江山秀丽喜气盈门

事业繁荣门盈紫气
江山秀丽户绕春风

淑景融融风恬雨霁
芳时湛湛野旷川明

树立勤俭节约风气
发扬艰苦奋斗精神

树立正气准则为镜
端正党风从我做起

水陆舟车畅行无阻
城乡客货纷至沓来

水色山光阳春万里
花香鸟语丽景九州

水秀山清人畜兴旺
月圆花好龙凤呈祥

送旧年窗花映白雪
迎新岁喜鹊闹红梅

岁首已瞻东风得意
金匙在握长策催程

岁岁迎春年年如意
家家纳福事事吉祥

岁增岁岁岁风光美
年复年年年气象新

桃花荡起千层胭浪
柳树迎来万里清风

天欢地笑春风满面
政通人和喜气盈门

同胞携手民心共仰
祖国统一众望所归

望天宇万里清似玉
喜人间四季暖如春

沃野千里致富有道
良田万顷劳动生财

喜盈门天乐人亦乐
春及第花开心亦开

笑舞东风松梅竞秀
喜沾春雨桃李争妍

心存民生同百姓乐
胸怀国计先天下忧

新时期跨上千里马
众英豪描绘万代图

胸中涌出洋洋喜气
手上牵回缕缕春光

旭日祥云千门竞盛
春风化雨万物争荣

阳春美景山河绚丽
大块文章岁月增新[1]

迎新春共庆山河壮
过佳节齐歌天地新

雨露无私江南塞北
阳春有脚海角天涯

玉宇气清鹰冲霄汉
神州春暖鲤跃龙门

乐奏小康人迎新禧
年歌大有春暖故乡

云蒸霞蔚风和日暖
国盛家康人寿年丰

政策英明百行兴旺
春风和暖万象更新

中华崛起山河竞秀
民族振兴日月争辉

雪满千峰山高月小
春来万里雨润花开

溢彩流金河山似锦
穿红着绿岁月如花

又逢新春普天同庆
再展宏图举世共欢

雨露无私桃红柳绿
河山有主物阜民康

玉宇澄清九州日丽
东风浩荡四海春新

云生吉祥风吹和顺
花开如意竹报平安

载歌载舞天下常乐
富国富民大地皆春

指点江山春光满目
激扬文字彩笔生花

壮志凌云红心向党
春风送暖喜气盈门

燕舞莺歌一元复始
羊欢牛叫四海同春

英雄本色千秋放彩
革命精神万代流传

鱼恋水水阔凭鱼跃
鸟爱天天高任鸟飞

雨润初春百花吐蕊
民欣发展万众同心

月圆花好鸟飞鱼跃
雨顺风调马壮人欢

云献吉祥星连福寿
花开富贵竹报平安

政通人和百业俱举
风调雨顺万象更新

植树造林青山不老
修河整坝绿水长流

紫气冲天物华天宝
阳春铺地人杰地灵

---

①大块文章：大块即大地，这个成语的意思是“大自然美好的景色”，后来也用于称赞写出来的文章内容丰富。

祖国山河日新月异
人民事业地久天长

祖国繁荣江山如画
东风浩荡大地皆春

爆竹声中迎来千般喜
梅花香里盼得万户春

爆竹两三声人间增岁
梅花四五点天下皆春

爆竹声声欢歌幸福岁
梅花点点喜庆致富春

爆竹万千声人间换岁
梅花四五点大下皆春

爆竹知人意声声悦耳
梅花晓天时朵朵欢心

爆竹欣更岁桃符换旧
梅花喜迎春风貌展新

碧海连金波时光正好
云天放异彩景色更新

层层梯田铺下丰收景
条条渠水引来幸福泉

创业勤如东山摇钱树
持家俭似南海聚宝盆

创业者主事事兴人和
明白人当家家富国强

创新兴事业耀今烁古
举旷代英才继往开来

春风如意江山添锦绣
时雨顺心天地共长春

春风送春处处春色美
喜鹊报喜家家喜事多

春风化春雨普添春色
新岁树新风辈出新人

春雨春风引万般春色
新年新岁开一代新风

春节迎春春联添春色
喜辰贺喜喜鹊报喜音

春到小康人家家家乐
喜至勤劳门户户户欢

辞旧岁看江山如画美
迎新春望前程似诗豪

翠柳摇风喧千林翠鸟
红梅映日吐万树红霞

大地复苏神州放异彩
斗柄回寅祖国展新姿

大地播春光山青水绿
神州增秀色万紫千红

大江南北前进脚步紧
长城内外奋斗歌声高

东风得意染山河锦绣
日月知心织云霓绮霞

东风欲晓紫光临大地
万象回春生气满乾坤

发奋图强山河换新貌
治穷致富神州展宏图

发家无巧勤劳为根本
致富有道科技做靠山

方针得人心有山皆绿
政策符民意无地不春

风光无限春色知众意
天地有情政策暖民心

风过雨后万壑千山美
冬去春来五湖四海新

富源常开勤俭通富路
春光永驻改革报春华

革故鼎新三春添锦绣
扬鞭策马四海展宏图

光荣门第喜挂光荣匾
幸福人家常开幸福花

国策英明春意随人意
前程灿烂民心伴党心

国富民乐山河呈瑞气
政通人和日月耀春晖

国泰民安众星朝北斗
风和日丽百鸟向南枝

国兴旺年年风调雨顺
民有幸岁岁人寿年丰

浩荡神州河山铺锦绣
峥嵘岁月人物竞风流

浩然华夏一幅兴邦画
伟哉神州万首改革诗

和风吹绿野人勤春早
祥云吐细雨物阜年丰

红梅点点和风来塞北
春意融融紫气绕江南

红梅花艳飞雪迎春到
碧水波宽心潮逐浪高

红日无私任万家分暖
阳春有意催百卉争荣

红日喷霞处处添画意
春风化雨点点动诗情

虎跃龙腾创人间奇迹
花香鸟语描大地春光

花好月常圆人民同乐
根深叶又茂天地长春

花团锦簇江山添异彩
虎啸龙吟华夏震神威

欢度新年家家彩灯艳
喜逢盛世户户春酒香

家有聚宝盆招财进宝
院栽摇钱树致富生钱

健笔如椽歌尧天舜日
繁花似锦赖化雨春风

降雪无声乾坤一夜玉
安邦有继祖国万年春

兢兢业业为人民服务
老老实实向群众学习

骏马飞驰传千家喜讯
牧歌飘荡送万里春风

看旖旎春光重新日月
喜风流人物大展宏图

靠政策生财前瞻有望
凭勤劳致富后顾无忧

腊尽春浓山村添喜气
牛肥马壮门户沐春风

老老少少话古今巨变
家家户户乐万象更新

立壮志为江山添锦绣
争朝夕与日月竞光辉

丽日耀千里飞花竞秀
东风催万民捷报增辉

林海为家怀十分春色
青山做伴树一代新风

满天春色有山皆点翠
遍地新装无树不飞花

梅花点点笑饮丰收酒
爆竹声声高歌胜利年

梅开五瓣浓抹三阳景
竹报三多淡妆四季春

沐东风大地百花吐艳
浴朝晖山林万木争荣

年年过年年年不虚度
岁岁辞岁岁岁莫蹉跎

年年得福千家千福景
岁岁登高一步一层天

年复年年年花香鸟语
岁又岁岁岁人寿年丰

鸟语花香观神州秀色
龙吟虎啸看华夏腾飞

农林牧副渔业业兴旺
油盐柴米布样样有余

前程党指引凯歌高奏
政策民拥戴捷报频传

青山披锦绣五湖泛影
绿水漾春华四海同心

鹊闹红梅村村传喜报
童逐绿野处处闻欢声

人间传喜讯一元复始
大地发春华万木争荣

日月光昭数风流人物
春秋笔在歌盛世英雄

瑞雪伴青松江山如画
和风拂翠柳祖国皆春

瑞雪纷飞大地萌春意
东风浩荡神州跃巨龙

瑞雪人家江山银万里
春风秀树原野绿千层

瑞气满神州青山不老
春风拂大地绿水长流

山欢水笑八方盈正气
物阜民康四海庆阳春

山明水秀处处皆春色
年丰岁余人人尽笑颜

山清水秀风光日日丽
人寿年丰喜事天天增

山乡柳阴深处春意闹
农家稻花香里唱丰年

时令值新春风和日丽
人民逢盛世面笑心欢

淑气满神州闻鸡起舞
春风吹大地跃马争先

书山中探胜多思是宝
学海里遨游勤奋作舟

树雄心打开知识宝库
立壮志攀登科学高峰

双手茧花结出丰收果
一身汗水浇开幸福花

水田如明镜春风荡荡
山花似笑脸喜气洋洋

舜日尧天万民欣惠政
和风甘雨四海沐春晖

桃符更新正气驱邪气
春光伊始今年胜去年

为团体办事多谋善断
代群众当家大公无私

喜神州春色百花娇艳
绘小康蓝图万马奔腾

先烈打江山伟业千古
吾辈拼建设福泽万年

旭日出东方光弥宇宙
百花开大地春满人间

艳阳照广厦春华喜绽
甘露洒人间瑞气勃生

以慧眼看人无物不照
凭良心做事随处皆春

楹联迎春颂小康美景
爆竹报岁祝大展宏图

展宏图华夏繁荣昌盛
歌盛世人民福寿康宁

政策暖人心春风共沐
新猷孚众望时雨同沾

铁臂飞舞山河除旧貌
银锄起落天地换新装

习习春风吹绿千层岭
彤彤旭日映红万户门

喜小康路上莺歌燕舞
看神州海内马叫人欢

携手开华夏千秋大业
并肩展神州万古雄才

旭日暖人心心心向党
春风吹花朵朵朵朝阳

阳光照河山河山添色
春雨洒大地大地生辉

饮水思源感谢共产党
拥军优属热爱子弟兵

又是一年春春盈天地
再鼓十分劲劲满神州

张灯结彩喜气盈万户
溢绿飘红春光满千村

政通人和九州开泰运
风调雨顺四海庆升平

同心同德创千秋大业
克勤克俭写百年新篇

喜气满庭院春来福地
凯歌传天地鱼跃龙门

先富后富靠劳动致富
兴家养家须勤俭持家

雄鸡一二声天下尽晓
瑞雪三五片人间皆春

学海无涯千舟齐发奋
书山有径万众竞登攀

仰啸长风早负凌云志
宏开大局常怀爱国心

莺歌燕舞春风吹华夏
虎跃龙腾瑞雪洒神州

早发和风捎来盈门喜
多情瑞雪降下满园春

张灯结彩喜庆丰收岁
笑语欢歌乐迎艳阳春

政通人和暖风吹乐土
民殷国富瑞日照华天

壮志绘宏图永无止步
丹心创大业岂可偷闲

自力更生创千秋大业
励精图治开万代宏基

白雪红梅风景这边独好
蓝天碧野江山如此多娇

爆竹声声传扬建设佳音
春联副副表达人民心声

爆竹声声脆报春兼报喜
华灯盏盏红醉面也醉心

彩笔如花写就峥嵘岁月
春风似剪裁成锦绣河山

诚意善意为让人民满意
热心耐心博得群众称心

城乡携手齐创山河春景
军民同心再谱鱼水新歌

乘一派春风展千秋画卷
起九州生气迈万里征程

出门喜进门喜处处皆喜
今年富明年富年年都富

春归柳叶绿田园无限美
寒尽桃花红山河分外娇

春风催旧岁华夏千花艳
瑞雪兆丰年神州万象新

春雨情深灌醉千重麦浪
汽笛声高催开万朵心花

春日融融万树繁花竞放
红旗猎猎千骑骏马争先

春联红人心暖笑声朗朗
鞭炮鸣民意顺歌舞翩翩

春华秋实如诗诗中隐画
水秀山明似画画里藏诗

春起舞风拂大地捎新爱
燕飞翔语戏蓝天告旧情

春满江南处处民殷地富
霞飞塞北村村鸟语花香

春燕呢喃迎来百花香艳
雄鹰展翅搏击万里长空

春雨润春光九州歌盛世
喜鹊传喜讯四海庆升平

春霜降大地有情迎盛世
瑞雪舞苍穹着意报丰年

春花岁岁更新青山不老
时序年年除旧淑景长存

纯洁心灵绘制壮丽画卷
高尚情操创建幸福乐园

辞旧岁大江南北皆春色
迎新春长城内外尽朝晖

辞旧岁爆竹声声人添喜
迎新春红灯闪闪国增辉

辞旧岁家家门外阳光道
迎新春户户窗边幸福花

辞旧岁家家欢欣酒有味
迎新春户户幸福乐无边

辞旧岁迎新春百花争艳
庆胜利贺丰登五谷飘香

大地回春南国日新月异
东风播彩北疆柳绿桃红

党风正神州大厦千秋固
法令严祖国繁花四季香

发奋图强今朝万方喜庆
登高望远前途一片光明

发扬谦虚谨慎优良传统
坚持实事求是科学精神

发展多种经营财源茂盛
大搞科学种田五谷丰登

法制治国家家安居乐业
政策得心人人满面春风

芳草先知喜报春归大地
梅花初吐欣观绿染群山

放眼量千秋伟业垂青史
展翅飞万里晴空衬彩霞

放眼瞧满面春风满面笑
抬头望一天云锦一天霞

改革新花花盛三山五岳
文明硕果果香万户千家

甘露无声绣出千红万紫
阳春有脚送来十雨五风

各行各业齐跨长征骏马
同心同德共绘小康蓝图

国兴旺家兴旺国家兴旺
老平安少平安老少平安

含笑蜡梅唤醒娇葩满树
溢香春笋挺起翠竹成林

好景有望几枝梅花似雪
丰年先兆千顷稻秧如云

好社会山好水好风光好
新时代地新天新气象新

红灯盏盏映出丰收画卷
爆竹声声传来胜利凯歌

红旗如画风景这边独好
前程似锦江山如此多娇

户户家家年年富富裕裕
老老少少时时乐乐欢欢

换旧符欢呼祖国曈曈日
开新宇喜看神州处处春

挥巨笔谱写千秋创业史
树雄心描绘万代幸福图

旧习惯宜随旧时日俱往
新年月当与新知识并增

开门见喜个个心花怒放
擂鼓迎春人人笑逐颜开

克勤克俭劳动人民本色
任劳任怨革命干部作风

乐事无边万户福星高照
太平有象一天瑞雪纷飞

犁刀如剪裁就满园春色
锄头似笔写出致富新篇

临春境描春景风光似画
迎华年写华联翰墨生辉

锣鼓喧天共奏新春妙曲
风雷动地同抒大业豪情

男儿报国戎马驰战疆场
战士尽忠金戈镇守边关

年年增收莫忘克勤克俭
节节胜利切须戒躁戒骄

暖暖春风染绿千里沃野
洋洋喜气烘暖万户人家

庆胜利张灯结彩千门乐
迎新春捷报频传万户歌

庆新年千家万户贴红对
点春景五岳三山披绿装

人寿年丰生活越来越好
莺歌燕舞春光如画如诗

日月经天忠烈流芳百代
江河行地英雄伟业千秋

日丽风和老骥岂甘伏枥
河清海晏大鹏得意凌空

日丽风和人勤河山似锦
年丰物阜民康天地同春

日丽风和畅行百年大计
花香鸟语喜报千家小康

日融融浩荡东风新局面
风习习葱茏春色好河山

瑞雪无心抹去五颜六色
春风有意送来万紫千红

瑞日高悬塞北江南皆暖
东风浩荡天涯海角同春

山欢水笑国情般般如意
长慈幼孝家事桩桩顺心

山清水秀映改革千秋画
鸟语花香颂文明万代歌

山舞银蛇北国风光畅美
云飞紫燕南方春色多娇

时人逢春希望已经破土
英雄报国壮志正欲凌云

数树红梅点响千家喜爆
一轮旭日迎来万户春光

松香竹香梅香香风阵阵
天美地美人美美意重重

送旧岁铜锣皮鼓惊五岳
迎新年火树银花照九天

岁岁辞旧岁往岁逊今岁
春春迎新春来春胜去春

岁序更新三朔同临首祚①
风光胜旧一门独得先春

①首祚：一年的开始。

唢呐频频吹高奏丰收曲
彩龙翩翩舞欢唱阳春歌

天开锦绣喜气三春又度
国树文明新风四海传来

为子孙创业宏图惊日月
替祖国争光奇志壮河山

舞长龙为大地回春庆贺
耍猛狮给神州崛起壮威

喜洋洋山青水绿春常在
笑盈盈人寿年丰福无边

先忧后乐心系人民福祉
远瞩高瞻志在祖国兴隆

先进帮后进日乘千里马
今年胜往年更上一层楼

想种摇钱树靠勤劳致富
欲捧聚宝盆凭节俭持家

杏雨正红喜染千家春色
和风着绿巧织万里新图

旭日临门喜见龙光凤彩
春风及第吹来兰气梅香

旭日祥云灿九州花似锦
春风化雨新四海歌如潮

雪映红梅万里河山多彩
鹤伴青松中华日月长新

要节约半丝半缕半寸布
不浪费一粥一饭一粒粮

迎新春一江春水三江酒
搞建设一寸光阴一寸金

有脚阳春先到故园桃李
无心明月偏照近水楼台

展笑颜山笑水笑人民笑
迎新岁天新地新事业新

争上游金镰钩起一弯月
夺高产银锄震落满天星

政策暖民心三江流碧水
阳光铺大地五岳放光华

政策宽经营活山山有路
眼光远信息灵水水通舟

猪肥羊壮家家六畜兴旺
穗大粒多户户五谷丰登

紫燕高飞剪开千重云雾
布谷欢歌唤起万户春耕

白雪生辉春回大地风光好
红梅溢彩福满人间喜事多

比贡献夺丰收共驰千里马
赛雄心创高产更上一层楼

碧野青田一方胜地收眼底
红楼绿树十里新城壮人间

承前启后代代人在红旗在
继往开来辈辈心红江山红

除旧布新明知往者非来者
掀天翻地始信今人胜古人

春风送暖千山披彩千山美
红日临空万水扬波万水欢

春回大地杨柳依依风光美
福至人间老少朗朗笑声甜

春回大地山清水秀风光好
日暖神州人寿年丰喜事多

春满人间人间处处映春色
光照神州神州煦煦放光华

紫气东来已应千祥汇聚
吉星高照还期百业荣兴

爆竹声声举杯畅饮团圆酒
灯火灿灿放眼遥看锦绣图

笔走龙蛇挥写千张红喜报
人跨骏马奔驰一路好前程

长治久安百业俱兴开新宇
集思广益万众同心建中华

除旧布新喜见东风吹大地
承前启后好挥彩笔绘宏图

除旧布新远近声声传捷报
扬长避短城乡处处沐春晖

春雨润喉大地欢唱丰收曲
政策指路农民敲开致富门

春到人间红雨随心翻作浪
花开垅上荒山无处不成田

春回大地春光好春荣万物
福降人间福气浓福照千秋

春暖风和黄莺织柳诗中画
天高地旷紫燕穿云画里诗

春光宝贵一分半秒莫虚度
道路崎岖万水千山只等闲

春山春水春意浓春色醉我
新天新地新景象新风宜人

春联对对流金溢彩千门笑
红灯盏盏跃霞飞虹万户欢

翠柏苍松装点神州千岭绿
朝霞夕照染就江山万里红

翠竹青松万里山河皆春色
红霞丽日九州天宇尽朝晖

大业有成瑞雪皑皑辞旧岁
小康在望红梅点点迎新春

大地回春万里东风绽桃李
春风送暖千村好景话桑麻

大地回春锦绣山河添新貌
万象更新风流人物数今朝

大地回春喜见红阳消积雪
普天同庆欣逢盛世贺新年

大地迎春柳伴梅香招蜂舞
文坛焕彩笔掀墨浪唤龙飞

大象承乾处处春光寒转暖①
三阳开泰年年淑景去还来

大业方兴自古中华多俊杰
中原崛起于今遍地尽风流

丹凤来仪人寿年丰新岁月
春风送暖梅开雪映好山河

但喜新年日暖风和无俗事
闲寻旧隐花明鸟语一般春

冬去春来千条杨柳迎春绿
民安国泰万里河山映日红

冬雪化处日耀松柏千峰翠
春燕来时风拂桃李满园香

繁荣昌盛真乃物华天宝日
安定团结果然人杰地灵时

福光高照花红柳绿春不老
乐事亨通物阜家丰岁常新

---

①大象承乾，其中“乾”指的是《易经》中的乾卦，代表一年伊始。

俯首低吟百年诗赋萦头脑
高瞻远瞩万里风云入壮怀

高楼拔地风光秀丽惊鬼斧
新桥接天景色壮美夺天工

歌声笑声鞭炮声声声悦耳
家事国事天下事事事关心

鼓乐齐鸣四海欢腾迎正朔
华灯怒放神州锦绣喜繁荣

挂红灯千城万镇恭贺新禧
放爆竹万户千家吉庆有余

红日彤云纵横物与天然美
丰年足岁俯仰人随国步新

虎跃龙腾碧海苍山光玉宇
莺歌燕舞春风旭日灿神州

虎将三千昔射大雕曾伏虎
雄兵百万已跨骏马再腾龙

虎跃龙腾一代英雄造时势
山明水秀万里春色泛桃花

花团锦簇千门万户添喜气
鹰飞鱼跃赤县神州展宏图

画栋连云燕子重来应觉异
笙歌遍地春光长驻不忍归

鸡犬过霜桥一路梅花竹叶
燕莺穿绣幙半窗玉剪金梭①

佳节佳期佳酒千杯酬佳友
新人新事新风百转谢新宾

佳节良宵脉脉情怀思亲友
新春旭日丝丝心意颂故乡

家福国福天下福福福同享
笑声歌声鞭炮声声声齐鸣

旧岁不旧四季山青花吐俏
新年更新八方水碧柳含情

举金杯和天地共饮辞岁酒
吹玉笛与日月同唱迎春歌

军民一家铁壁长城千里固
党政协力锦绣江山万年春

---

①此为清代缪莲仙联。

靠政策致富家家金流玉淌
凭科学发家户户囤满仓实

科技下乡增产增收增国力
制度落实合情合法合人心

老骥伏枥退休续谱夕阳曲
苍松傲雪余生再唱春日歌

乐事无边万户春灯传五夜[1]
太平有象千山晴雪兆丰年

丽日蓝天万树繁花争早放
红旗大道千骑骏马着先鞭

柳絮凝烟风景千年留客赏
春潮带雨画图一幅任人描

绿树红楼千村笑语千村富
蓝天碧野一路春风一路歌

绿绕门前鲤戏碧水留余韵
青垂屋后果缀新枝播远香

绿野门前喜看禾苗歌盛世
春水屋后欣观鱼鸟乐升平

锣鼓喧天处处春风报喜讯
彩旗映日家家美酒贺丰年

莽莽神州春色春光春意美
巍巍祖国新风新事新人多

梅花朵朵含苞吐蕊迎春到
瑞雪片片漫野弥山兆丰年

梅柳迎春万里东风绽桃李
椿萱含笑一轮红日暖桑榆[2]

美化环境千山拥翠展春景
治理污染万里呈碧织锦图

囊括人才信息兴邦操胜算
争夺时间效益富国有良谋

门对千山羊兔群群嬉碧毯
窗含绿水鸭鹅队队戏银波

年年腾跃一江春水重重浪
岁岁攀登百尺竿头节节高

年年迎春年年添福年年乐
岁岁丰收岁岁有余岁岁欢

---

①五夜：我国古代将一夜分为五个时间段，即甲夜、乙夜、丙夜、丁夜、戊夜，也就是一更至五更。

②桑榆：夕阳西下的时候，最后的光辉总是落在桑树和榆树的树顶，因此桑榆借指日暮，也用来比喻人的晚年。

年年进宝年年添福年年乐
岁岁招财岁岁有余岁岁欢

鸟识元机衔得春来花上弄
鱼穿地脉挹将月向水边吞

暖雨迷蒙挥镐开山齐植树
春风飘拂扶犁耕野竞分秧

盼春迎春处处春春光永驻
念富致富家家富富水长流

敲锣打鼓鸣鞭鸣炮佳节到
张灯结彩载歌载舞丰年来

群英跃马喜看当今富强景
盛世同春乐享小康幸福年

人似春风年年如意年年乐
业如翠竹节节强劲节节高

人杰地灵文明国度数千载
水绿山秀璀璨人间几十春

人寿年丰江南塞北家家乐
山清水秀天涯海角处处春

日丽风和山美水美风光美
年丰物阜人新事新时代新

日丽风和升平有象家家乐
莺飞燕舞覆载无私处处春

入户闻家声礼乐诗书孝悌
卷帘看春色椿萱棠棣芝兰①

瑞雪飘飘点缀寒梅枝上玉
和风习习吹开垂柳叶中金

瑞雪含春装点山河多锦绣
雄鸡唱晓唤醒大地更妖娆

山明水秀旖旎春光来天地
励精图治宏伟规划震古今

树雄心创大业与江山共秀
立壮志写春秋和日月同辉

水笑山欢人勤春早年年好
花香鸟语国泰民安日日新

舜日尧天檀板金筝歌盛世
红颜白发火树银花庆升平

①棠棣：典出《诗经·小雅·棠棣》，指代兄弟。芝兰：比喻优秀的子孙。

岁月更新对对春联歌盛世
时年胜旧杯杯美酒醉昌期

岁月峥嵘六合春风千山绿
江山锦绣九州化雨万物苏

岁月无限巨龙腾飞可指日
历史有证中华崛起在今朝

泰运宏开五谷丰登歌大有
春光明媚百花齐放庆升平

桃红柳绿大好河山都似锦
春华秋实无边土地尽成金

桃红柳绿共道人间春色美
虎跃龙腾喜看华夏宏图新

天下皆春长衢喜见胜利舞[1]
人间改岁曲巷欣传凯旋歌

田有嘉禾时望春风时望雨
宅无别物半藏农器半藏书

物阜人丰四海升平歌大有
民强国富万家幸福庆小康

喜村寨五谷丰登粮山棉海
看城乡一派兴旺车水马龙

喜贴春联副副春联抒壮志
欢燃爆竹声声爆竹振豪情

新岁雪晴祖国红梅争盛放
故园春满海外紫燕好归来

新天新地新人新事新气象
春风春雨春花春月春满园

醒狮一吼地动山摇震寰宇
雄鸡三唱人欢马叫展宏图

燕语莺歌喜话去岁欢心事
龙腾虎跃笑庆今年如意春

阳雀声中春风染绿江堤柳
科技田里勤劳浇开稻菽花

莺歌燕舞无边春色催干劲
柳绿桃红大好河山亮新姿

有山皆绿千山茂盛千山笑
无地不春万户兴隆万户歌

---

①长衢（qú）：大路。

有山皆春满坡牛羊满坡笑
无土不乐遍地金银遍地歌

玉兔东升千江绿水千江暖
金鸡唱晓万户朝阳万户新

云水翻腾千帆竞发争前浪
中华崛起万马奔腾着先鞭

竹翠梅香共喜春光融画卷
旗红日灿同挥热汗写诗篇

不是孝慈友恭更有何事可乐
只此谦和雍睦自然到处皆春

爆竹声声脆家家户户辞旧岁
喜讯片片飞行行业业庆丰收

春雷鸣大地五湖四海春意闹
红霞映神州万水千山红旗飘

春风梳绿柳黄莺啭日祝康泰
瑞雪映红梅喜鹊登枝报平安

大地换新颜苗遍田陌歌遍野
山坡披彩装果满枝头笑满林

多娇江山脱素呈红春花烂漫
伟大祖国布新除旧岁月峥嵘

鱼跃鸢飞滚滚春潮催奋进
月圆花好溶溶喜气遍城乡

玉宇澄清好雨知时萌万物
长川浩荡春风带暖发千花

正气凌云万户弦歌腾瑞霭
群英跨骏八方捷报灿新光

祝捷放歌一报平安再报喜
铭功寄语千行青史万行书

爆竹乐九霄岁岁平安添福寿
春风吹大地家家喜庆纳吉祥

彩笔绘宏图人人英姿添异彩
春风吹大地家家欢乐庆新春

春色宜人人人讴歌太平盛世
彩图盈幅幅幅描绘锦绣河山

春光照四海四海浩瀚春常在
佳节临九州九州方圆乐无穷

东南西北中齐促祖国快发展
农林牧副渔共庆行业大丰收

花柳展新姿五光十色春园丽
山河放异彩万紫千红气象新

华夏五千年经天纬地文明史
阳春三万里足食丰衣幸福家

今朝改革三山五岳桃红柳绿
明日昌盛四海九州水秀山清

历史长河浪打浪后浪推前浪
人生岁月年复年今年胜去年

龙飞凤舞万里蓝天春晖无限
人欢马叫九州大地气象万千

民心党心军心同心创造伟业
人力物力智力协力建设未来

农家皆喜气醇酒清香飘户外
山寨尽春晖蜡梅傲雪仰枝头

翘首望京华多谢春风常送暖
深情连海宇且凭红豆寄相思

人人诚诚实实个个和和气气
事事兢兢业业处处稳稳当当

上下几千年历史过客匆匆去
纵横数万里人民天地日日新

会管理善经营致富全靠政策
沐朝阳沾雨露丰收不忘国家

看人间风调雨顺皆因政策好
通民意山清水秀全靠路线端

立山巅岩石八方风云收眼底
听耳畔松涛万家忧乐在心头

梅花点春天迎接新岁换旧岁
瑞雪覆大地预兆来时胜往时

南国好风光百鸟争鸣花似锦
中华多俊杰群英奋发气如虹

破旧观念改旧法规旧岁送旧
创新局面上新台阶新年迎新

普天开景运九霄云霞成锦绣
大地转新机万里山水入画图

瑞雪降庭前玉洁冰清春一色
东风拂大地莺歌燕舞柳千条

时代好风光处处有好人好事
社会新气象天天谱新调新歌

水木荣春晖柳外东风花外雨
江山留胜迹秦时明月汉时关

送春煖百花齐放文坛涌俊秀①
布阳和推陈出新艺苑竞芬芳

天地本无私人勤争得春来早
江山原不老国运宏开日变新

祥光照四海四海皆春春不老
福气临九州九州同乐乐无穷

秀气漫神州秀水秀山增秀色
春光辉大地春风春雨试春妆

旭日映红梅丹凤朝阳祝康泰
春风拂绿柳喜鹊登枝报平安

旭日颂时和青山滴翠花带露
惠风调岁稔绿水藏欢海兴波

旭日东升祖国前途光明一片
东风浩荡人民生活幸福无疆

雨露无私情四海珠玑皆润色②
阳光有正气九州锦绣尽增辉

展现代宏图祖国城乡争建设
谋未来大计中华儿女竞风流

站上高处看到远处干在实处
懂得昨天立足今天奔向明天

政策称心家家户户欢欢喜喜
方针如意岁岁年年乐乐康康

政策暖千家人民喜庆小康日
春风绿万户农舍欢欣大有年

祖国好风光众鸟争鸣花似锦
中华多俊杰群英奋发志凌云

祖国换新装天然画卷山和水
农家多乐事自在生涯读与耕

祖国繁荣海外亲人扬眉吐气
侨乡昌盛天涯赤子笑语欢歌

不唯上不唯书事事出发从实际
应为民应为党人人要求按准则

窗含春耕画图铁臂银锄翩翩舞
门迎丰收喜讯金珠玉粒滚滚来

---

①煖（xuān）：温暖，同“煊”。
②珠玑：珠宝、珠玉，也比喻优美的诗文、绘画等。

春归三山五岳万象更新现代化
福临四面八方千舟载满幸福歌

大地不老且将千杯美酒劝大地
神州永年喜看万片瑞雪舞神州

端正人生价值观反对拜金主义
提高民族自豪感弘扬爱国精神

家家喜贴春联副副春联抒壮志
个个争放花炮声声花炮振豪情

柳绿桃红看大好河山皆成锦绣
春华秋实望无边田野尽是黄金

勤劳致富吃好穿好住好生活好
政策归心天新地新家新气象新

瑞雪片片兆丰年家家恭喜致富
蜡梅点点报新春人人庆贺安康

山水田原路综合治理生财路广
农林牧副渔多种经营致富门宽

树绿花红谷黄棉白田园景色美
鸡啼鸟啭鱼跃人欢农村气象新

燕声莺声流水声谱就天然妙曲
桃色柳色青山色绘成大好春光

燕语莺啼争传天南地北舒心事
山欢水笑盛赞古往今来如意年

倚长剑著先鞭飞跃新年驰正路
排万难求进步欢度春节展宏图

振兴中华祖国日新月异形势好
指点江山神州山清水秀气象新

紫燕殷勤衔来万户新年春消息
东风浩荡催动九州改革热潮头

大造本无私任柳绿桃红平分春色
彼苍非有意听莺啼燕语齐奏新声

国事宜勤更应珍惜安定团结局面
经济须俭仍要发扬艰苦奋斗精神

黄帝子孙黄金时代创造黄金世界
神州儿女神圣使命振兴神圣中华

老一辈打江山出生入死功垂史册
新一辈创宏业履艰走险气贯青云

年年喜鹊闹红梅红梅吐芳映红日
岁岁捷报贴春联春联写意迎春风

年胜一年年胜年年年有剩年年盛
月新于月月新月月月纳薪月月欣

青云直上勉中华儿女揽高天明月
紫气东来建两个文明绘远景宏图

喜迎春光山山水水处处明明秀秀
欢度佳节年年岁岁时时平平安安

载歌载舞庆佳节赞颂今日春光好
同心同德搞建设喜看来年幸福长

彩龙腾空雄狮拜地爆竹声声送旧岁
紫燕展翅绿柳吐丝红花朵朵迎新春

春光明媚姹紫嫣红环水枝头春意闹
国运昌荣河清海晏九州寰内国威高

江南铺绣绿水弹琴有景有情皆入画
塞北织锦青山叠翠无时无地不放歌

指点山河翻新山河令山河流金溢彩
热爱祖国建设祖国使祖国繁荣富强

把酒临春喜大地澄清九州曙色呈新貌
题联贺岁看中华崛起万户欢声乐小康

大地回春万里河山添锦绣共庆国强家富
普天旭日一堂芝兰兆升平同歌人寿年丰

入红杏之圃步绿柳之堤无非诗料
横索月之琴舞青萍之剑尽是春怀

燕语莺啼花又香景物一年新节好
风和日丽人方泰诗怀万种早春浓

爆竹声声旧风俗旧习惯随旧岁辞去
春联副副新思想新喜庆迎新春到来

长江奔腾源远流长中华民族中华魂
黄河哺育山美水甜东方古国东方红

春风春雨春意盎然江山万里披锦绣
人和人乐人面桃花伟业千秋传颂歌

薇紫樱红梅白桃粉百花斗艳香入户
莺歌燕舞凤翔雀跃群鸟争鸣春满园

崇山西越沧海东临明月雄关犹想当年鼙鼓①
晓色晴开春光漫度柳枝清笛还听今日笙歌

乘万里风破万里浪万众同德万重艰险万重乐
有一分热发一分光一定珍惜一寸光阴一寸金

喜报闹新春从头数二十四番花信锦绣铺大地
东风掀日历放眼看一千万里江山阳光照红旗

阳和乍转物阜财丰喜百业俱兴小康处处家家乐
淑气频催日新月异庆四时皆顺大有年年步步高

协力同心奔小康赛富比勤争做贡献装点九州锦绣
和衷共济创大业迎春接福竞创文明堪称一代风流

军营春联

军民义重
鱼水情深

扬鞭跃马
击鼓催春

军爱民鱼水情
民拥军骨肉亲

美名万里传功业
浩气千秋壮国威

每思祖国金汤固
常忆英雄铁甲寒

万里勋名垂史册
千秋义勇壮河山

---

①鼙鼓：古代军队使用的大鼓和小鼓，指代战争。

共和国明威扬远海
子弟兵浩气贯长虹

劳武结合常备不懈
军民团结鱼水相连

十亿神州家家喜乐
万千勇士代代安邦

一片丹心九州报捷
三军浩气四海扬威

听遍地豪歌军人添虎劲
看漫天彩霞战马长精神

祖国精英保祖国祝祖国昌盛
人民军队爱人民愿人民安康

教学、科研、文化机构春联

读圣贤书
行仁义事

教坛千古业
桃李一园春

泉清堪洗砚
山秀可藏书①

桃李满天下
梓楠遍五洲

校园迎春秀
桃李向阳红

小德投大德
先知觉后知

书房好似药室
学士乃是郎中

彩笔昔曾干气象
文昌新入有光辉

除却诗书何所癖
独于山水不能廉

春催桃李遍天下
雨润栋梁立九州

好书悟后三更月
良友来时四座春

花枝竞秀因雨露
桃李争荣靠园丁

①此为南宋朱熹题江西九江白鹿洞书院联。

洒下园丁千滴汗
赢来桃李一堂春

日月两轮天地眼
诗书万卷圣贤心

园中桃李年年艳
国厦栋梁节节高

园丁辛苦一堂秀
桃李勤奋四海春

仪凤祥麟游集盛
金书玉字职司勤[①]

竹芽破土绘春景
松木参天作大梁

做无品官行有品事
读百家书成一家言[②]

三尖笔架山内无虎豹
一勺砚池水中有蛟龙[③]

看今日育李栽桃结硕果
待明朝生光拔萃尽英才

豪杰挺身敢教梓楠成大栋
英才奉献欣期学子步青云

砍桂斧头此日七八磨就了
上天梯子今秋千万放长些[④]

学有真源不劈开义利一关何从问路
文无定价须认得是非二字才许操觚[⑤]

学成君子如麟凤之为祥而龙虎之为变
德在生民如雨露之为泽而雷霆之为威[⑥]

化雨无私忆往岁踏雪来过曾话春风一席
摩云有志愿诸生凌霄直上勿忘灯火三更[⑦]

---

①此为清代何焯题翰林院联。

②此为清代无名氏联。

③此为清代余怀联。

④此为明代舒芬联。砍桂斧头、上天梯子，都是古时候譬喻科举应试的用语。

⑤此为清代薛田玉联。操觚（gū）：“觚”在这里的意思是古代写字用的木简，“操觚”就是指写文章。

⑥此为南宋朱熹为松溪县学明伦堂所撰联。

⑦此为清代陶澍为彭水县摩云书院所撰联。

各类商铺、公司春联

财源若海
顾客盈门

畅通渠道
广辟财源

萃集百货
丰盈八方

公平招富
和气生财

公平交易
信誉往来

宏图大展
裕业有孚

吉祥开业
大富启源

铁面无私
匠心独运[1]

尽地之利
为国生财[2]

升临福地
祥集德门

兴隆大业
昌裕后人

香配五味
名驰四远

一店佳品
四时鲜活

财源通四海
生意畅三春

昌期开景远
泰象启阳春

大业开鹏举
东风启壮图

店开近邻悦
业举远者来

店好千家颂
坛开十里香

多想生财道
广开致富门

发财逢盛世
创业遇良时

公平做买卖
和气迎财神

①此为清代铁匠铺联。
②此为清代司马瀚题湖南澧州矿政分局大门联。

恒心有恒业
隆德享隆名

货好门如市
心公客似潮

吉星欣在店
祥霭喜盈门

利泽源头水
生意锦上花

利逐春潮涌
财随晓日升

生意如春意
财流似水流

通八方信息
聚四海资财

通商重信义
和众得安康

万商如云至
百业似日新

为人民服务
开企业财源

雄心创大业
壮志写春秋

人有千金托付
我能一力承担①

财如晓日腾云起
利似春潮带雨来

财源茂盛如泉涌
生意兴隆似日升

根深叶茂无疆业
源远流长有道才

公平交易财源广
合理经营利路长

公平有德财源广
和气致祥生意兴

沽酒客来风亦醉
卖花人去路还香②

国增财富店增利
面满春风客满门

花发上林生意盛③
莺迁乔木好音多

货畅其流通四海
誉取于信达三江

货凭万客千家选
门向四方八面开

货有高低三等价
客无厚薄一般亲

江海浮沉凭胆量
市场交易重商机

举业兴隆盈万利
乘风得意纳千祥

买卖兴隆远四海
信誉真诚享九州

满面春风迎客至
四时生意待人为

---

①此为清代佛山担馆（类似现在的物流行业）春联。
②此为清代酒铺春联。
③生意：本义指生机、生命的活力，这里借用来指商贸交易。

生意如同春意美
财源更比水源长

生意兴隆通四海
财源茂盛达三江

四海经商无假货
一生处世做真人

四季时鲜随客便
八方风味耐人寻

松烟又写宜春帖[①]
花颂新镌献岁辞[②]

唯求利若源头水
但得财如锦上花

无限春光无限路
有为时代有为人

一点公心平似水
十分生意稳如山

迎八面春风志禧
祝十方新路昌隆

宾至如归东南尽美
川流不息左右逢源[③]

风律新调三阳开泰
鸿犹丕振四季亨通

荷叶承雨财气益盛
藕根连绵店门呈盈

货物齐全选挑不厌
价钱公道老少无欺

灵活经营财源茂盛
薄利多销生意兴隆

顾客是财神神来四海
生意重信誉誉满九州

货好门若市千般春色
心公客如云万种风情

旭日含窗迎生财之道
春风得意启富国之门

礼谦宜贸无论东南西北
应时便民当分春夏秋冬

五洲信息灵通风驰电掣
四海财源发达雨聚云蒸

百货任流通客户何分南北
公司正发展财源连接西东

薄利多销顾客盈门生意旺
竭诚服务春风满面热情高

精美齐全销春夏秋冬好货
热情周到迎东西南北高朋

---

①此为清代纸店春联。松烟：熏烧松枝形成的黑烟灰，这是传统制墨所用的原料。

②花颂：花指花椒。旧时新年风俗，以盘盛花椒用来浸酒，并致新年贺词。典出《晋书·列女传》，晋人刘臻之妻陈氏聪明能文，曾于元日（大年初一）献《椒花颂》“旋穹周回，三朝肇建。青阳散辉，澄景载焕，标美灵葩，爰采爰献，圣容映之，永寿于万”。

③此为清代行栈（类似现在的商场或集贸市场）春联。

举鹏程北汇南聚千端称意
祝新业东成西就万事顺心

开门呈喜无边春色融融乐
营业有方不尽财源滚滚来

晓日腾云财源恰似泉中水
春风送雨生意如同锦上花

生意通东西财源贯南北经营有道
新风送冬夏信誉奉春秋盈利多方

为名忙为利忙忙里偷闲吃杯茶去
劳心苦劳力苦苦中作乐斟碗酒来①

兴旺发达文明待客生意沟通四海
繁荣昌盛礼貌经商财源融汇三江

春联横批

安居乐业	安定团结	百花迎春	百花争妍
百花争春	百花吐艳	百花齐放	百业兴旺
百年大计	宝山霞蔚	保卫祖国	柏翠梅香
步步登高	财源茂盛	财源似水	财源猛进
长治久安	长乐人家	赤胆忠心	辞旧迎新
除旧迎新	春风和煦	春风浩荡	春风化雨
春风得意	春风徐来	春风送暖	春光无限
春光永驻	春光明媚	春光万里	春华秋实
春回大地	春节愉快	春江水暖	春满人间
春满神州	春色满园	春色宜人	春意盎然
大地春早	大好春光	大业千秋	大展宏图
丹凤朝阳	发达兴旺	繁荣昌盛	繁荣富强

①此为古代茶酒铺春联。

繁荣经济	风光绚丽	风华正茂	风和日丽
风调雨顺	风正气清	风翥龙骧	福乐长春
福积泰来	高瞻远瞩	歌舞升平	革旧鼎新
恭喜发财	恭贺新禧	共建大业	光明磊落
光前裕后	国泰民安	国富民强	和睦家庭
和气生财	河清海晏	合家欢乐	红日高照
红心向党	红心向阳	红梅报春	后继有人
华灯高照	华夏腾飞	欢天喜地	欢度新春
欢度春节	欢度新年	欢度佳节	吉星高照
继往开来	江山如画	江山似锦	江山多娇
锦上添花	敬老爱幼	九州同春	举国欢庆
举家欢乐	凯歌高奏	励精图治	六畜兴旺
龙飞凤舞	龙腾虎跃	满院春光	门庭生辉
门盈五福	能文能武	年年如意	年年有余
鸟语花香	鹏程万里	普天同庆	气贯长虹
气壮山河	勤学苦练	勤俭持家	前程似锦
前途光明	全面小康	群策群力	群贤毕至
人杰地灵	人心欢畅	人心思富	人寿年丰
人勤春早	人勤春好	任重道远	日新月异
日暖神州	日月增辉	瑞雪报春	瑞气盈门
山川锦绣	山欢水笑	山河壮丽	神州永春
生意兴隆	实事求是	淑气临门	四海同春
四时皆春	四季长春	松柏长春	岁岁平安
桃李争春	桃李争艳	桃红绿柳	推陈出新
万木争荣	万木争春	万民同乐	万象更新
万紫千红	为国争光	文明经商	五谷丰登
物华天宝	物阜民康	喜气盈门	喜气洋洋
喜庆新春	喜庆有余	喜鹊登枝	喜临门第
香飘四海	向阳门第	孝敬父母	笑逐颜开

欣欣向荣	新春万福	新春快乐	新春吉祥
新春大吉	新人新事	新春志禧	兴旺发达
形势喜人	幸福生活	幸福家庭	扬鞭跃马
业精于勤	一元复始	一心为公	一片光明
以农为乐	鹰飞鱼跃	拥军优属	拥军爱民
拥政爱民	勇攀高峰	再创辉煌	战鼓催春
政通人和	振兴中华	振奋精神	知足常乐
只争朝夕	志在四方	中华长春	忠心报国
众志成城	壮志凌云	紫气东来	祖国万岁

其他节日联

元宵节联

千门灯彩
万户鼓吹

月明银海
灯缀彩山

光天满月
火树银花

风清月朗
灯彩星辉

龙飞凤舞
月满春盈

银光有焰
喜气盈庭

一团拥宝炬
千点灿银星

九陌连灯彩
千门庆月华

千家春不夜
万里月连宵

万家元夕宴
一路太平歌

万家元宵夜
一街太平歌

万手擎明月
千家乐夜宵

火树银花合
星桥铁锁开①

花市千门月
灯街万里春

明月千门雪
银灯万树花

天上一轮满
人间万里明

银花开火树
铁锁启金桥

灯月千家晓
笙歌万户春

---

①此联出自唐代诗人苏味道《正月十五夜》。古时有宵禁，只有元宵夜可解禁，城门的铁锁也打开了，供人们自由出入游玩，故日“星桥铁索开”。元宵节联中常常出现的“金吾不禁”，也是指此夜不执行宵禁的意思。

放手擎明月
开心乐元宵

青阳启新律①
华月送清歌②

灯楼灿明月
火树暖春风

元夕万家宴
宵月千里明

兔魂连银海
鳌山接紫微③

锦城灯结彩
花市月含华

今宵天下乐
明月万民观

笙歌归院落
灯火接楼台

雪消狮子瘦
月满兔儿肥④

一帘春色门垂柳
万斛珠光地涌莲

一曲笙歌春似海
千门灯火夜如年

三五星桥连月阙
万千灯火彻天衢

三千世界笙歌里⑤
十二都城锦绣中

五夜星桥连月殿
六街灯火步天台

九华灯炬云中挂
五彩鳌山海上移

万户管弦歌盛世
满天焰火耀春光

万紫千红春簇锦
五光十色月增华

万里春灯元夕宴
满街灯火太平歌

万里河山铺锦绣
满城管弦乐太平

万里阳和春有脚
一年光景月当空

万户春灯报元夜
一天晴雪兆丰年

火树光腾城不夜
银花焰吐景长春

天空明月三千界⑥
人醉春光十二楼⑦

玉烛长调千门乐
花灯遍照万户明

---

①青阳：指春天。

②华月：指明亮洁白的圆月。

③鳌山：指堆积成巨鳌形状的灯山。古代有元宵夜点鳌山的风俗。紫微：即紫微垣，古代星官名，为天帝的王座。这里泛指星空。

④狮子，指雪堆成的雪狮子；兔儿，指月亮。

⑤三千世界：佛教用语“三千大千世界”的简称，也叫“大千世界”。

⑥三千界：同“三千世界”。

⑦十二楼：指神话中的仙人所居，也泛指高楼。

凤盘双阙壶天外①
鳌驾三山陆海中②

笙歌声沸长春地
星月光映不夜天

中天皓月明世界
满城管弦乐太平

匝地楼台春富贵
喧天歌舞夜风流

凤舒五彩龙吐耀
鳌驾三山蜃结楼③

雪月梅柳开春景
花灯龙鼓闹元宵

街头灯影逐花影
村中梅香伴酒香

灯同月色连天照
花怯春寒傍火开

光腾月殿流蟾魄④
花灿星桥吐凤文⑤

寒笳送走人间腊⑥
晓角吹回雪里春

凤舒五色云中现
鳌驾三山海上来

灯火交辉元夜里
笙歌簇拥月明中

飞龙舞凤成夜市
击鼓踏歌是春声

火树银花富贵色
良宵美景太平春

及时大放光明夜
与物同游浩荡天

玉宇无尘一轮月
银花有焰万点灯

美人何处教歌舞⑦
上将今宵夺昆仑⑧

喜地欢天饮美酒
张灯结彩闹元宵

明烛送来千树玉
彩云移下一天星

明月皎皎千门秀
华灯盏盏万户春

明月清风景物秀
神州春色画图新

---

①壶天：典出《后汉书·方术传下·费长房》，传说东汉费长房与一位老翁交友，老翁请他一起进入一只壶中，原来壶里别有天地，殿堂华美，美酒佳肴具备。费长房和老翁畅饮之后方出。因此“壶天”被用来比喻仙境。

②三山：指传说中的海上三座仙山，分别是“方壶”“蓬壶”“瀛壶”。

③蜃：传说中的一种海怪，能吐气幻化出高楼和街道，也就是传说中的“海市蜃楼”。从科学角度说，海市蜃楼是光线折射而形成的。

④蟾魄：指月亮或月色。

⑤凤文：即“凤篆”，道家所用的文字，也叫天书、云篆等，引申为道教经书。

⑥寒笳：即胡笳，古代北方少数民族的一种吹奏乐器，与笛子相似。

⑦典出唐代诗人杜牧《寄扬州韩绰判官》：“二十四桥明月夜，玉人何处教吹箫。”

⑧典出北宋学者沈括《梦溪笔谈》中记载的“狄青智取昆仑关”故事。北宋名将狄青镇守西南之时，在上元夜（即元宵之夜）出其不意地夺取了被叛军占据的昆仑关。

淑气鸿禧家家乐[1] 彩灯春花处处新	天空明月一轮照 人醉春风万里明	金市灯光游子月 珠帘香袭美人风
银花火树开五夜 紫气丹光入九宵	赏花极乐无眠市 秉灯同游不夜天	火树银花家家晓 淑气鸿禧处处春
轮影暂移花树下 镜光如挂玉楼头	溶溶月色连灯市 霭霭春光满夜城	碧树银台万种色 野花啼鸟一般春
玉烛长调千古乐 花灯遍照万家春	火树先腾城不夜 银花焰吐景长春	明烛送来千树玉 彩云移下一天星
明月弄影花润色 春风拂弦鸟知音	街头灯影逐花影 村内梅香伴酒香	晴空一镜悬明月 夜市千灯照碧云
蜃楼海市星似雨 火树银花水如天	灯火良宵鱼龙百戏[2] 琉璃世界锦绣三春	远景近景良宵美景 灯花礼花火树银花
万点春灯银花有色 一轮皓月玉宇无尘	玉宇无尘亭亭皓月 银花有色点点春灯	玉宇尘清一轮皓月 银花焰吐万盏春灯
灯火万家良宵美景 笙歌一曲盛世元音	银汉流光水天一色 金商应律风月双清[3]	不夜灯光便是玲珑世界 通宵月色无非圆满乾坤

①鸿禧：洪福，即非常大的福气。

②鱼龙百戏：指古代杂耍表演。

③金商：指秋天，秋天在五行中属金，在音律中为商。

千门挂红灯灯光映明月
万树绽银花花团闹元宵

放出花灯天上星河失色
听来箫鼓人间栋宇生春

复旦重赓已被薰风之化[1]
分阳可惜何须秉烛而游

火树银花今夜元宵竟不夜
碧桃春水洞天此处别有天

春夜灯花几处笙歌腾朗月
良宵美景万家箫管乐丰年

时际上元玉笛长吹千古乐[2]
月当长夜花灯遍照万家春

佳节良宵团圆席上观明月
天涯新岁海客床前忆故乡

地乐天乐地天共乐元宵夜
灯辉月辉灯月交辉太平春

宝烛散春辉挹清光于灯月
金吾开夜禁同乐事乎钧天[3]

凤灯龙烛灼灼光开全盛世
玉箫金管雍雍齐唱太平春[4]

光耀银花一刻千金春对酒
清传玉漏五更三点月留人

皓月满轮玉宇无尘千顷碧
紫箫一曲银灯有焰万里春

三五良宵月明碧汉三千界[5]
银河泻影人醉春风十二楼

星月花灯光腾元夕春无限
笙箫歌舞乐奏钧天夜未央

乐事逢春妆成锦绣辉元夜
歌声彻晓引出嫦娥舞碧空

乐事无边万户春灯传五夜
太平有象一天晴雪兆三丰

---

①重赓：再继续，延续。
②上元：古代以农历正月十五为上元节，七月十五为中元节，十月十五为下元节。
③此为传统元宵节联。钧天：天的中央，也指天上的仙乐。
④雍雍：形容声音和谐。
⑤碧汉：指横亘碧蓝夜空的银河。

灯月交辉伫听笙歌吹四野
雨旸时若式观丰阜乐群黎①

金粟艳争耀月窟传来花信
玉楼春不夜云衢听得歌声

太白清狂好对金樽邀月饮②
更生勤读自有藜杖照书来③

玉宇无尘月明碧玉三千界
银河散影人醉春风二十楼

玉树银花万户当门观瑞雪
欢歌笑靥千家把酒赏花灯

人在锦丛中五夜星桥联月阙
春辉碧落际六街灯火步天台④

瑞霭通千重万户笙歌明月里
祥光迷五色满城箫鼓彩云中

盛世文明万丈青云英雄得路
元宵光彩一轮皓月山海同春

庆此良辰任玉漏催更还须彻夜
躬逢美景不金鱼换酒尚待何时⑤

碧海无波任买来箫鼓千觞鱼龙百戏
金吾不禁看妆出玻璃世界锦绣河山

钻燧木先春食德饮和且自披星朝赤帝⑥
观灯天不夜衢歌巷舞何妨捧日待黄人⑦

---

①雨旸：雨天和晴天。时若：四季气候调和。

②典出唐代诗人李白《月下独酌四首·其一》：“举杯邀明月，对影成三人。”

③“更生”即西汉经学家刘向，他原名更生。刘向奉汉成帝之命，连夜在皇家图书馆天禄阁里校对经籍时，一位老人手持藜杖悄然而来，将藜杖顶端吹燃，为刘向照明，刘向问老人姓名，老人答：“我是太乙之精。”故后世以“藜火”为勤奋读书的代称。

④碧落：原为道教用语，指天空。

⑤金鱼换酒：又作“金龟换酒”，形容为人豁达、淡泊、好酒。典出唐代诗人李白《对酒忆贺监诗序》：“因解金龟，换酒为乐。”金龟是唐代官员所佩戴的一种饰品，由朝廷颁发。诗人贺知章初识李白，立即被其才华折服，相谈甚欢，还解下腰间佩戴的金龟换酒来与李白畅饮了一番。贺知章去世之后，李白每当喝酒时，都会想起这件事，深深怀念这位老友。后来官员所配的饰物改成了金鱼，诗人杜甫《陪郑广文游何将军山林》诗中就有“银甲弹筝用，金鱼换酒来”之句。

⑥赤帝：指火神。此联是为兰州火神庙撰写的元宵节联。

⑦黄人：指传说中守护太阳的神，“黄人守日”是一个成语，形容政治清明，国力强盛。

清明节联

春风重拂地
佳节倍思亲

痛心伤永逝
挥泪忆深情

燕子来时春社
梨花落后清明

三月光阴槐火换①
二分消息杏花知

年年祭扫先人墓
处处犹存长者风

槐火光阴春替换
杏花消息雨传知

秀野踏青晨起早
芳郊拾翠暮归迟

睹物思亲常入梦
训言在耳犹铭心

相逢路上纷桃雨
喜见树前闹杏花

继往开来追壮志
光前裕后慰英灵

寒食雨传百五日②
花信风来廿四春

山清水秀风光好
月明星稀祭扫多

流水夕阳千古恨
春风落日万人思

姓在名在人未在
思亲想亲不见亲

清风明月本无价
近水遥山皆有情

春回大地九千万里寒食雨
日暖神州二十四番花信风

百五日佳辰杏酪榆羹何处梦③
廿四番花信石泉槐火为谁新

①槐火：古人会根据不同的季节换不同的木柴烧火，以祛除当季的瘟疫疾病。槐火就是用槐木烧出来的火，是冬天所用的火。槐火被更换，说明春天来了。

②寒食：古时清明节前的一到两天，另有一个节日叫作“寒食节”。此节要禁火三天，人们只能吃冷食。寒食节期间的天气特点是常常有大风、大雨发生。

③杏酪榆羹：分别指杏仁粥和榆荚、榆树皮粉混合煮成的羹。两者都是古代寒食与清明的节俗食物。唐代诗人韦应物有《清明节忆诸弟》诗：“杏粥犹堪食，榆羹已稍煎。”

端午节联

日逢重五
节序天中

天中令节
地腊良辰①

艾旗招百福
蒲剑斩千妖

保艾思君子②
投粽吊贤人

翠竹标亮节
红梅颂高风

抚辰逢地腊
建午届中天

海国春五月
江城丽中天

门幸无题午③
人惭不识丁

千古诤臣罹祸④
尔今屈子开颜⑤

艾人驱瘴千门泰
碧水竞舟十里欢

艾叶如旗招百福
菖蒲似剑斩千妖

榴花彩绚朱明候⑥
蒲叶香浮绿醑樽⑦

榴裙萱黛增颜色
艾酒蒲浆记岁华

堂前青草舒眉绿
石上榴花照眼红

端午池莲荼解语
夏辰岸柳鸟能言

---

①地腊：端午节为农历五月五日，这一天也是道家五斋之一，名为“地腊”。依照道教规则，地腊日要修斋及祭祀相先。

②典出《诗经·小雅·南山有台》：“乐只君子，保艾尔后。”保艾，意思是养育、保健。

③此为明代徐五联。题午：指自写的午时书。古代有端午节在门口写午时书的习俗，类似于春节时贴春联。

④诤臣：指春秋时期吴国丞相伍子胥，他因直言劝谏吴王夫差而被夫差逼死。

⑤屈子：指春秋时期楚国的三闾大夫屈原，他对国家忠心耿耿，却因国君听信谗言而屡遭流放。楚国灭亡时，他忧愤难解，投汨罗江自尽。

⑥朱明：指夏天，也指立夏节气。

⑦醑（xú）：古人将滤去酒糟所留的清酒称为醑，亦泛指美酒。

绿艾悬门添藻彩
青蒲注酒益芬芳

青粽佳茗称益智
白艾香包善驱邪

结艾钗头轻战虎
夺标船首惯乘龙

艾叶吐芳香飘四野
龙舟涌浪气镇三江

画鼓朱旗锦标齐竞
香罗细葛纱服新成

节启朱明榴图献瑞
辉增翠葆艾绶翔华

海国中天魂招屈子
江城五月笑看龙舟

节启朱明榴花献瑞
盘陈角黍蒲酒怀贤①

蒲酒雄黄五毒尽去②
龙舟角黍九歌高吟

艾叶吐幽芳香溢四海
龙舟掀巨浪气吞八荒

石榴映红日千门喜庆
鼓乐催龙舟万水欢歌

龙舟竞渡不忘楚风余韵
诗苑抒怀更忆圣哲先贤

代代龙舟竞渡追怀屈子
年年角黍投江祭奠诗魂

艾可驱邪天中令节处处庆
粽能益智地腊祥光家家迎

龙舟竞渡缅怀屈子沉江恨
华夏腾飞续谱今朝爱国篇

美酒雄黄五毒煞气独能镇
锦标夺紫三闾遗风犹自说

令节届天中处处辉增艾绶
良辰逢地腊家家乐饮蒲觞

焚艾草饮雄黄清瘴驱邪远离疾病
飞龙舟裹香粽祭忠奠酒当效楷模

---

①角黍：即粽子。粽子形状多为三角形，古代用黍米填充，故名。

②五毒：夏季常见的五种毒虫，一般为蛇、蝎、蜈蚣、蜘蛛、蟾蜍，有的地方没有蜘蛛，而有壁虎。

中秋节联

甘露被宇
明月映天

白云随鹤舞
明月逐人归

冰壶含雪魄
银汉漾金波

尘中人自老
天际月常圆

亭空千霜月
水续万古流

明月本无价
高山皆有情

天上一轮月
人间万里情

绿窗明月在
青史古人无

一天秋似水
满地月如霜

二仪含皎洁①
四海尽澄清

半夜二更半
中秋八月中

皓月多幽意
清风有激情

中天一轮满
秋野万里香

薄帷鉴明月
高情属云天

国强家富人寿
花好月圆年丰

几处笙歌留朗月
万家箫管乐中秋

笙歌曲中千家月
红藕香里万颗珠

平分秋色一轮满
长伴云衢万里明

三五良宵开玉宇
大千世界涌冰轮

日射晚霞金世界
月临天宇玉乾坤

人逢喜事精神爽
月到中秋光辉增

---

①二仪：指天和地，也可指日和月。

金鸡啼鸣天已晓
嫦娥起舞月高悬

一曲霓裳传玉管②
四围云锦拥金徽

中秋明月拂碧宇
佳节金英饰彩庭③

万山不隔中秋月
千年复见黄河清①

月静池塘桐叶影
风摇庭院桂花香

念故人千里云间笑语
有黄鹂数声笛里关山

叶脱疏桐秋正半
花开丛桂树已香

鱼戏平湖穿远岫
雁鸣秋月写长天

琼宇高寒捧出一轮月影
冰壶朗澈平分五夜天香

重阳节联

三三吉令
九九重阳

鼓琴仙度曲
种杏客传书

黄花开正好
秋雨落宜时

东篱菊开寿
南陌禾颂嘉

观菊来瑞鹤
绕膝戏玄孙

敬老成时尚
举贤传德风

糕寄登高意
菊呈晚节情

花争秋后美
人敬老来红

拈菊欣忆旧
抚幼励承先

①此为清代左宗棠题兰州澄清阁联。
②霓裳：指唐代名曲《霓裳羽衣曲》，这是唐玄宗李隆基为宠妃杨玉环谱写的一首乐曲。
③金英：即菊花。

临风乌帽落①
送酒白衣香②

秋奉椿萱茂
菊同兰桂馨

题糕惊僻字
飞屣发豪情

步步登高开视野
年年有余喜重阳

何处提糕酬锦句
有人送酒对黄花

黄菊倚风熟村酿
紫门临水香稻花

靖节挂冠归隐去③
孟生落帽快登临

菊花早放铺金蕊
桑叶新开泻玉缸④

耄耋喜看晚霞美
童稚齐呼朝阳红

孟参军龙山落帽
陶居士三径衔杯⑤

年高喜赏登高景
秋老还添不老春

劝君一醉重阳酒
邀月同观敬老花

三径归时秋菊在
满城近日风雨多

三径就荒菊绽蕊
一堂大喜雁来宾

夏至西逢三伏热
重阳戊遇一冬晴

燕知社日辞巢去
菊为重阳冒雨开

重重直上必达凌云路
九九登高须防落帽风

---

①临风乌帽：典出《晋书·桓温列传》，东晋大将军桓温有一年九月九日在龙山设宴，席间，他的幕僚孟嘉头戴的帽子被风吹落了，孟嘉一时并未察觉，桓温命人作文嘲笑他。孟嘉看完嘲笑自己风吹落帽的文章后，立即从容作答文一篇，文采斐然，令众人叹服。

②送酒白衣：典出《宋书·卷九二·隐逸传·陶潜传》，东晋诗人陶潜（即陶渊明）嗜酒，却因家贫，经常思酒不得。某年九月九日，正当他想喝酒而家中又无酒时，江州刺史王弘派了一个白衣小吏给他送酒来了，陶潜很高兴，立刻自斟自饮，喝得大醉。

③靖节：即晋代诗人陶潜，他曾做过小官，因不愿谄事权贵，挂冠辞归乡间。他去世后，得友人私谥为“靖节徵士”，故世称靖节先生。

④玉缸：酒瓮的美称。

⑤三径：典出东汉末年赵岐所著《三辅决录·逃名》，西汉末年，外戚王莽专权，兖州刺史蒋诩辞官归乡，在家中开辟三径，闭门不出。后来，“三径”特指归隐者所居的田园。

婚 联

通用婚联

百年合好
五世其昌①

洞房春暖
夫妻情浓

凤麟起舞
奎壁联辉

天造地设
花好月圆

良辰美景
盛世新婚

鸳鸯并立
凤凰共栖

百年佳偶
一代风流

夫妻恩爱
鸾凤和鸣

淑女窈窕
君子风流

意厚情笃
志同道合

鸳鸯对舞
鸾凤和鸣

互尊互助
相爱相亲

吹箫引凤②
扫榻迎宾

凤凰鸣矣
琴瑟友之③

天长地久
花好月圆

月圆花好
凤舞龙飞

鸳鸯比翼
夫妇同心

花团锦簇
云灿星辉

---

①五世其昌：意为五世之后，子孙昌隆。出自《左传·庄公二十二年》："为妫之后，将育于姜，五世其昌，并于正卿；八世之后，莫之于京。"后世常用于祝贺新婚。

②典出《列仙传》。秦穆公时，有一人名叫萧史，善吹箫曲，能招来孔雀、白鹤随箫声起舞。秦穆公之女弄玉也喜爱箫曲，遂嫁萧史，夫唱妇随。后来，夫妻二人吹箫引来凤凰，乘凤成仙而去。

③琴瑟友之：语出《诗经·周南·关雎》"窈窕淑女，琴瑟友之"。

花开并蒂 偶结同心	白头偕老 同心永结	男婚女嫁 夫德妻贤
柔情似水 佳人如璧	婚谐凤卜 礼绍牵羊	冰清玉润 凤翥鸾翔
永偕伉俪 久缔良缘	欢腾彩凤 理应祥麟	诗题红叶① 彩耀青鸾
箫管齐奏 凤凰来仪	新人入户 喜气盈门	山盟海誓 地久天长
一对钟情侣 百年好合婚	三星喜在户 百年歌好合	四季花常好 百年月永圆
百年歌合好 五世卜其昌	百年琴瑟好 千载凤凰翔	百年颂美眷 五好勖新人②
百年偕白首 两人结同心	并蒂花最美 同心情更真	才高鹦鹉赋 春入凤凰楼

①诗题红叶，典出宋人刘斧《青琐高议》。唐僖宗时，学士于佑在皇宫墙外的御沟水流里捡到一片红叶，上面写有一首诗："流水何太急，深宫尽日闲。殷勤谢红叶，好去到人间。"于佑便也在一枚红叶上写了"曾闻叶上题红怨，叶上题诗寄阿谁"两句诗，放进御沟中流进宫内。十年后，于佑在一个叫韩泳的大官家中做塾师，适逢唐僖宗将三千名宫女放出，命她们各自在民间择婿嫁人，其中一位韩氏女是韩泳的亲戚，于是由韩泳做媒，嫁给了于佑。成婚之后，韩氏发现于佑珍藏的那枚题诗红叶，便拿出自己手中的另一枚红叶，告知于佑自己就是那个在红叶上写诗的人。韩泳得知此事非常高兴，宴请二人，于佑在酒席上赋诗一首："一联佳句题流水，十载幽思满素怀。今日却成鸾凤友，方知红叶是良媒。"

②勖（xù）：勉励之意。

彩笔题鹦鹉①
焦桐引凤凰②

好诗昔题叶
赤绳曾系足③

传芝新酒韵
调意合琴心

创业成知己
新婚结同心

春风人共醉
笑语燕双飞

春来花并蒂
日暖树交柯

辞赋传鹦鹉
笙歌引凤凰

当户花并蒂
迎门树交柯

但愿千秋好
且盼百年欢

滴露朝研黛
添香夜读书

调羹称素手④
举案效齐眉⑤

凤凰鸣瑞世
琴瑟谱新声

凤凰作世瑞
琴瑟作和声

鼓瑟迎嘉客
吹笙引凤凰

光射屏中雀⑥
名标阁上麟⑦

---

①题鹦鹉，典出《后汉书·祢衡传》。江陵太守黄射得到一只鹦鹉，请才子祢衡为此事写文，祢衡一挥而就，写成《鹦鹉赋》，辞藻十分华美。后世便以“鹦鹉笔”指代高超的文采。

②焦桐，典出《后汉书·蔡邕传》。蔡邕在吴地流亡时，曾在当地人的柴火中找到一段上好桐木，制成了一张七弦琴，因这块木料已被烧焦了一小段，琴的尾部是焦黑的，所以琴名“焦尾琴”。后世以焦桐代指七弦琴。七弦琴也就是现在所说的古琴。

③赤绳系足，典出唐代传奇《定婚店》。杜陵人韦固夜行，遇一老者，倚着行囊坐在石阶上，在月光下翻看一本书。老者告诉他，这是一本天下婚书，记载的是所有人婚配的定数。韦固又问包裹中是何物，老人说那是红绳子，用来系男女之足，即使男女双方是世代仇敌、贫富悬殊，抑或天南地北、漂泊不定，只要系上红绳，必定会成为夫妻。

④素手：指女性的手。

⑤举案齐眉，典出南朝宋范晔《后汉书·逸民列传》。扶风平陵人梁鸿素有贤名，许多人想把女儿嫁给他，他一概回绝。乡里有一孟氏女子，长得很丑，但品德高尚，30 岁还不出嫁，家里人问她何故，她表示自己仰慕梁鸿，愿意嫁给他。梁鸿听说后，便找了媒人到孟家下聘礼娶了此女，并为她取名孟光。梁鸿在大户人家帮佣舂米，回家时孟光准备饭食，都要把食盘举到眉际，以示对丈夫的敬重。后人便以“举案齐眉”形容夫妇之间相敬如宾。

⑥屏中雀，典出《旧唐书·后妃列传上》。唐高祖李渊的皇后窦氏是隋朝定州总管窦毅的女儿，她的继母是北周武帝的姐姐襄阳长公主。窦氏从小得到周武帝的宠爱，在宫中长大。周武帝意欲为她挑选一位如意郎君，便命人在屏风上画了两只孔雀，世家子弟有来求婚者，必先射中雀眼，先后有几十人射雀，无一能中。后来李渊到此，射了两箭，各中一目，周武帝遂将窦氏嫁给了他。

⑦阁上麟，典出《汉书·李广苏建传》。汉武帝甘露三年（公元前 51 年），匈奴单于入朝拜见，标志着汉朝在对匈奴的战争中取得了胜利。汉武帝为了纪念辅佐征战有功的大臣，将这些人的图像绘制于麒麟阁，各标上他们的姓名和官职，共有 11 人。

红莲开并蒂
彩凤庆双飞

花间金作屋
灯下玉为人

花开京兆笔
梅点寿阳妆①

花容羞月色
秋夜作春宵

花烛生光彩
琼筵燕喜新

佳人配佳偶
良辰结良缘

佳诗传谢女②
博议着东莱③

健笔凌鹦鹉
瑶笙引凤凰

健笔泰山试④
雄文绣阁裁⑤

金杯斟喜酒
彩笔写婚书

金风过静夜
明月悬洞房

金风暖清夜
皓月照洞房

锦瑟调鸿案
香词谱凤台

锦堂双璧合
玉树万枝荣

兰绾同心结
莲开并蒂花

蓝田曾种玉⑥
红叶自题诗

良辰辉绣辇
吉日过嘉门

良辰占吉庆
嘉礼演文明

①京兆笔，典出班固《汉书·赵尹韩张两王列传》。有人向汉宣帝举报京兆尹张敞在家中为夫人画眉，失了大臣体面，宣帝责问张敞，他却说："臣听说，夫妻在房间里亲密的行为，有比画眉过分得多的。"宣帝无言以对。寿阳妆，典出《宋书》。南朝宋武帝之女寿阳公主在人日（正月初七）卧于含章殿檐下，梅花飘落在她的额上，印出五瓣花形，三天才洗去。后来宫女纷纷仿效之，遂成"寿阳妆"，也叫"梅花妆"。

②谢女：指东晋政治家谢安的侄女谢道韫。她幼年时即以柳絮比喻雪花，诗才深得谢安赞赏。后来她嫁给了大书法家王羲之的儿子王凝之。

③东莱：指南宋理学大师吕祖谦。他少年成名，著有《左氏博议》一书，创立了理学流派"婺学"，史称"东莱先生"。

④泰山：岳父的代称。

⑤绣阁：旧时指女子居所，代指妻子。

⑥蓝田种玉，典出晋代干宝《搜神记》。雒阳县人杨伯雍家境贫寒，非常孝顺，因父母去世后葬于无终山，他便在山上安家。上山要走八十里山路，一路无水可饮，杨伯雍便汲水放在路边供人解渴。有个人喝了水之后给了他一斗石子，说："你找一块平整有石的高地种下，就会有玉长出来。"又说："你将来会得到一位美丽的妻子。"说完就不见了。杨伯雍找了个无人之地种下石子，几年后果然长出了玉。当地有一户姓徐人家，家中一女，美貌贤惠，杨伯雍上门去求亲，徐父嘲笑他道："你拿得出白璧一双做聘礼，就可以娶我女儿。"杨伯雍到玉田中挖出白璧五双送到徐父面前，徐父大惊，只好把女儿嫁给了他。

柳欲先眉绿
春将全镜妍

梅吐流苏帐
酒斟合卺杯①

梅帐甘同梦
兰房送异香

门庭多喜气
花月正春风

鸟入同行侣
花开连理枝

暖生九华帐
喜溢七香车②

屏中金孔雀
枕上玉鸳鸯

亲迎期白首
交拜设青庐

琴和瑟亦静
花好月为圆

琴瑟春常润
人天月共圆

琴瑟和且湛
鸾凤舞亦鸣

青庐悬彩帐
白璧种蓝田

青鸟传佳讯
红梅绚早春

卿卿相敬礼③
燕燕效于飞④

卿云辉绣辇
瑞气霭华堂

琼楼新眷属
洞府美鸳鸯

染黛成佳牍
咏雪谱新诗

摄成双璧影
缔结百年欢

深杯浮绿蚁
明镜舞青鸾⑤

双莺鸣高树
偶燕舞繁花

天上常圆月
室中互爱人

①合卺（jǐn）：为古代婚礼上的一种仪式，将一个葫芦剖成两只瓢，新郎、新娘各取一瓢饮酒。卺，就是半瓢的意思。

②七香车：以多种香木制成的华美的车。

③卿卿，典出南朝宋刘义庆《世说新语·惑溺》。西晋名士王戎的妻子叫他“卿”，他对妻子说：“女人称呼自己的丈夫‘卿’，于礼不敬，以后不要这样了。”他妻子回答道：“我叫你卿，是因为我爱你，我不叫你卿，你要哪个叫你卿？”王戎无话可说，便随她去了。后来，人们便以“卿卿”为夫妻间的爱称。“卿卿”的本义是“称你为卿”，第一个“卿”作动词用。

④燕燕于飞，语出《诗经·邶风·燕燕》：“燕燕于飞，差池其羽。之子于归，远送于野。”一般认为这是一首送嫁的诗。于飞，是鸟儿彼此相随齐飞的意思。

⑤青鸾舞镜，典出南朝宋范泰《鸾鸟诗序》。西域罽宾王得到一只鸾鸟，十分珍爱，用金笼装起来，喂给各种美味的食物，但是鸾鸟三年没有发出过一声鸣叫，王后说：“鸟看到自己的同类就会鸣叫，不如悬起一面镜子来，让它看自己的影子。”罽宾王依言而行，鸾鸟一看到镜子里的自己，便发出悲伤的叫声，响彻云天。后来便以青鸾借指镜子，也以“青鸾舞镜”形容人对伴侣的渴求。

甜蜜同心果
长春连理枝

同谋百世业
共创合家欢

喜高朋满座
迎玉女临门

喜系同心带
笑开并蒂莲

咸卦称吉事
花烛照仙姝

香生花并蒂
彩结缕同心①

祥云拥大道
喜气满闺门

向阳花竞艳
比翼鸟双飞

新婚贺双美
齐乐庆百年

新婚行新礼
春燕衔春泥

鱼水谐百载
芝兰荣千年

玉林芝草茂
金屋篆烟清②

玉人同月朗
秋水共情长

玉堂梅似雪
翠帐月为钩

鸳鸯百岁好
鱼水两情深

云拥妆台晓
花迎宝扇开

芝兰茂千载
琴瑟乐百年

芝兰千载茂
琴瑟百年亲

志同感情好
道合幸福多

志于云上遂
人似月中来

烛映香车人
花迎宝扇开

并蒂花双比美
连理枝两称奇

但求情意深厚
何必门户相当

夫夫妇妇今日
子子孙孙他年③

---

①同心：指同心结。古代用织锦带编结成连环回文的结，象征夫妻间的爱情坚贞不移。

②金屋，典出汉代班固《汉武帝故事》。汉武帝刘彻小时候被封为胶东王。有一天，他的姑妈馆陶公主刘嫖抱了他在膝上，逗他说："你想不想要个媳妇?"刘彻说："想要。"馆陶公主指了身边许多宫女问他要不要，他都说不要，最后指到公主的女儿陈阿娇，刘彻笑着说："如果我能娶到阿娇，便造一所黄金的屋子，把她藏起来。"馆陶公主听了很高兴，于是向汉景帝和武帝生母王夫人求婚。后来陈阿娇做了汉武帝的第一任皇后。

③此为清代吴恭亨联。

良人良辰良夜
佳偶佳话佳缘

良日良辰得偶
佳男佳女有缘

花烛交心勉志
百年携手图强

易日乾坤定矣
诗云钟鼓乐之

易日乾坤定位
诗云夫妇造端

教以和谐度日
期之勤俭持家

槛外红梅齐放
檐前紫燕双飞

佳偶百年合好
知音千里相逢

贺新郎齐天乐
将进酒合欢杯

虽恋洞房春暖
还争金榜名扬

银河双星庆会
金屋大礼观成

喜迎亲朋贵客
欣接伉俪佳人

两个勤劳能手
一对恩爱夫妻

两情百年比翼
一樽此夜合欢

志同道合立业
情深意长成家

一门喜庆三春暖
两姓欣成百世缘

一朝喜结千年侣
百岁不移半寸心

一线姻缘真善美
百年恩爱福康宁

一曲求凰终引凤
九霄攀桂始乘龙①

一副喜联迎淑女
三杯美酒贺新郎

二姓联婚成大礼
百年偕老乐长春

三杯薄酒迎乡女
一席淡菜宴嘉宾

三星在户花烛耀②
百车盈门锦幄香

四境谐良风俗美
百年庆佳偶天成

---

①攀桂：典出《晋书·郤诜列传》。郤诜是西晋武帝时的尚书左丞。有一次武帝问他："你认为你自己怎么样？"他回答说："臣是桂树林中的一枝桂花，昆仑山上的一片美玉。"因其曾在朝廷举行的考试中得过第一名，后来以"折桂"或"攀桂"比喻科举高中。

②三星在户：语出《诗经·唐风·绸缪》："绸缪束楚，三星在户。今夕何夕，见此粲者。"此诗描写了新婚时的欢悦心情。

十里好花迎淑女
一庭芳草贺新郎

百年佳偶今朝遂
两姓良缘此日成

百年恩爱双心字
千里姻缘一线丝

百岁同心百事乐
两情融洽两心知

百子帐开留半臂①
五丝缕细结同心

百岁夫妻常合好
千秋伴侣永和谐

千里姻缘一夕会
半生结缡百年亲②

万里云天看比翼
百年事业结同心

爱貌爱才尤爱志
知人知面更知心

爱情纯洁花永好
情意真挚月常圆

爱情红花开四季
姻缘美果甜百年

爱情花常开不谢
幸福泉源远流长

爱情因事业增美
青春靠知识闪光

爱有缘由情有种
学无止境业无穷

爱长长得长长爱
情深深知深深情

谙人谙世能经事
亦淑亦贤最可人

白头偕老传佳话
红烛齐辉照丽人

宝马迎来云外客
香车送出月中仙

杯交玉液飞鹦鹉
乐奏瑶笙引凤凰

碧岸雨收莺语柳
蓝田日暖玉生烟

碧海云生龙对舞
丹山日出凤双飞

碧纱待月春调瑟
红袖添香夜读书

碧沼红莲开并蒂
芸窗学友结同心③

并蒂开放向阳蕾
同心绽出幸福花

---

①百子帐：即游牧民族所用的穹帐，源于北朝风俗。唐代开始，婚礼都要设穹帐用于交拜，名曰百子帐，取其多子的吉祥含义。半臂：古时候一种短袖或无袖的上衣。据《东轩笔录》记载，宋代宰相宋祁妻妾众多，有一天他在外宴饮，感觉有些冷，命家仆回去取半臂，结果家中的妻妾各送了一件，共有几十件之多，宋祁为避厚此薄彼之嫌，谁送来的也不穿，忍着寒冷回家了。

②结缡：又作结褵，语出《诗经·豳风·东山》：“亲结其缡，九十其仪。”指古时候母亲在女儿出嫁前为之系好佩巾，并施以教诲的一种婚俗。

③芸窗：又作“芸牕”，书斋之意。芸是一种香草，古时放在书页中，可防蠹虫蛀蚀。

并蒂莲开莲蒂并
双飞燕侣燕飞双

并肩前进青春久
携手相帮恩爱长

并肩同步长征路
齐心共谱幸福歌

并肩同走幸福路
携手共绘锦绣春

沧海月明珠献彩
蓝田日暖玉生香

插鬓留香花第一
画眉留样月初三①

成家当思创业苦
举步莫忘蜜月甜

赤诚招来飞鸿落
深情激得玉石开

吹吹打打盈门喜
热热闹闹满屋春

此日同栽合欢树
来年共赏并蒂花

待月西厢成佳偶②
袒腹东床庆齐眉③

丹山凤凰双飞翼
东阁梅开并蒂花

得意唱随山水外
钟情招入图画中

灯旁互吐知心语
足下同登创业峰

蝶恋花蜜花恋蝶
鱼爱水波水爱鱼

洞房一株幸福树
灯下两个合欢人

洞中三醉桃花酒
房内重温红叶诗

对对莲开映碧水
双双蝶舞乘东风

风送鸾箫声入市
云连凤辇喜临门

凤管久谐萧史配
梅花已点寿阳妆

凤管谐声欣得偶
雀屏中目不须媒

凤凰枝上花似锦
松菊堂前人比肩

凤落梧桐梧落凤
珠联璧合璧联珠

夫妻恩爱青春美
家庭文明日月长

---

①此为明代陈锡熊联。

②待月西厢：指情人约会。语出唐代元稹《月明三五夜》："待月西厢下，迎风户半开。"

③袒腹东床：指女婿。典出《世说新语》。东晋时太尉郗鉴想把女儿嫁到丞相王导家，便命门生去察看王家子弟何人可堪为婿。门生回来报告说，王家子弟听说郗太尉要择婿，个个都极力表现，只有一个人显得满不在乎，露着肚皮大模大样地躺在东厢房的床上。郗鉴听了，高兴地说："就是他了。"一问方知，此人即王导的族侄王羲之，郗鉴遂将女儿嫁给了他。

夫妻矢志竹成铁
婆媳同心土变金

芙蓉出水花正好
孔雀开屏月初圆

芙蓉镜映花含笑
玳瑁筵开酒合欢

共结丝罗山河固
永谐琴瑟天地长

共举红旗兴骏业
相期白首缔鸳盟

共图家国平章事
同咏河洲窈窕篇

光荣树结同心果
劳动花开并蒂莲

海楼翡翠闲相语
净水鸳鸯暖共游①

海阔天空双飞翼
月圆花好两知心

海誓山盟期百岁
情投意合乐千觞

汗水共浇理想树
勤奋共尝爱情果

皓月描来双燕影
寒霜映出并头梅

贺新人人人欣贺
飞双燕燕燕双飞

和睦家庭春自满
勤劳伉俪福常临

和睦家庭风光好
恩爱夫妻幸福长

和声正值房中乐
佳偶应疑天上仙

红花并蒂相映美
矫燕双飞试比高

红莲并放相争艳
紫燕双飞互比高

红梅吐艳迎新丽
美酒飘香宴故交

红杏枝头春意满
彩云声里玉箫清

红叶题诗传厚意
赤绳系足结良缘

红叶题诗欣赠嫁
青梅煮酒庆于归②

红妆笑饮合欢酒
碧池莲开连理枝

互谅互帮春永驻
同心同德乐无穷

花从静处香能久
爱到纯时品自高

花好月圆羡比翼
天长地久卜齐眉

花好月圆昭美景
天长地久祝新人

---

①此联化自唐代元稹《初除浙东，妻有阻色，因以四韵晓之》：“海楼翡翠闲相逐，镜水鸳鸯暖共游。”翡翠是一种鸟的名字，属于翠鸟科，雄鸟红羽，为翡，雌鸟青羽，为翠。

②于归：即出嫁之意。语出《诗经·周南·桃夭》：“之子于归，宜其室家。”

花开并蒂鸳鸯暖
连理同心杨柳新

画屏射雀成双璧
桂树鸣鸾庆百年

婚姻自主恩爱重
家庭和睦幸福多

几处娇莺惊鼓乐
满村童稚看新娘

佳偶同心偕白首
好花并蒂笑春风

交杯勿堕青云志
蜜月应扬立业心

今日画眉春在手
他年攀桂月当头

今夕交杯传蜜意
来朝跃马赛风流

金屋笙歌偕彩凤
洞房花烛喜乘龙

花迎贵客清香远
柳沐东风春意浓

欢庆此日成佳偶
且喜今朝结良缘

吉人吉时传吉语
新人新岁结新婚

几度新诗题红叶
十分恩爱到白头

家庭和睦歌声溢
琴瑟相谐乐事多

结彩张灯良夜美
鸣鸾和凤伴春来

今日结成并蒂藕
明朝共戴英雄花

金鸡昂首祝婚礼
喜鹊登梅报佳音

金屋香浓金粟绽
玉堂光满玉轮高

花月新妆宜学柳
芸窗挚友早培兰

婚尚自由除旧弊
礼从简朴树新风

吉日欣开芙蓉镜
新婚喜看龙凤烛

佳男佳女成佳偶
大节大年贺大禧

嫁女喜逢吉祥日
送亲正遇嘉庆时

结良缘承前启后
创伟业继往开来

今日结成幸福侣
毕生描绘锦绣图

金屋春浓花馥郁
琼楼夜永月团圆

锦瑟声中鸾对舞
玉梅花际凤双飞

径满红花红满径
门盈喜气喜盈门

举案齐眉示互敬
既婚仍友自相亲

兰引香风传新榜①
燕寻佳梦到金闺②

蓝天高鸳鸯比翼
红心结龙凤呈祥

连理枝结同心果
比翼鸟奔小康程

连理枝头腾凤羽
合欢筵上对芹杯

莲子杯中金谷酒
桃花盏上玉台诗

联翩丹凤舒新翼
并蒂红花攀高枝

良缘喜结鸳鸯谱
春色永驻劳动家

良缘永结心花放
喜气方升岁月欢

两个恋人成伴侣
一对情侣结连枝

两情鱼水春做伴
百年恩爱花常开

两姓联姻成大礼
百年偕老乐长春

凌空如同比翼鸟
在地恰似连理枝

柳暗花明春正半
珠联璧合影成双

柳色映眉妆镜晓
桃花照面洞房春

柳荫双栖莫忘晓
荷塘并蒂当知时

鸾凤和鸣昌百世
鸳鸯好合庆三春

鸾凤双栖桃花岸
莺燕对舞艳阳天

鸾妆并倚人如玉
燕婉同歌韵似琴③

满座嘉宾漾喜气
一声花炮迎新人

眉间黛色临张稿
窗下交心著吕书

梅实纷纷迨吉喜④
桃花灼灼于归宜

门对青山含远翠
窗含嫩柳画新眉

---

①新榜：古代科举考试后会将录取者的名字张榜公示，新榜即指最新一次科举考试的录取名单。
②金闺：有两个意思。一是汉代宫门金马门，也指代朝廷；二是女子的闺房。这里两种意思都有。
③燕婉：夫妻恩爱和睦之意。
④迨吉：意为婚姻正当其时。语出《诗经·召南·摽有梅》“求我庶士，迨其吉兮”。

门书喜字乾坤大
户进新人岁月甜

莫道婚姻无大事
须知治国在齐家

女爱郎才郎爱女
花添锦绣锦添花

品正人灵自引凤
曲新境美好来凰

巧借花容添月色
欣逢秋夜作春宵

秦晋缘中星伴月③
鸳鸯阁里璧联珠

勤劳手脚贫穷少
恩爱夫妻欢乐多

轻描黛眉欣此日
同骑竹马忆当年

名驹逸足腾千里
彩凤徽音叶二南①

男好女好百年好
天和地和万载和

女慧男才原有对
你恩我爱总相联

齐家典则存三礼②
经国文章在二南

且看淑女成佳妇
从此奇男是丈夫

琴瑟和谐家庭乐
婚姻自主幸福多

青山有意结白发
绿水多情弹恋歌

情歌唤醒水中月
喜酒润开庭前花

名流喜得名门婿
才女欣逢才子家

男女平等家庭乐
婚姻自主好处多

配佳偶知寒知暖
结良缘同德同心

岂只室家盟白首
更为时代奋青春

亲密胜似鸳鸯鸟
同心赛过比目鱼

琴瑟永谐千岁乐
芝兰同茂百年春

青丝共少最亲热
白头偕老更恩爱

情深互助互勉里
爱在相亲相敬间

---

①徽音：语出《诗经·周南·思齐》："大姒嗣徽音，则百斯男。"大姒是周文王的正妃，传说她生了100个儿子。徽音是"美德、美誉"的意思。叶，意为和洽、协调、押韵。二南，指《诗经》中的《周南》《召南》，两部诗集分别收录了周公、召公所有领地的诗歌。

②三礼：指《周礼》《仪礼》《礼记》，都是儒家经典。

③秦晋：春秋时期，秦国和晋国是世代姻亲之国，因此后世以"秦晋之好"代指婚姻。

情种育出常青树
爱田浇开幸福花

庆良缘山欢水笑
成佳偶女淑郎才

琼楼月皎人如玉
绣阁花香酒似诗

雀屏妙选今公子
鸿案清芬古大家①

鹊桥初架双星渡
熊梦新徵百子祥②

绕庭争看临风玉
照室更欣入掌珠

人面如花添丽雅
春风似酒倍香浓

人勤耕作事农圃
新有室家长子孙

日暖金兰来群燕
春和玉柳发新枝

日照蓬门添喜色
花开院落吐芳馨

容貌心灵双俊秀
才华事业两风流

容貌心灵双媲美
才华事业两竞新

如意香生红玉宇
明珠光入紫微垣

笙歌彻夜香车迓
箫鼓元宵宝镜圆

笙韵谱成同梦语
烛花笑对含羞人

诗礼庭前歌窈窕
鸳鸯笔下展经纶

淑女闻箫欣跨凤
新郎弄笛喜乘龙

双飞黄鹂鸣翠柳
并蒂红莲映碧波

双飞却似关雎鸟③
并蒂常开连理枝

双肩共挑家庭担
两手同浇幸福花

双情永系同心带
春意先临并蒂梅

双星牛女窥银汉
并蒂芙蓉映彩霞

水底月为天上月
心中人是面前人

谈爱宜谈纯洁爱
结婚当结自由婚

---

①此为清代严保庸联。此联所贺的婚姻，新娘姓曹，故以“古大家（gū）”称之。东汉著名的女学者班昭，14 岁嫁给曹氏，后来人们都尊称她为“曹大家（gū）”。

②熊梦：为生男子之兆。典出《诗经·小雅·鸿雁之什·斯干》：“大人占之，维熊维罴，男子之祥。”意思是说，梦见熊罴，请周王宫中占梦的官员占卜，认为是生男丁的征兆。

③关雎：意为夫妻，典出《诗经·周南·关雎》：“关关雎鸠，在河之洲。窈窕淑女，君子好逑。”

堂前奏笛迎宾客
户外吹箫引凤凰

堂上画屏开孔雀
闺中绣幕隐芙蓉

天结良缘绵百世
夙成佳偶肇三多

天上笑看星伴月
人间喜见凤求凰

同跨骏马驰千里
共植桃花乐百年

同心谱成幸福曲
并蒂开放爱情花

为祖国添砖添瓦
给家庭增喜增光

文鸾对舞珍珠树
海燕双栖玳瑁梁

无限柔情融夜色
有为壮志奔晨光

午夜鸡鸣欣起舞
百年举案喜齐眉

昔日同栽连理树
今朝共举合欢杯

喜逢佳节庆佳偶
好趁华年谱华章

喜结鸳盟同咏月
壮怀鹏志共凌云

喜今日心心相印
望来年宝宝逗人

喜今日银河初渡
愿他年玉树生枝

喜看伴侣偕欢日
恰是风华正茂时

喜盼今日成爱侣
谨记往后孝双亲

贤婿作儿喜上喜
爱女为媳亲里亲

相亲相爱新伴侣
互帮互学好夫妻

向晓红莲开并蒂
朝阳彩凤喜双飞

晓天雨过琴书润
暖室风来翰墨香

笑拥梅花迎翠步
题留红叶动仙娥

偕老佳偶双燕子
结发夫妻两鲜花

携手同浇理想树
并肩共赏幸福花

携手栽培常青树
精心浇灌爱情花

欣逢佳节迎淑女
聊备村醪谢亲朋

新结同心香未落
长守山盟情永鲜

行为心灵双美好
才华事业两风流

绣阁风和箫引凤
蓝田日暖玉生烟

烟开香叶兰风起
春入桃花暖意匀

燕投画阁祥云瑞
莺啭香帘春色浓

燕舞莺歌春正丽
鸾鸣凤翥日方长

瑶池晓日翔青鸟
月殿红云拥紫鸾

瑶琴一曲双声奏
月殿三秋五桂香

宜国宜家新妇女
能文能武好男儿

已建新家盟白首
更为祖国献青春

异乡当念故乡美
蜜月更觉岁月甜

意似鸳鸯飞比翼
情同鸾凤宿同林

银汉双星欢七巧
春宵一刻值千金

银镜台前人似玉
茜纱窗下语如诗

引凤才高应跨凤
屠龙技绝自乘龙

莺声日暖鸣金谷
麟趾春深步玉堂①

迎东风双燕飞舞
向旭日并蒂花开

迎来阳光花心美
伴着理想爱情甜

咏雪庭中来淑女
生花笔底是才郎

友谊培植常春树
恩爱催开幸福花

玉镜人间传合璧
银河天上渡双星

玉楼光辉花并蒂
金屋春暖日初圆

玉树风前夸并倚
绣帏月里看双飞

玉台词赋传鹦鹉
金阁花枝引凤凰

玉宇欣看金鹤舞
画堂喜听彩鸾鸣

鸳鸯相戏水色美
琴瑟偕弹福音多

缘结百年成双璧
姻牵一世系赤丝

月下彩娥来跨凤
云间仙客喜乘龙②

月映花明花映月
鸾随凤舞凤随鸾

云路高翔比翼鸟
龙池深种并蒂莲

载雪梅花飘绣幄
临风兰韵入香帏

---

①麟趾：语出《诗经·周南·麟之趾》“麟之趾，振振公子，于嗟麟兮”，麟趾就是麒麟之足，比喻仁智双全的贤者。

②乘龙：典出《楚国先贤传》。东汉大臣桓焉有两个女儿，一个嫁给孙儁，一个嫁给李膺，二人都是颇有权势的官员，因此人们议论说：“桓叔元两女俱乘龙。”

长天欢翔比翼鸟
大地喜结连理枝

珍珠入掌门楣喜
兰蕙吐芳庭院新

正是莺歌燕舞日
恰逢花好月圆时

枝生玉殿美连理
花满瑶池艳并头

志趣相投花亦笑
感情融洽月常圆

志同道合青春美
地久天长幸福多

志同道合双飞燕
花好月圆并蒂莲

治穷致富长携手
换地改天比翼飞

种就福田如意玉
养成心地吉祥云

著以相思结不解
赠君一枝梅方华①

紫箫吹彻蓝桥月②
翠鸟翔还彩屋春

紫箫吹月依丹凤
绣幕临风舞彩鸾

自来自去梁上燕
相亲相爱水中鸥

座上飘香飘上座
堂中贺喜贺中堂

一代良缘九天丽日
八方贵客七色彩虹

一刻几何良宵珍贵
百年好合佳偶喜成

爱情纯真月圆花好
目标远大地久天长

爱雅年年年年雅爱
情深岁岁岁岁深情

白首齐眉鸳鸯比翼
青阳启瑞桃李同心

百辆盈门喜迎凤辇③
三星在户雅奏鸾声

必齐之姜必宋之子④
愿花长好愿月长圆⑤

---

①此为清代胡君复联。

②蓝桥：典出唐代裴铏所著传奇《裴航》。秀才裴航在蓝桥驿因口渴索饮结识绝色女子云英，十分倾慕，向云英的祖母求婚。云英祖母要求他用玉杵臼捣出一颗仙丹献来。他买到了玉杵臼，日夜捣药，感动了月中玉兔也来帮忙，最后云英的祖母终于答应将孙女嫁给他。两人成婚之后，双双成仙。

③百辆：“百辆之迎”的简称，指男方发到女方家的隆重的迎亲队伍。

④典出《诗经·陈风·衡门》：“岂其取妻，必齐之姜？”“岂其取妻，必宋之子？”其中，“取”通“娶”。齐国的姜姓、宋国的子姓，都是国中贵族。

⑤此为清代吴恭亨联。

并蒂迎春桃娇柳翠
双飞比翼花好月圆

彩集凤毛庆衍麟趾
瑞凝芝草祥发桐枝

迨其吉兮穀我士女
式相好矣宜尔室家①

但愿和合百千万岁
为歌窈窕一二三章②

当使尊章相见交贺
自今夫婿得助益彰③

风暖丹椒青鸾对舞④
日融翠柏宝镜初开

凤凰鸣矣梧桐生矣
钟鼓乐之琴瑟友之

凤吉谐占熊祥入梦
芝泥发彩兰蕊浮香

凤舞鸾翔熊咏虎啸
竹苞松茂桂馥兰芬

告我有行今将远矣
勖君以道古曰刑于⑤

海枯石烂同心永好
地阔天高比翼齐飞

好鸟双栖嘉鱼比目
仙葩并蒂瑞木交枝

红花并蒂向阳开放
银燕比翼凌空飞翔

红锦裁云紫箫吹月
白圭无玷东箭有筠⑥

红梅吐芳喜成连理
绿柳含笑永结同心

红透专深两情鱼水
情投意合百岁姻缘

红叶题诗情真意切
黄花酿酒醇厚香浓

鸿案相庄百年偕老
凤台叶吉五世其昌⑦

---

①上联前四字语出《诗经·召南·摽有梅》："求我庶士，迨（dài）其吉兮。"意思是"来向我求婚的男子，应趁我年纪正好时"；后四字语出《诗经·小雅·甫田》："以祈甘雨，以介我稷黍，以穀我士女。"意思是"我家的男女贵人们都能吃饱穿暖"。下联前四字语出《诗经·小雅·鸿雁之什》："兄及弟矣，式相好矣，无相犹矣。"意思是"兄弟之间相亲相爱，不彼此欺凌诈骗"；后四字语出《诗经·小雅·棠棣》："宜尔室家，乐尔妻孥。"意思是"家庭和睦，妻儿欢乐"。

②此为清代吴恭亨联。典出苏轼《前赤壁赋》："举酒属客，诵明月之诗，歌窈窕之章。"所谓"窈窕之章"，指的是《诗经·陈风·月出》，这是一首描写思念爱慕之情的诗歌。

③此为清代吴汝纶联。尊章，亦作"尊嫜"，即公婆。

④丹椒：指花椒。因其果实为赤红色，故名。花椒自古可作为男女定情的信物相互馈赠，有多子之意。

⑤此为清代田东溪联。刑于，即"刑于之化"，语出《诗经·大雅·思齐》"刑于寡妻，至于兄弟，以御于家邦"，指待妻子以礼法，后世引申为夫妇和睦。

⑥白圭无玷：意为白玉上没有瑕疵，比喻品格纯洁无邪。语出唐代女诗人程长文的《狱中书情上使君》"但看洗雪出圆扉，始信白圭无玷缺"。东箭，"东南竹箭"的简称，典出《尔雅·释地》"东南之美者，有会稽之竹箭焉"。多用来比喻杰出人才。筠，竹子表面的青色薄皮。

⑦叶吉：协和，吉祥。

互敬互爱互勉德业
倾慕倾心倾诉衷肠

互敬互爱互相促进
同德同心同建家庭

花好月圆姻缘美满
天长地久幸福延绵

花烛光中山盟海誓
洞房深处道合志同

焕乎天章璠玙其彩①
霭然和乐鸾凤之音

吉日良辰兰芷发色
华堂曲宴孔雀群翔

继续长征喜成连理
大搞建设永结同心

佳女善男男婚女嫁
欢天喜地地久天长

俭朴联婚欢偕鱼水
勤劳致富喜溢门庭

江上鱼肥白鸥对舞
舟中春暖紫燕双飞

今日成家眉梢添喜
来年致富生活更甜

锦帐春浓祥占熊梦
华堂日永庆衍螽斯②

劳动展开爱情羽翼
知识鼓满青春风帆

乐事便蕃鸾歌凤舞③
韶华绮丽燕笑莺啼

开镜香生门迎皓月
启窗花暖座有清风

良缘自缔同甘共苦
喜事新办易俗移风

两门多喜两家多福
一对新人一代新风

两情两愿姻缘美满
相亲相爱幸福安康

鸾凤和鸣春光满目
燕客比翼壮志凌云

麦漾成波一茎两穗
葵倾向日二人同心

牡丹丛中蝴蝶双舞
荷花塘内鸳鸯对歌

男男女女恩恩爱爱
对对双双喜喜欢欢

女爱男欢鸳鸯戏水
情投意合鸾凤朝阳

暖日融融红玫朵朵
花香阵阵彩蝶双双

---

①天章：指日、月、星辰等。璠玙：美玉，比喻高贵的品德、高超的才华。

②螽（zhōng）斯：本为一种昆虫，体长1寸多，绿色或褐色。《诗经·周南·螽斯》中说：“螽斯羽，诜诜兮。宜尔子孙振振兮。”意思是说，螽斯是一种象征子孙后代蕃盛的虫。

③便蕃：频繁之意，又作便繁。

琴瑟永谐百年佳偶
婚姻自由一代良缘

琴瑟友之克昌厥后
凤凰鸣矣长发其祥①

情深意浓夫妻恩爱
志同道合琴瑟和谐

曲拟鸾箫祥征凤卜
光生玉杵饮合琼浆

鹊桥喜渡相亲相爱
红叶题诗同德同心

人间乐事今宵最乐
盛世新婚此日儿新

日丽风和门庭有喜
月圆花好家室咸宜

日月知心红花并蒂
春风得意金屋生辉

三星在天求尔新特②
百年偕老见此良人

山水怡情福门望重
凤凰娱目鸿案辉生

室霭祥光花团锦簇
天生佳偶璧合珠联

松筠贯四时而益翠③
福禄其祉君子大喜

天台桃熟三春景丽④
金谷花娇百世祥开

天拥妆台洞房佳气
花临宝扇玉筵春光

庭院春长和鸣鸾凤
楣云瑞霭祉衍螽斯⑤

同心同德美满夫妇
克勤克俭幸福家庭

同心同德幸福伴侣
互敬互爱美满姻缘

万紫千红十分春色
双声叠韵一曲新歌

喜气盈门门迎春燕
金光绕屋屋贮新人

贤淑女创文明风气
好儿郎破陈旧习俗

相爱相亲如鱼得水
同心同德似蝶迷花

---

①克昌厥后：使子孙后代昌盛繁荣，语出《诗经·周颂·雝》“燕及皇天，克昌厥后”。长发其祥，长久地兴发吉祥，语出《诗经·商颂·长发》“浚哲惟商，长发其祥”。

②此为清代皇甫用武联。求尔新特，语出《诗经·小雅·我行其野》“不思旧姻，求尔新特”，本意为女子控诉前夫喜新厌旧，见异思迁，这里是化用为觅得新婚佳偶的意思。

③松筠：典出《礼记·礼器》：“其在人也，如竹箭之有筠也，如松柏之有心也。二者居天下之大端矣，故贯四时而不改柯易叶。”后世以之比喻节操坚贞。

④天台桃：典出《幽明录》。汉明帝永平五年（公元62年），剡县平民刘晨、阮肇入天台山采药，迷路忘返，即将饿死的时候，看到一棵结满果实的大桃树，摘了几个桃子吃，立刻饱腹力壮，又走了一段路，遇见两个女子，对他们笑语欢颜，好像旧相识一般。两人和女子成婚，一起过了半年，思乡求去。女子奏乐歌舞，指明方向将其送归。刘、阮二人回到家中，发现离自己入山之时，已经过去600多年了。

⑤楣云：门框上端的横木称为门楣。楣云指门楣上雕刻的云状纹饰。

相亲相爱夫妻美满
互敬互助家庭幸福

箫彻玉楼声和凤侣
花盈金属香满蟾宫

箫引凤凰春生斑管
杯浮竹叶香到梅花

新郎新娘心心相印
似龙似凤事事呈祥

婿如羲之献之可耳
女为周南召南矣乎①

雪映南窗梅标上范
箫吹画阁玉种蓝田

艳福增添喜成佳偶
新词赞美欢洽来宾

宜室宜家勤俭为本
互敬互爱劳动争光

以是姻缘磐石长久
大好风日儿女清佳②

意重情深心心互印
恩知爱解息息相关

莺歌燕舞菊花吐艳
水笑心欢丹桂飘香

又红又专两情鱼水
同心同德百岁鸳鸯

裕其为仁肃其为礼
媒者曰宜卜者曰祥③

玉树和风屏开翡翠
贵堂风静帘卷瑚珊

珍惜家庭你敬我爱
建设祖国志同道合

芝秀兰馨荣滋雨露
鸿仪凤彩高焕云霄

珠联璧合洞房春暖
月圆花好鱼水情深

祝今日结成幸福侣
盼明朝共戴英雄花

自由恋爱双方如意
民主持家百事称心

足系赤绳姻联两姓
诗题红叶恩爱百年

尊夫爱妻家庭美满
敬老爱幼生活欢欣

白璧种蓝田百年合好
红线牵绣帏今世良缘

白雪无尘如纯贞情爱
红梅有香似美好心灵

百花吐艳爱情花最美
万木生春连理木常青

不愿似鸳鸯嬉戏浅水
有志像海燕搏击长风

花好月圆关雎歌古调
风和日丽红豆发新枝

吉日良辰成百年好事
诗情词调吟一曲鸾歌

---

①此为清代吴可棱联。
②此为清代胡君复联。
③此为清代吴汝纶联。

交颈鸳鸯并蒂花下立
协翅紫燕连理枝头飞

结两姓姻缘山盟海誓
祝百年伉俪地久天长

蓝天高正好鸳鸯比翼
华灯亮欣看龙凤呈祥

绿叶衬红花花繁叶茂
情歌谱新曲曲美歌甜

男女双佳好似双蝶舞
婚姻两愿喜结两梦圆

情深意厚结幸福伴侣
志同道合建甜蜜家庭

情深意长合春江鱼水
志同道合结百岁鸳鸯

新莲沐朝阳并蒂竞绽
乳燕借东风比翼齐飞

英男靓女恋心成眷属
吉日良辰爱情续新篇

志同道合配成好伴侣
齐心协办建设新家园

志同道合生活新伴侣
互敬互爱美满好婚姻

忠贞育爱情爱情纯美
勤俭缔幸福幸福蜜甜

爱情花并蒂花开开不败
夫妇心常偕心乐乐无穷

并肩前进自是云天比翼
结伴长征定当风雨同舟

此去有家切记克勤克俭
再来无议才算乃贤乃良

缔良缘两心赤诚喜人庆
结知音百年美满乐长春

恩爱夫妻情似青山不老
幸福伴侣意如碧水长流

结伴侣红花并蒂相映美
配佳偶娇燕双飞试比高

缕结同心日丽屏开孔雀
莲开并蒂影摇池上鸳鸯

男尊女女尊男男女平等
夫敬妻妻敬夫夫妻相亲

惟求爱永恒一生同伴侣
但愿人长久千里共婵娟

相敬如宾也可夫随妇唱
情深似海休言男尊女卑

小两口描图绘景心相映
好夫妻春播冬藏汗共流

新婚新家新人人人如意
佳期佳景佳时时时称心

有此佳妇佳儿莫非天赐
真个宜家宜室正是良缘

玉烛生辉喜兆千秋鸾凤
银灯结彩祥言百代鸳鸯

愿天下有情人终成眷属
作世间贤伉俪也算神仙

知己难求白璧终归获主①
良缘易合红叶亦可为媒

爱情姓什么姓真姓美姓善
结婚成何事成人成名成家

爱由情钟从古良缘须自愿
境乃心造如今佳偶胜天成

鞭炮声声玉笛琴弦迎淑女
欢歌阵阵金箫鼓乐贺新郎

夫妻情长苍松翠柏润春色
征途路远玉树琼姿绽新蕾

好伴侣相爱相让相勉相谅
新青年互敬互学互信互帮

红叶题诗诗传红叶成伴侣
蓝田种玉玉出蓝田结凤凰

红雨花村交颈鸳鸯成匹配
翠烟柳驿和鸣鸾凤共于飞

婚礼从俭三杯清茶谢高谊
喜事新办一席浓语酬嘉宾

俭朴联婚幸福花开千朵艳
勤劳致富光荣榜列万家欢

结发一心百岁夫妻良配偶
丝系双足千秋鸾凤永和鸣

举酒贺新婚情与河山共久
纵情歌盛世心随天地长春

劳动缔姻缘此日更添情爱
春风扬喜气相期莫负青春

---

①白璧获主，典出和氏璧故事。春秋时期，楚国一个名叫卞和的玉工在荆山寻获一块外形如石的璞玉，他将璞玉两次送到王宫，想献给楚王，但都因无人能识而被拒绝，他自己也遭到诬陷而被砍去双足。后来，新即位的楚文王听说他抱着这块璞玉大哭了三天三夜，便让他再次进宫，当面命人剖开石壳，里面果然是稀世美玉。从此这块玉就成为楚国的镇国之宝。

你敬我爱你我好比鸳鸯鸟
意合情投意情恰似连理枝

鸟恋林鱼恋水情哥恋情妹
云配月叶配花佳女配佳男

鸟语花香好春一幅天然画
宾欢主乐嘉客满堂锦上花

牛女二星渡过银河成好事
麒麟一兽送来金屋永祥和

日暖风和伉俪同心山成玉
月圆花好夫妻协力土变金

喜酒杯杯喜事喜逢喜日子
新风处处新人新建新家庭

相敬如宾好好和和四季乐
钟情似海恩恩爱爱百年长

新婚堂内红花并蒂相映美
小康途上娇燕双飞试比高

形势喜人咸庆门庭添欢乐
婚姻自由不求彩礼尚文明

绣阁灯明鸳鸯并立齐欢笑
妆台镜照鸾凤和鸣共吐心

志同道合同德同心花吐艳
日新月异新人新事桂生香

紫燕双双容貌心灵都俊美
红花朵朵才郎淑女更风流

不愿如鸳鸯卿卿我我戏浅水
有志学海燕朝朝夕夕搏长风

朝阳彩凤喜双飞建千秋壮业
向晓红莲开并蒂树一代新风

此日喜成婚海誓山盟期百岁
今朝劳玉驾谈今论古饮千觞

佳偶自天成成男成女成夫妇
良缘随心有有家有室有儿孙

嘉会际文明翠帐初征双璧影
良辰占吉庆盛仪喜见七香车

门外绕清泉池生春草兰芽秀
窗前谈志趣帘辉俏影笑声甜

男女并肩为锦绣河山添异彩
夫妻携手向伟大祖国献青春

乾为天天生二娃联婚是天意
坤属地地载一村结好为地缘

携手结伴侣眼角眉梢添春色
同心话爱情灯前月下有知音

有志有德有识才是文明门第
相知相亲相助方为幸福家庭

鸳鸯爱碧水畅游同歌乾坤暖
鸿雁喜蓝天高飞共享日月光

不愿似鸳鸯卿卿我我嬉戏浅水
有志学海燕风风雨雨比翼高飞

花烛下宾客满堂齐赞简朴办事
洞房中新人一对共商勤俭持家

正好夫唱妇随参加建设兴家国
还需男勤女俭做出羹汤奉舅姑

居室为人之大伦一派真传朱源于孔
宜家乃曰有余庆百年偕老夫宾其妻①

佳期值佳节喜看阶前佳儿佳妇成佳配
春庭开春筵敬教座上春日春人醉春风

一双佳偶小比肩堂上拜生朝闺中庆满月
七十老翁大称意今年娶新妇明岁抱曾孙②

仙眷引鸾和几经时雨春风愿播生文明种子
新诗歌燕衎为进兰汤蒲酒好消受美满光阴③

女无不爱媳无不憎愿世上翁姑推三分爱女之情以爱媳
妻易于顺亲易于逆望汝曹人子减半点顺妻之心以顺亲

---

①此为清代徐中可联。
②此为清代俞樾贺人祝寿兼娶孙媳联。
③燕衎：宴饮行乐。语出《诗经・小雅・南有嘉鱼》："君子有酒，嘉宾式燕以衎。"

特殊婚联

嫁女联

祥光拥大道
喜气满闺门

宝马迎来云外客
香车送出月中仙

一片欢心嫁爱女
满堂喜气宴嘉宾

梅蕊冲寒幸沐春光迎贵客
松针吐翠喜送淑女赴新婚

于归无他言宜与家人尊老辈
将来有厚望好为祖国献青春

入赘联

婿媳均为子女
翁婆便是爹娘

得赘贤郎即是子
生来好女胜于男

凤求凰百年佳偶
男嫁女一代新风

好女娶夫破旧俗
英男落户树新风

入赘何须称半子
成亲喜待衍千年

未必生男胜生女
从来佳婿胜佳儿

贤婿犹如亲生子
爱女亦是好儿媳

瑶琴喜奏凰求凤
玉笛横吹蝶恋花

赘婿如儿成两美
天伦叙乐庆百年

爱自钟情何必男婚女嫁
俗因时易也能妇唱夫随

吉日良辰欣逢佳期迎佳婿
男到女家喜事新办树新风

老龄婚联

生逢盛世
晚结良缘

天意怜幽草
人间重晚晴

晚年成美事
夕照焕光华

夕阳无限好
晚霞情更浓

夕阳无限好
萱草晚来香

白头幸遇知心伴
老骥喜吟伏枥篇

尔翁本是美男子
阿婆学作新嫁娘①

暮年欣结同心伴
余生乐度幸福秋

正喜老龙腾锦浪
更看新凤集琼枝

欢度晚年又成佳偶
发挥余热再立新功

新知长相知知心知意知冷暖
老伴永做伴伴读伴游伴春秋

盛世几多情喜老树发新枝绽开绿叶
人间充满爱愿晚年成伉俪焕发青春

集体婚礼联

皆大欢欣日
共同幸福时

行集体婚礼
奔锦绣前程

对对莲开映碧水
双双蝶舞乘东风

九畹兰香花并蒂
千树梧桐凤双栖

鸾凤双双看比翼
夫妻对对结同心

双双蝴蝶随风舞
对对鸳鸯戏水游

①此为清代漆筱甫联，是为祝贺老年夫妇“重谐花烛”，即现在所说的金婚、钻石婚之类的结婚纪念日。

座上同歌花烛喜
房中独占凤鸾俦

对对红莲齐开碧水
双双彩蝶共舞春风

好男儿破千年旧礼
贤淑女开一代新风

男男女女恩恩爱爱
对对双双喜喜欢欢

簇簇春花映千家春景
对对新侣开一代新风

行集体婚礼大家欢喜
创伟大业绩共同幸福

恩爱夫妻双双恩恩爱爱
和睦家庭个个和和睦睦

新时代新人物新婚嘉礼
好政策好光景好合百年

男男女女高高兴兴结佳偶
对对双双兢兢业业绘宏图

鸳鸯对对天涯海角情深厚
夫妇美美海枯石烂心不移

千门春意时时春意映万里春景
两个新人对对新人开一代新风

同心同德为同一目标结成同心伴
新郎新娘在新的时代谱写新篇章

喜对对恩爱夫妻笑容可掬彬彬有礼
看满堂欢欣场面彩照高悬灼灼其华

同龄、同学婚联

花开并蒂
缘结同心

射屏得偶
种玉有缘

二月梅香清友
春风桃灼佳人

同学同行同侣
知人知面知心

红莲并首开并蒂
夫妇同龄结同心

花月新妆宜学柳
芸窗旧友早栽兰

旧日诗马藏万卷
今宵人月喜双圆

轻画眉黛欣此后
同骑竹马忆当年

青梅竹马男偕女
海誓山盟女嫁男

情有自由爱有属
学无止境业无穷

双林飞出同龄鸟
异姓结成百岁缘

花好月圆昔日曾共砚
志同道合今宵庆联姻

同学同志喜牵同行手
新事新风高歌新乐章

昔日同窗竹马青梅谈理想
今宵合卺高山流水话知音

共读芸窗知天识地心心相印
同耕碧野振国兴家事事皆通

文人、教师婚联

碧纱待月春调瑟
红袖添香夜读书

灯下畅叙夫妻爱
洞房尽飘桃李香

河鸠声里饶诗意
花笔窗前好画眉

六月红莲开并蒂
一乡师友结同心

恋爱自由无三角
人生幸福有几何[①]

书声喜有琴声伴
翰墨新添黛墨香

双鲤深情怀远志[②]
阖家彩笔绘宏图

松竹梅兰同相爱
诗书琴画共抒情

杏坛春暖花并蒂[③]
兰闺日晴燕双飞[④]

---

①此为数学教师结婚喜联。
②双鲤：古代夹信笺用的木板上有盖，下有底，形如一对鲤鱼，因而古人以双鲤指书信。
③杏坛：原为孔子教授学生的地方，语出《庄子・渔父篇》，后便以此指代教学之地。
④兰闺：原指汉代嫔妃所居的兰林殿，后世为普通女子闺房的美称。

鸳鸯帐前丹青色
琥珀杯透翰墨香

鸾帐双栖与子同梦
萤窗并坐助我攻书

笔墨纸砚描绘夫妻恩爱
琴棋书画陶冶伉俪情操

红颜今日自有琴棋助雅兴
白发他年还求书画伴遐思

军人婚联

得与红梅作伴侣
本来青松是英雄

虎幄运筹添内助①
鸡声戒旦勉前程

军民同谱凯旋曲
夫妇共浇恩爱花

军属门庭添风采
荣归战士喜鸾鸣

莲花帐下成嘉礼
杨柳营中咏好逑

帷房曲奏军中乐
甲帐盟成石上缘

鸿案相应鸡鸣戒旦
凤台对吉虎帐生春

祝今日结成幸福侣
盼明朝共戴英雄花

情真意切结革命伴侣
志同道合做恩爱夫妻

今朝洞房共照边塞一轮月
他日岗哨常怀家乡并蒂情

爱情花朵同长沃原共沐甘露得百年合好
英雄夫妻并肩战斗比翼翱翔乘万里东风

---

①虎幄：古时军营中将军的营帐，亦作虎帐。

四季婚联

春季婚联

春晖增绣闼
喜气溢华堂

春融花并蒂
日暖树交柯

豆蔻年华好
蔷薇花气浓

逢新春吉日
结金玉良缘

酣春香秀帐
喜气盈华堂

柳画眉梢黛
梅添额上妆

柳欲先梅绿
春将合镜妍

孟春迎上客
季子结良缘

日掩柳絮帐
春添锦绣帏

首春艳阳日
长子受室时①

四月清和日
百年幸福花

桃李芳三月
姻缘庆百年

桃月逢佳日
春风笑璧人

桃月涌桃浪
晚春庆晚婚

喜迎三春景
欣结百世缘

新婚吉庆日
大喜艳阳春

新婚行新礼
春燕衔春泥

杏雨芳心展
梨云春梦长

---

①受室：娶妻。

旭日芝兰秀
春风琴瑟和

杨柳含春意
天涯有知音

元宵花烛夜
蜜月新婚时

碧岸雨收莺语柳
蓝田日暖玉生烟

并翅金莺忙织柳
双飞紫燕正衔泥

博议书成临月按①
合欢酒熟对花斟

采莲词调更新谱
咏絮才华写入诗

车辆喜乘芳草路
琴瑟欣鼓杏花天

春风入户月圆夜
喜气盈门花好时

春风引来比翼鸟
红雨浇开并蒂莲

春光入院花容艳
喜气盈堂人意和

春花绣出鸳鸯谱
夜月斟满琥珀杯

春临大地迎新岁
喜到人间贺佳期

春日梅开花并蒂
良宵家庆月双圆

丹椒风暖青鸾镜
翠柏春融绿萼樽

豆蔻正开香尚蕊②
蔷薇才放露初匀

二分春色九霄月
一对新人百载缘

凤翔鸾鸣春正丽
莺歌燕舞日初长

芙蓉帐里春宵暖
梅柳江头物候新

红梅吐艳迎淑女
美酒飘香酬嘉宾

红杏枝头春意满
彩云声里玉箫清

花灿彩灯鸾对舞
春回画栋燕双栖

花好月圆欣喜日
桃红柳绿幸福时

花开宝镜祥云霭
乐奏琼箫彩凤来

①此为清代陈用光所写对联。博议书成：博议指的是南宋儒学家吕祖谦的《左氏博议》和明代学者王夫之的《续左氏春秋传博议》，后者为前者“续作”，此联是祝贺“续娶”的婚联。

②豆蔻：一种植物，生于南方，又名草果。古代诗歌中常用来比喻少女，典出唐代诗人杜牧《赠别》“娉娉袅袅十三余，豆蔻梢头二月初”。

花迎新妇馨香远
柳沐春风爱意浓

华堂奠雁灯如昨①
绣幕鸾窥月再圆②

黄莺巧唱新春曲
紫燕同衔老屋泥

火树吐花光璀璨
银蟾绚彩影团圆

吉日花开梅并蒂
良宵家庆月团圆

吉日吉时传吉话
新人新岁结新婚

佳儿佳女成佳偶
春日春花舞春风

佳节佳庆配佳偶
新燕新春闹新房

伉俪并鸿光竞美
生活与岁序更新

兰信曾传二月候
梅花不是入时妆

乐和笙箫吹夜月
花开桃李笑春风

礼行奠雁三春后
诗咏关雎四月初

莲子杯中金谷酒③
桃花笺上玉台诗④

两情鱼水春做伴
百年夫妻爱常新

灵椿堂上承中馈⑤
明镜台前作好春

柳丝喜发千枝绿
桃蕾欣放并蒂红

柳絮新词传绣闼
杏花春色丽妆台

鸾凤和鸣昌百世
鱼龙并舞庆元春

鸾凤双栖桃花岸
莺燕对舞艳阳天

眉黛春生杨柳绿
玉楼人映杏花红

名花艳影同心侣
美酒春留合卺杯

巧借新春迎淑女
喜将元旦作婚期

且看佳节配佳偶
更喜新春迎新人

秦晋联姻春意闹
凤凰比翼彩虹飞

---

①奠雁：古代婚俗，男方到女家迎亲，须献上一对大雁为礼物。
②此为清代金仲和贺续娶联。
③金谷：指奢华的酒席，也有行酒令的意思。
④玉台：即饰有美玉的镜台。唐代诗人王昌龄《朝来曲》有“盘龙玉台镜，唯待画眉人”之句。
⑤中馈：本义为酒食或家庭中主管膳食事务的人，后来也指妻子。

日丽风和盈门喜
月圆花好满庭春

瑞年正月完婚礼
盛世丰年宴亲朋

三月红桃现奇朵
千声喜炮迎玉人

三月桃花红锦绣
一双银烛照新人

三月桃花开暖色
千声爆竹引新人

笙歌彻夜宾朋至
箫鼓元宵镜钗明

桃符新换迎春帖
椒酒还斟合卺杯

桃花人面红相映
杨柳春风绿更多

天地增三分春色
人间添两缕情思

天上四时春作首
人间万嗣嫁为先

喜逢佳节成佳偶
好趁华年谱华章

喜酒喜糖办喜事
新年新春迎新人

喜鹊喜期传喜讯
新春新燕闹新房

香梅迎春灯结彩
喜气入户月初圆

新岁新婚新起点
喜人喜事喜开端

烟开柳叶香风起
春入桃花喜气来

烟开柳叶香风醉
春入桃花暖意浓

燕投画阁祥云瑞
莺啭香帘春色浓

燕舞莺歌春得意
志同道合人遂心

一对璧人开吉宴
万分春色到华堂

一门喜沐三春雨
两姓欣缔百岁缘

一心同步百年路
四手共描二月春

已睹春云笼彩鬓
还窥夜月映金莲

姻缘缔结三生定[1]
丽日平分一半春

银灯光摇金缕紫
玉楼人映杏花红

银烛光浮元夜月
紫箫吹彻玉堂春

莺声日暖鸣金谷
麟趾春深步玉堂

---

①三生：佛教用语，指人有三世转生，分别是前生、今生、来生。

迎来春节迎淑女
闹罢元宵闹洞房

正是莺歌燕舞日
恰逢花好月圆时

枝上桃花看并蒂
帘前燕子仰双飞

仲阳绿柳飞鹦鹉
丽日新风引凤凰

白首齐眉鸳鸯比翼
春阳启瑞桃李同春

并蒂莲开合欢被暖
当垆人笑举案眉齐①

蚕月条桑春阳启瑞②
鸳鸯比翼桃李争芳

池水春融嘉鱼比目
岗梧日暖彩凤双栖

春暖花朝彩鸾比翼③
风和丽日红杏添妆

春正好香生花并蒂
酒初醺彩结缕同心

翠帐飘香红花并蒂
春风拂暖紫燕双飞

鼓瑟鼓琴宜家宜室
佳儿佳妇多福多男④

画堂春暖宫花竞艳
绣榻风和凤管同调

节届妙春花明宝扇
时维禊日香绕妆台⑤

金屋才高诗吟白雪
玉台春早妆艳红梅

景丽三春桃华娇艳
祥开五世瓜瓞延绵⑥

梁燕于飞双栖双宿
彩鸾对舞多姿多情

鸾凤和鸣莲花并蒂
螽麟瑞叶玉树连根

麦浪滚滚莺歌共艳
桃潭清清鱼水同欢

美酒盈樽嘉宾满座
春风入户喜事临门

日朗风和华堂香满
月圆花好绣阁春浓

---

①当垆：垆，通“罏”，是古代酒馆里用来放置酒坛子的泥台，也代指酒馆。当垆即卖酒，典出《汉书·司马相如列传》，西汉大才子司马相如与富家女卓文君私奔之后，因家贫开了一家酒馆，卓文君亲自当垆卖酒，司马相如则穿着普通庶民的短衣在街上洗酒器。

②蚕月：农历三月为养蚕起始的月份，故名蚕月。

③花朝：旧时曾以农历二月十五或二月初二（地域不同，时间也不同）为“花朝节”，传说这一天是百花生日。“花朝”一词也可指百花盛开的春天清晨。

④此为清代陈弼夫联。

⑤禊日：农历三月初三，即上巳日。禊是古代一种在水边举行的祛除不祥的仪式，一般行于春、秋二季。

⑥瓜瓞绵延：形容子孙蕃盛，家族繁衍绵长。典出《诗经·大雅·文王之什·绵》“绵绵瓜瓞，民之初生”。

三春甫过莺歌燕语
四月初来凤舞鸾翔

芍药当阶琼楼春驻
蔷薇满架金屋云深

万紫千红十分春色
双声叠韵一曲新歌

箫引凤凰春生斑管
杯浮竹叶香到梅花

杏雨红酣芳心乍展
梨云香袅同梦初回

绣幄春深和谐燕侣
锦堂花馥独启麟征

燕舞莺歌云开五色
兰馨芝秀喜满三春

燕语莺啼芳华三月
鸾歌凤舞佳偶百年

杨柳楼台同斟清酒
桃花闾巷相映红颜

杨柳展眉梅花点首
芙蓉并蒂芍药连枝

一代桃符宜春共写
万家柏酒合卺同斟

玉轸风熏春去夏至①
金闺香暖宵短梦长

苑中百花争奇吐艳
梁间双燕展翅舒怀

并蒂花迎春桃红李艳
比翼鸟展翅云彩霞光

好雨开春花花开并蒂
深情结硕果果结同心

喜期办喜事皆大欢喜
新春结新婚焕然一新

莺声腾古语酒斟琥珀
绣户换新桃梦兆熊罴

迎新春新春又办新事
贺佳节佳节喜庆佳期

春雨润春花春色处处艳
新人办新事新风人人夸

前程辉煌同事同心同喜
春光明媚新人新岁新婚

日丽风和果结如意树上
春晴露滋花开幸福泉边

新人办新事新风传梓里②
春日播春晖春色满门庭

春风得意瑞花乍开芳香远
红雨随心新人初到喜气生

春节喜联姻良日良辰良偶
岁朝欣合卺佳男佳女佳缘

---

①玉轸：用玉石制成的系琴弦的琴柱，此为尽言琴瑟之华美。
②梓里：故乡。

翠烟柳岸交颈鸳鸯成匹配
雨春杏花和鸣鸾凤共于飞

大地香飘蜂忙蝶戏相为伴
人间春到莺歌燕舞总成双

喜爆声声嘉宾共庆双飞燕
和风阵阵丽日常煦并蒂莲

一对璧人丽月联成合欢璧①
几番花信春风吹绽并蒂花

佳节好春景鸟语花香奏佳调
新年缔良缘月圆人美谱新歌

佳节贺佳期佳女佳男成佳偶
春庭开春宴春人春酒醉春风

美酒同酿忠贞爱侣天长地久
春风共享和睦家庭人寿年丰

岁首万象更新满屋辉煌行喜礼
春节三阳开泰合家欢乐宴嘉宾

夏季婚联

池塘莲萍美
锦屋月人圆

吹箫能引凤
攀桂喜乘龙

吹箫赏素月
剥枣咏豳诗②

二美百年好
双星七夕逢

荷花香六月
佳偶乐百年

荷塘澄月色
绣阁展花容

红烛映红靥
白莲并白头

兰秋恩爱重
瓜时幸福长③

莲花开并蒂
兰带结同心

良辰占首夏
嘉礼协新风

榴花含笑脸
蒲月照新人

榴花添爱意
仲夏暖情人

①丽月：农历二月。
②豳诗：指《诗经·豳风·七月》“六月食郁及薁，七月亨葵及菽，八月剥枣，十月获稻”。
③兰秋，即农历七月，也作兰月；瓜时，也指农历七月，因此瓜熟。

绿竹新人意 红榴恩爱情	牛女夜相会 朱陈酒合欢[①]	首秋谐鱼水[②] 佳气溢门庭
天上双星会 人间两姓婚	午窗双喜耀 长夏并蒂开	欣如丹桂好 庆比玉蟾圆
月掩芙蓉帐 香添锦绣秋	正秋迎淑女[③] 桂酒贺新婚	才子凌云诗咏雪 榴花映日剑摇风
采莲君子新求偶 咏雪佳人旧有才	池上莲花舒并蒂 庭中荔子缀连枝	池上绿荷挥彩笔 天边朗月偃新眉
翡翠屏外槐影茂 鸳鸯池畔藕花香	翡翠翼交连理树 藻芹香绕合欢杯	凤管音谐金缕曲 蝶衣粉沾石榴裙
桂花月明金作帐 蓝田日暖玉生香	荷钱掩映楼头月 燕剪差池槛外风	花好月圆羡比翼 天长地久卜齐眉
花间蝴蝶翩翩舞 水上鸳鸯对对游	花开并蒂蝴蝶舞 连理同根杨柳青	吉日正逢桂蕊盛 星期幸际月轮圆
金屋初成金风度 玉田已见玉芝生	金屋光辉花正好 玉楼宵静月常圆	졸酒香浮蒲酒绿 榴花艳映烛花红

①朱陈：古代村落名。出自白居易《朱陈村诗》“徐州古丰县，有村曰朱陈……一村唯两姓，世世为婚姻”，后世以此指代世代联姻。

②首秋：指农历七月。

③正秋：即农历八月。

精阳蝉韵和声美
焦月荷花并蒂红①

莲叶池中鱼比目
蓝桥石上凤双飞

菱花光映妆台镜
瓜果香分合卺杯

美好姻缘心为聘
清平时节日初长

双飞黄鹂鸣翠柳
并蒂红莲映碧波

探花恰值辰初夏
梦燕欣逢麦报秋

五律高鸣歌道喜
一堂大庆雁来朝

雅奏鸣鸾谐佩玉
佳期彩凤喜添翎

竞流夺标推勇士②
临风采藻赋佳人③

莲沼鸳鸯歌福禄
蓉屏孔雀绚文章

柳叶眉添京兆笔
藕花纱罩美人裳

情重意浓双飞燕
花红叶茂并蒂莲

双星牛女窥银汉
并蒂芙蓉映彩霞

同心永结幸福果
并蒂新开合欢花

新花瑞色浮妆镜
早稻薰风入酒卮

燕子漫疑钗作玉④
牛郎应悟鹊为桥

酒酿黄梅欣合卺
诗题红叶庆齐眉

两朵红莲开并蒂
一生恩爱结同心

六月红莲双开艳
一堂好友共举杯

诗载纨扇当槐夏
曲度琼箫在春秋

水中莲花朵朵美
梁上燕子双双欢

梧桐枝上栖双凤
菡萏花间宿并鸾

绣阁烛映鸳鸯立
花坛影偕蝴蝶飞

杨柳荫浓莺合唱
芰荷花绽蝶双飞

---

①焦月：指农历六月，因此月为全年气温最高，故名。

②夺标：古代龙舟竞渡以夺取锦标为胜。后来也以夺标比喻科举考试得中。

③采藻：典出《诗经·召南·采苹》“于以采藻？于彼行潦”。《采苹》一诗被认为是赞美夫妻遵循法度的，因此后世以“采藻”来指代女子的品德。

④燕钗，典出南朝任昉《述异记》，汉武帝曾得神女赠白玉钗一支，汉昭帝时，有宫女见此钗发出异常的光亮，想要砸碎它，玉钗便化作一只白燕子升空而去。唐代时白燕子有祈生贵子的含义。后来，白玉燕钗成为吉祥之物。

一岁光阴今过半
百年伉俪喜成双

玉镜人间照合璧
银河天上渡双星

玉楼冰簟鸳鸯枕
璇阁晶帘鹦鹉杯

玉宇欣看金鸡舞
画堂喜听彩鸾鸣

鸳鸯对舞荔结果
鸾凤和鸣藕开花

鸳鸯相逐藕抽节
鸾凤和鸣莲吐花

月满槐厅蒲酒厚
江深草阁玉箫长

云汉鹊桥牛女渡
秦台玉箫凤凰飞

云开兰叶香风起
火灿榴花暖意融

云楼欲上攀丹桂
月殿先登晤素娥

云路高翔比翼鸟
龙池深种并蒂莲

正是莺歌燕舞日
恰逢花好月圆时

枝头榴花红艳艳
绣帏凤侣情殷殷

只缘菡萏连枝并
得引鸳鸯比翼游

艾绶舒风榴花光耀
鸣鸾歌日彩凤翔云

并蒂花开莲房有子
同心缕结竹簟生祥

才子佳人世间两美
牛郎织女天上双星

户灿三星诗歌束楚①
祥征百子图写安榴②

槐荫连枝百年启瑞
荷开并蒂五世征祥

律日蕤宾和风送暖③
时维建午华日开祥

鸾凤新声林钟协律
鸳鸯好梦徂暑征祥④

恩结连枝百年启瑞
情生并蒂五世征祥

满架蔷薇香凝宝镜
一槛芍药花拥玉烛

喜溢华堂地天交泰
香飘桂苑人月双圆

---

①束楚：本意为一捆柴薪，《诗经·唐风·绸缪》有“绸缪束楚，三星在天。今夕何夕，见此良人”之句，故后世以束楚或束薪比喻男女婚姻。

②安榴：安石榴的简称，即石榴。石榴原产安息国，故名，且因其果实形态而有多子的寓意。

③蕤宾：古代十二律之一。古人音律、历法相对应，十二律对应十二月。蕤宾是第七律，位置在午，对应农历五月。

④徂暑：指暑热断消的夏末时节。

雪藕调冰两情蜜月①
鼓琴被袗一曲薰风②

银汉双星金秋吉日
人间七巧天上佳期

稻熟麦香丰收张喜宴
秋高气爽欢乐迎新亲

翠竹碧梧丽色映屏间孔雀
绿槐新柳欢声谐叶底新蝉

嘉会际光明好逑初征合双璧
良辰占吉庆盛仪喜见迎七香

朗月喜团圆光照庭前连理树
卿云何灿烂瑞符天上吉奎星

榴火舒丹鸾凤和鸣寒门壮色
灯花献瑞鸿宾咸集荜户增光

试问夜如何牛女双星缠碧汉
欲知春几许凤凰比翼下秦台③

栀子结同心喜向帘前唤鹦鹉
莲花开并蒂笑看池畔宿鸳鸯

秋季婚联

桂花香八月
喜气满中秋

桂花已馥馥
瓜瓞祝绵绵

红叶展秋色
蓝桥迎丽人

菊花迎淑女
桂酒宴嘉宾

九月艳阳景
百年幸福人

菊开秋色染
箫引丽人来

琴和瑟亦静
花好月为圆

书屏银烛灿
宝镜玉台新

同心高格调
十月小阳春

小春宴雅客
阳月迎佳人④

向阳花并蒂
幸福结同心

欣闻丹桂放
乐接玉人来

---

①雪藕调冰：古时消夏的一种甜食。

②鼓琴被袗：袗衣是一种绘有花纹的华服，一般是天子才能穿的。《孟子·尽心下》中有“舜……及其为天子也，被袗衣，鼓琴”之句。

③秦台：指秦穆公之女弄玉与丈夫萧史所居住的凤台。

④阳月：指农历十月。

中天添月色
秋夜胜春宵

百合香车迎淑女
中秋朗月照宾朋

比翼鸿鹄衔红叶
同心伴侣话青春

不劳鸿雁传尺素
且喜秋声入洞房

彩笔诗题枫叶好
红颜餍醉菊花香

槎浮银汉逢天女[1]
月满清秋结桂珠

彩笺吟就新诗好
红袖擎来菊酒香

彩日流辉迎凤辇
祥云呈瑞覆鸾妆

池生秋月竹叶秀
帘映娇姿笑语喧

此日花开莲并蒂
今朝人庆月双圆

大雁比翼飞万里
夫妻同心乐百年

丹桂香飘云路近
玉箫声绕镜台高

高会后重九九日
佳偶是无双双星

翡翠帘垂初月夜
鸳鸯被卷小阳春

好句联吟初夜月
卺杯醉饮小阳春

合节双星牛共女
清歌一曲月如霜

合卺欣逢人送酒
开筵喜见客题糕

红叶作伐因诗美[2]
黄花酿酒为蕊香

画蛾乐见银钩灿
簪花欣闻玉骨香

黄花酒为交杯酿
红叶诗将咏絮题

黄花艳吐东篱月
丹桂香飘北国诗

黄菊绽金光云髻
芙蓉含露醉朱颜

婚庆喜逢国庆节
桂花偏惹菊花香

建亥月迎双美偶
向阳花放满庭芳

---

①典出西晋张华《博物志》。传说大海与天上银河相通，每年八月都会有一条木筏飘到海岸边，有个人便登上木筏，随波而去，走了十几天，一路上似乎见到日月星辰，终于来到一处城郭，宫室中有许多正在纺织的女子，有一个牵牛的男子到水边饮牛。原来这里正是天河，牵牛男子是牵牛星。

②作伐：语出《诗经·豳风·伐柯》“伐柯如何，匪斧不克；取妻如何，匪媒不得”，意思是“伐木必须有斧子，娶妻必须有媒人”，故后世称做媒为“作伐”。

京兆画眉传彩笔
寿阳点额试梅花

葵生阳月贺双美
节届上冬庆百年①

良辰月圆合欢美
吉时花好齐眉亲

巧借花容添月色
好将秋夜作春宵

琼楼月皓人如玉
绣阁花香酒似兰

秋色平分佳节夜
月华照见美人妆

诗题红叶同心句
酒饮黄花合卺杯

诗题红叶授衣月②
酒酿黄花合卺时

堂上琴瑟观并蒂
天边鸿雁听和鸣

十月笳期今在目
百年美景早归心

同心结映红叶色
连理枝飘金桂香

同心人订三生誓
连理枝开十月花

喜酒饮来三日醉
早梅分得一枝春

瑶琴一曲双星会
月殿二秋百桂香

叶染群山题妙句
花香满室衬新妆

银河驾鹊欢良夜
绣幄迎鸾叶吉期

彩凤和鸣梧桐荫茂
关雎雅化苹藻仪修

丹桂香飘赏心悦事
蟾宫月满美景良辰

丹桂香飘姻联两姓
蟾宫月满喜照人间

点额新妆香探梅岭
交心佳侣情满兰闺

国庆新婚重重见喜
年丰人寿岁岁呈祥

红叶题诗蓝田种玉
黄花酿酒黛笔画眉

锦里枫丹芳联弈叶③
华堂藻丽瑞霭琼英

酒酿黄花情联鸾凤
诗题红叶梦协熊罴

---

①上冬：指农历十月，古时这个月是冬季的第一个月，但在气候上这个月仍是秋季。

②授衣：即制作寒冬的棉衣。古人以授衣之月指代农历九月，典出《诗经·豳风·七月》“七月流火，九月授衣”。

③弈叶：即奕世，意为世世代代。弈，通“奕”。

酒熟黄花杯斟合卺
诗题红叶结绾同心

鸾凤和鸣秋光满月
鹏雁比翼壮志凌云

酿熟黄花节逢重九
眉分碧月样画初三

秋色清华吉祥止止[①]
威仪徽美乐意陶陶

秋水银堂鸳鸯比翼
天风玉宇鸾凤和声

绣幕风清凤箫吹处
金轮月满鸾镜圆时

序应三秋桂花馥郁
祥开百世瓜瓞绵长

玉律鸣秋鹊桥路近[②]
金风涤暑鱼水欢谐

志同道合金菊吐艳
花好月圆丹桂飘香

冬季婚联

凤振双飞翼
梅开并蒂花

红梅开并蒂
喜烛照双花

良缘联两姓
美景数三冬

霜花缀绣户
葭月占良辰[③]

喜鹊登梅唱
新妆映雪红

箫声迎淑女
喜气绽红梅

雪伴红梅放
门迎淑女来

雪明红喜字
箫引可心人

雪飘双飞燕
灯映并头梅

寻梅引凤侣
踏雪迎嘉宾

雁鸣冰未泮[④]
燕乐岁之余

玉堂梅似雪
翠帐月为钩

---

①止止：语出《庄子·人间世》“瞻彼阕者，虚室生白，吉祥止止”，意思是停留于其上。

②玉律：玉制的管状定音器。这种定音器埋在土中，内里填上芦苇灰，待某个节气到来时，相应的管中便有芦灰飞出，此为吹灰法，古人用来确定时令。

③葭：葭草，即初生的芦苇。葭草在农历十一月露头，故葭月指农历十一月。

④泮（pàn）：消融。

白雪飞舞映双喜
红梅竞开香连枝

并蒂红梅相映美
双飞紫燕试比高

不夜珠明花灿烂
解寒钗暖雪消融①

彩灯高悬鸳鸯舞
红梅盛放鸾凤鸣

苍松翠柏沐喜气
玉树银枝迎新人

翠黛画眉才子笔
红梅点额美人妆

凤管吹成三弄曲②
熊占吉协一阳生

皓月描来双燕影
寒霜映出并头梅

合欢共醉黄封酒③
度岁新添翠袖人

婚筵留客情弥重
腊鼓催人酒益酣

画眉笔带凌云气
种玉人怀咏雪才

吉日花开梅并蒂
良宵家庆月双圆

吉择小春迎淑女
敬邀大人莅喜席

交柯松树傲腊雪
并蒂梅花报新春

金鸡昂首祝婚礼
喜鹊登梅报佳音

锦瑟声中鸾对舞
玉梅花际凤双飞

蜡梅丛里联佳偶
瑞雪飞处庆良辰

腊月梅花不让雪
新春玉步待迎人

蓝田玉映三景曜
仙圃梅开长日妆

两姓良缘天称美
三冬好景月初圆

律应黄钟谐凤卜
春回紫帐协熊占

梅花芳讯先春试
柏叶吟杯小雪初

瑞雪飘来花撒帐
冬梅摇落蜡铺毡

扫雪清尘迎淑女
敲冰煮茗宴嘉宾

---

①解寒钗：亦作辟寒钗，典出东晋王嘉《拾遗记》。传说三国时昆明国向魏国进贡了一只嗽金鸟，这只鸟能口吐金屑，宫女们纷纷拣拾金屑装饰自己的发钗环佩，称其为“辟寒金”。一说，因这只鸟不怕冷，故名；又说，这只鸟被养在避寒台，故名。

②三弄：古琴曲名，即《梅花三弄》，曲中表现的是傲雪梅花。

③黄封酒：宋代官酿之酒，因酒坛口以黄色布帕或黄纸密封而得名。

黍谷春回添绣线①
兰闺宵永灿银釭

箫管双声和雅韵
雪梅一色衬新妆

笑拥梅花迎翠步
欣题红叶动仙娥

小梅香里黄莺啭
玉树荫中紫凤来

偕年佳偶同心锁
凌雪寒梅并蒂花

雪案联吟诗有味
冬窗伴读笔生香

雪雁双飞严霜退
红梅并放坚冰融

雪缀香车颜如玉
星回绣幄亮似金

雪中句丽征才女
林下风清识大家②

银烛光辉生夜暖
玉梅清丽占春魁

鹦鹉杯中浮竹叶
凤凰琴里奏梅花

与君同心梅映雪
为我钟情蜜调糖

载雪香车启爱路
临风梅蕊绽情花

关雎好逑鸡声戒旦
桂房冬耀兰闼春生

金屋才高诗吟白雪
玉台春早妆点红梅

梅蕊初放花开并蒂
凤凰于飞喜满华堂

青松枝头白鹤为偶
紫竹园里翠鸟成双

箫引凤凰春生斑管
杯斟鹦鹉香扑梅花

叶上题吟朱陈结好
梅边索句秦晋联姻

翠幕牵丝绣阁缔同心之好
蓝田种玉麟趾兆公子之祥

合卺交杯洞房花烛三冬暖
并肩携手举世芳名四季香

梅花隔岁开早夸才子凌云笔
柳絮因风起曾记佳人咏雪诗

---

①黍谷：地名，即今北京密云的黍山。传说此地原本风景优美，但气候寒冷，不生五谷，后来，阴阳家邹衍到此居住，这里生成温气，开始生长黍谷。“黍谷回春”形容不佳的命运发生了转机。

②上下联均典出东晋才女谢道韫的故事。上联指谢道韫幼年以柳絮比喻飘雪事，下联指《世说新语·贤媛》中所说，谢道韫成年后气宇不俗，“神清散朗，有林下风气”。“大家（gū）”是古人对知识渊博的女子的尊称。

鸾笙谱翠凤笛吹琼正琯律阳回此时芳讯传来好通兰梦
鸳帐垂金鱼灯敞月看玉人天上今夜春风消息要问梅花

择日婚联

初一

初见钟情今结伴
一堂大喜始膺门①

初升旭日明喜鹊争鸣传喜讯
一笑霞光艳新花竞放迓新人

初二

初月良宵成美景
二人惬意度佳期

初衷遂芳心喜见红花并蒂
二姓联佳偶欣骑骏马齐奔

初三

初月低垂恩爱久
三星高照幸福长

初衷莫负曾记山盟海誓
三生有幸喜看璧合珠联

①膺门：典出《后汉书》，东汉太尉李膺一度权倾朝野，士人们都以被他接纳为门徒门客为荣，称之为登龙门。后世便以“膺门”指代高名大姓者的门下。

初四

初季花鲜人似玉
四时情厚爱如饴

初心忆前情重温山盟海誓
四更留美梦同传蜜意甜言

初五

初月高悬明绣帏
五音协奏弄清歌

初上蟾光清月圆花好青春艳
五方景色秀松茂竹苞事业兴

初六

初葩并蒂花光艳
六木交枝叶葱茏

初阳焕彩鸳鸯对戏三江暖
六合同春琴瑟和鸣百载亲

初七

初衷意合称梁祝
七巧婚联架鹊桥

初夜合卺畅舒壮志
七夕巧渡喜结良缘

初八

初婚喜结称心侣
八面欣传祝福歌

初识便钟情相爱自多如意事
八字无关命工夫不负有心人

初九

初春绿竹连根茂
九畹黄花并蒂开

初月悬星光光照鸳鸯成好梦
九霄奏舜乐乐舒鸾凤焕新声

初十

初次交杯成知己
十分得意伴终身

初愿遂心琴瑟和鸣新婚曲
十分惬意夫妻共绘未来图

十一

十里笙箫迎淑女
一番锣鼓贺新郎

十进山河处处莺莺燕燕
一园春色朝朝我我卿卿

十二

十里春风同心曲
二分明月合欢歌

十年树木李桃争艳
二姓联姻鱼水偕欢

十三

十锦妆成箫引凤
三阳启泰婿乘龙

十里溪清喜地欢天鸣琴瑟
三更月朗穿云透雾照鸳鸯

十四

十里桃花含苞待放
四方宾客斟酒高歌

十里梅兰香同心事业换新貌
四时松竹茂满目山河改旧颜

十五

十里春风隆化育
五色灯花映新妆

十里新畴尤爱红花并蒂美
五方佳景更欣俊鸟比翼飞

十六

十雨及时荣草木
六花献瑞赋青春

十全携手期百年佳偶
六出飞花兆盛世丰年

十七

十分春意妆玉面
七色霓虹架彩门

十里云霞美喜看长空比翼
七弦琴瑟和欢弹大业同心

十八

十香车拥门生彩
八骏马驰凤偕龙

十方齐心共创千秋大业
八音叠奏同庆两姓良缘

十九

十里好花迎玉女
九台芳草贺英男

十里橙黄月圆花好联佳偶
九秋菊艳姹紫嫣红胜阳春

二十

二情恩爱度冬夏
十里馥馨延韶华

二分事业百倍功夫正值英雄建树日
十载恋情一朝遂愿终成伉俪偕荣树

二十一

二朵彩云飞彩凤
一双红烛映红心

二心意合情投同唱千支新曲
一路鞭扬马跃共奔万里前程

二十二

二秀成婚逢盛世
双鹤飞舞结良缘

廿一纪慧女英男成佳偶
二情侣齐心协力展壮猷

二十三

二喜临门幸福至
三星在户新人来

二姓良缘千缕情丝春永驻
三更蜜语百般恩爱树常青

二十四

二情鱼水永相爱
四季美景齐绘描

二盏合欢酒枝连翼比
四方正气歌国治家齐

二十五

二人和合新伉俪
五世其昌好家庭

二心相印抒宏愿
五乐齐鸣庆新婚

二十六

二分明月临门户
六合同春缔玉缘

二骏同奔富裕途中兴大业
六合共仰文明卷上绘宏图

二十七

二星合影辉家室
七巧同心守玉盟

廿龄淑女勤俭模范
七尺男儿致富尖兵

二十八

二骏同奔康庄道
八音协奏爱情歌

二小钟情心相印
八方呈秀月常圆

二十九

二朵红花争怒放
九霄俊鸟比高飞

二姓结良缘百年佳偶同心绾
九天悬丽日万里鹏程比翼飞

三十

三三竹叶联九有①
十十梅花香百年

三冬瑞雪难比爱情纯美
十月红梅确如伴侣英姿

三十一

三冬喜气生璧玉
一树红梅映佳人

三冬喜气盈种来璧玉成伉俪
一岭梅花艳开得芬芳满乾坤

婚联横批

爱河永浴	白头偕老	百年恩爱	百年好合
百年佳偶	比翼齐飞	彩燕双飞	赤绳永系
春草吟庐	丹桂生香	地久天长	凤麟起舞
夫妇同心	夫妻和睦	合卺之喜	荷开并蒂
户拱三星	花好月圆	花开并蒂	吉庆吉祥

①九有：指中国。据《尚书·禹贡》，古人将中国分为冀、兖、青、徐、扬、荆、豫、梁、雍九州，九有即九州。

吉日良宵	佳偶良缘	佳偶天成	皆大欢喜
金玉良缘	良辰美景	良缘夙缔	麟趾呈祥
龙凤呈祥	龙腾凤翔	鸾凤和鸣	美满婚姻
美满幸福	美满姻缘	鸟乐同林	青梅竹马
情深似海	情同鱼水	情投意合	如鼓瑟琴
三星在户	天作之合	同心永结	万紫千红
五世其昌	喜成连理	喜气生辉	喜气盈门
喜气盈庭	喜溢华堂	喜溢门庐	相敬如宾
偕老百年	心心相印	馨香百世	幸福家庭
幸福绵长	燕尔新婚	莺歌凤舞	永结同心
鱼水合欢	玉树琼枝	鸳鸯比翼	鸳鸯对舞
鸳鸯福禄	鸳鸯深情	云天比翼	珠联璧合

贺生育联

贺生男联

麟书征国瑞[1]
熊梦兆家祥

绿竹生嫩笋
红梅发新枝

弄璋欣有喜
产凤庆生辉

世德征麟趾
家声毓凤毛

天上长庚降
人间英物啼

王槐征国瑞[2]
窦桂兆家祥[3]

舞鹤衔芝待
祥麟吐玉来

优生且优育
望子犹望光

德门喜气添一子
英物啼声惊四邻

风暖兰阶花吐秀
雷惊竹院笋抽芽

桂子呈祥多福佑
兰孙毓秀兆嘉征

海上蟠桃欣结子
月中仙桂喜生枝

石麟果是真麟趾
雏凤清于老凤声

啼声报喜得佳子
春光盈门育英才

啼声惊座知娃俊
佳气充闾卜人杰

---

①麟书："麟吐玉书"的简写，典出《名山藏》，孔子出生之前，有麒麟来到他家居住的曲阜阙里街，口吐玉书，孔子的母亲用丝帛系住麒麟角，之后麒麟便离去了。因此麟吐玉书是圣人孔子即将出世的吉兆，后世以此作为生子的吉祥语。

②王槐：宋太祖时的兵部侍郎王祐曾在家中庭院手植三棵槐树，并预言说："我的子孙中一定有能成为宰相的人。"宋真宗时，他的孙子王旦果然做了宰相。在王氏宗族中，王祐这一支也因此被称为"三槐堂"。

③窦桂：五代时后晋的窦禹钧生有五子，名仪、俨、侃、称、僖，相继参加科举考试，并金榜题名，诗人冯道赠诗曰"灵椿一树老，丹桂五枝芳"。

锦绣生辉征喜兆
文明有种育宁馨

临风玉树对阶舞[1]
照眼明珠入室来

宁馨生应文明运[2]
大器培成干济材

庭前兰吐芳春玉
掌上珠生子夜光

英物啼声惊四座
德门喜气洽三多

月窟培生丹桂子
云阶育出玉兰芽

螽斯已应当年瑞
麟趾还呈异日祥

蕙草兰林门庭溢喜
桑弧蓬矢堂构增辉[3]

积德累仁求多福寿
承先启后生此宁馨

降麟诞凤合家喜庆
培德启智为国育才

麟趾呈祥长贻宝舰
凤毛济美丕振家声

庆益桑弧四方有志
祥征兰梦一索得男[4]

天送石麟祥云绚彩
怀投玉燕呈梦应昌

以似以续克昌厥后[5]
维熊维罴长发其祥

瑞世有祥麟已为德门露头角
丹山翔彩凤还从华阀炫文章

---

①玉树：典出《世说新语》，太傅谢安曾问家中子侄："儿孙们与我有什么关系，我为何要扶植你们？"他的侄儿谢玄回答说："您一定很希望我们都能成为生长在门庭之内的芝兰玉树。"后世便以芝兰玉树或玉树比喻资质优秀的子弟。

②宁馨：晋代俗语，意为如此、这样。《晋书》记载，西晋名士王衍幼年时曾拜访过竹林七贤之一的山涛，山涛见他俊秀聪明，便半是赞叹半是忧虑说："何物老妪，生宁馨儿！然误天下苍生者，未必非此人也。"意思是，"不知是何方老太婆，竟然能生出这样的孩子。只是难保将来他不会误尽苍生啊！"后来，王衍当了宰相，因为他为人浮夸奢靡，影响了当时的社会风气。他又无意承担乱世救国的责任，一味追求自保，无所作为。西晋败亡后，他死于后赵皇帝石勒之手，应验了山涛的预言。后世将"宁馨儿"用作对儿童的美称。

③桑弧蓬矢：桑弧是桑木制成的弓，非常坚硬，蓬矢是用蓬草做的箭。古代风俗，家中诞生男孩时，便会以桑弧蓬矢射向天地四方，表示对新生儿的祝贺勉励之意。

④兰梦：典出《左传》。郑文公有一个身份卑下的侍妾名叫燕姞，一天晚上梦见天神给了她一束兰花。此后不久，郑文公也送了一朵兰花给燕姞，并让她侍寝，燕姞因此怀孕，生了一子，就是后来的郑穆公。后世以"兰梦"为祝愿妇人生子之语。

⑤以似以续：世代延续不中断的祭祀，语出《诗经·周颂·良耜》"以似以续，续古之人"。

贺生女联

双喜临福地
千金耀华门

喜结心中伴
欣得掌上珠

彩帨高悬添喜气
蕙盘新设识芳姿

今朝喜得嫦娥女
他日笑迎状元郎

兰质蕙心延美玉
柳诗茗赋毓清才

设帨门前知有喜①
摛文堂上却成欢②

虽喜临风玉树美
更爱入掌明珠珍

慰情已喜颜如玉
宠爱犹珍掌上珠

喜看明珠光沧海
早卜前征胜须眉

小城昨夜春雨润
玉阁今朝杏花开

要知半子胜生男
中郎有女传家声③

珍珠入掌门楣喜
兰蕙吐芳庭院新

如此掌珠得未曾有
谁谓弄瓦聊胜于无④

木兰从军巾帼不输男子
昭君出塞裙衩还胜须眉

---

①设帨（shuì）：帨，佩巾。古时家中诞生女婴，就在房门右边挂上佩巾，被称为“设帨之喜”。

②摛（chī）文：“摛”为铺陈、散布的意思。摛文，即铺陈、展现文采之意。有同义成语“铺采摛文”。

③中郎有女：原指东汉才女蔡琰，即蔡文姬，她是中郎将蔡邕的女儿。蔡邕是一代大学问家，也是一位杰出的音乐家，蔡琰“博学有才辩，又妙于音律”，成就不逊于其父。

④弄瓦：语出《诗经·小雅·斯干》“乃生女子，载寝之地，载衣之裼，载弄之瓦”。瓦指纺砖，是古代女子纺织所用的一种工具，故后世称生女儿为“弄瓦之喜”。

贺孪生联

双喜临门第
孪生降世间

方纪珊瑚成连理
乐闻家室结孪珠

花萼相辉开并蒂
埙篪齐奏叶双声①

玉种蓝田征合璧
树生碧海喜交柯

两美同生家声毓凤
一孪竞秀世德征麟

贺生孙联

瓜瓞欣看传家世
梧桐喜报长孙枝

华堂益寿开饴座
梓舍承欢进晬盘

君福应过范乔祖②
家庆何让子仪孙③

绕膝分甘王逸少
点头示意郭汾阳④

喜见红梅新结子
笑看绿竹又生笋

有道明时兰为贵
无涯福气竹生孙

---

①埙篪（xūn chí）：也作“壎篪”，分别是两种乐器，常用于合奏，故用来指代兄弟。语出《诗经·小雅·何人斯》“伯氏吹壎，仲氏吹篪”。

②范乔：西晋时陈留外黄人，他两岁时祖父便去世了，留了一块旧砚台给他。5岁时，祖母给他讲了砚台的来历，他拿着砚台哭泣不止，非常有孝心。

③子仪：即唐代名将郭子仪。他的孙子很多都做过朝廷高官，孙女嫁给了唐宪宗，又生了唐穆宗。

④“绕膝分甘”出自东晋大书法家王羲之《与谢万书》“率诸子，抱弱孙，游观其间，有一味之甘，割而分之，以娱目前”，“王逸少”就是王羲之。“点头示意”出自郭子仪庆寿的故事。传说郭子仪60岁大寿时，有上百个孙辈来庆寿，他无法一一叫出名字，只好点头致意。

月地早培丹桂子
云阶新毓玉兰芽

美济凤毛兰荪茁秀
谋贻燕翼瓜瓞绵长

声美凤毛绳其祖武
诗赓燕冀贻厥孙谋

燕翼谋贻兰荪茁秀①
凤毛济美瓜瓞绵长

公本克家勉荷父薪勤训子②
我怀尽德欣逢祖竹庆生孙

梦叶熊罴子夜灯花频结蕊
誉推麒麟孙枝汤饼乍开筵③

贺生曾孙联

一门五福具
四代同堂欢

分杯汤饼倍重庆
拄杖桑榆乐再孙

喜见梧桐开四叶
福陈箕范报三多

欣看乔木多余荫
喜见兰荪又出芽

燕寝昔闻孙作父④
鲤庭今见子添孙⑤

一门五福呈箕范
四代同堂庆瓞绵

美济凤毛家有令子
谋贻燕翼孙又添丁

天赐石麟祥开四叶
庭投玉燕瑞霭一堂

---

①燕翼：语出《诗经·大雅·文王有声》“诒厥孙谋，以燕翼子”，意思是把智谋留给子孙，犹如燕子展开双翼护住雏燕。

②克家：继承家业。

③汤饼：汤饼原意为有汤的面食，也就是汤面。旧俗小儿出生第三天、满月、周岁及后来生日时，家中会举办宴会，大家一起食用象征长寿的汤面，叫作汤饼会。

④燕寝：指闲居之处。

⑤鲤庭：典出《论语》。孔子之子孔鲤两次“趋而过庭”，即快步小跑着走过庭院时，都遇到正站在庭中的孔子，孔子把儿子叫住，叮嘱他要学诗、学礼，孔鲤都立即照做了。后世以鲤庭指儿子听取父亲教诲。

七旬又得孙承蒙乡里庆贺
四世喜同堂唯求家庭和睦

贺幼儿百日联

百天初入茫茫路
三代同倾眷眷情

啼歌儿唱金莺晓
倩照一张绣被春

啼声无语时牵众
娇面如花总快心

新家百日添英物
福院三更哄俊娃

转瞬新婴迎百日
展眉老幼庆天伦

贺幼儿周岁联

即日初庚已有数
自此记岁不从零

鹊唱晨祝周岁喜
家欢风送众亲临

万里鹏程先初步
一生大业待开局

新开周岁蹒跚步
初启此生浩荡云

迎喜一帧周岁照
同欢三代全家福

周岁新添阖院乐
娇声又引睦邻来

贺寿联

通用寿联

大德必寿
美意延年

地天同寿
日月齐光

福如东海
寿比南山

福同海阔
寿与天齐

老骥伏枥
余热生辉

立德立业
寿国寿民

梅开北海
曲奏南薰①

名高北斗
寿比南山

人歌上寿
天与遐龄

人增高寿
天转阳和

仁慈笃厚
获寿保年

寿同山永
福共天长

松苍柏翠
人寿年丰

喜迎新岁
欢度晚年

风传诗礼
霞焕椿庭

幸逢盛世
乐享遐龄

颐性养寿
屡获喜祥

白鹤翔万里
红桃寿千秋

①南薰：指《南风歌》，传说为舜所作，其辞曰“南风之薰兮，可以解吾民之愠兮”，意思是南方温暖多雨，风气宜人，是化育生命之地，故孔子说，君子弹奏南风歌以养育身心。

北斗临台座
南山献寿诗

常青松有色
高寿域无疆

筹添沧海日①
松祝晓春天

椿树千寻碧
蟠桃几度红

德藻遐龄迈
威宣武节扬

福临庄稼地
春到寿星家

福如东海阔
寿比南山高

高风传乡里
亮节昭后人

古松千岁树
明月一池莲

光景天天好
寿辰岁岁增

鹤算千年寿
松龄万古春

花争秋后美
人敬老来红

佳辰逢岳降②
瑞气霭春晖

九如天作保③
五福寿为先

菊水人皆寿④
桃源境是仙

灵芝呈五色
玉树起千寻

榴花红献瑞
柏叶翠凝香

绿琪千岁树
明月一池莲

南山欣作颂
北海喜开樽

平安添福久
乐观得寿多

青龙攀玉树
白虎架金桥

---

①典出《东坡志林》，有三老人相遇，有人询问他们的年龄，一个人说："我不记得自己年龄了，只记得曾和盘古有过旧交。"另一人说："每次沧海变作桑田时，我便往屋子里扔一枚算筹，现在算筹已经装满十间屋子了。"还有一个人说："我曾吃了一个蟠桃，把桃核扔在昆仑山脚下，后来长出了桃树，现在树已经和昆仑山一样高了。"后来，人们便用"海屋添筹"及其衍生的"海筹添屋""筹添沧海"等成语指代长寿。

②岳降：语出《诗经·大雅·崧高》"维岳降神，生甫及申"，意思是山岳的神灵降临人世，生了申伯和甫侯。申、甫二人都是周宣王的舅父，周王室的重要人物。传说他们是岳神的后裔。后世以岳降为赞颂诞辰的用语。

③九如：典出《诗经·小雅·天保》"天保定尔，以莫不兴。如山如阜，如冈如陵，如川之方至，以莫不增……如月之恒，如日之升。如南山之寿，不骞不崩。如松柏之茂，无不尔或承"，连用九个"如"，表达祝颂之意，后世以此祝寿。

④菊水：典出《荆州记》"菊水出穰县。芳菊被涯，水极甘香。谷中皆饮此水，上寿百二十，七八十者犹以为夭"。

青松多寿色 丹桂有丛香	人间春醪熟 天上寿星明	人老心不老 年高志愈高
人老一身劲 花明满眼春	仁者无量寿 此翁更精神	如梅花挺秀 似松树常青
山秋霜林艳 松老白云多	上苑梅花早 仙阶柏叶荣	声名高北斗 甲子配南山
盛世常青树 高龄老寿星	寿考多安乐 和平享天年	寿考天所赐 贤德人共钦
寿同山峦老 福共海天长	树老多神韵 年高有雅情	松柏老而健 芝兰清且香
松柏长春茂 颐年养性情	松高显风骨 梅老见精神	松高枝叶茂 鹤老羽毛丰
松鹤千年寿 子孙万代长	松龄长岁月 鹤语记春秋	松心应耐雪 鹏力会冲天
颂献南山寿 祥开北斗樽	岁大勤活动 年高喜健康	岁老根弥壮 阳骄叶更荫
仙鹤千年寿 苍松万古春	心宽能增寿 德高可延年	幸福征寿考 大年享太平
性情陶乐礼 年力富春秋	筵前倾菊酿 堂上祝椿龄	野鹤无凡质 寒松有本心

与乾坤为寿
和日月齐光

云霞成异彩
松柏表清姿

紫气通南极
青云动北莱

福与山河共在
寿和日月同辉

汉柏秦松骨气
商彝夏鼎精神

乃文乃武乃寿
如梅如竹如松

仁者有寿者相
福人得古人风

笑指南山作颂
喜倾北海为樽

瑶草奇葩不谢
青松翠柏常青

指南山歌上寿
笑北海有金樽

紫气南极星瑞
黄云北阁烟清

爱日恩深歌长寿
慈云瑞霭乐延年

白雪欢歌翻寿曲
淡云坚石傲松年

柏节松心宜晚翠
童颜鹤发胜当年

北海清樽开黛色
高堂华宇照春晖

不愁老圃秋容淡
犹有黄花晚节香①

彩笔不随年岁老
华章偏映夕阳红

苍龙日暮还行雨
老树春深更着花

常思进取忘年老
未敢蹉跎度韶华

春放百花晴献寿
云呈五色晓开樽

春日融和欣祝寿
寿星光耀喜迎春

大好时光挥余热
太平盛世祝遐龄

大鸟翼举九万里
蟠桃果熟三千年

东海白鹤千秋寿
南岭青松万载春

风高渐展摩天翼
山翠遥添献寿杯

凤凰枝上花如锦
松菊堂中人比年

福海朗照千秋月
寿域光涵万里天

---

①此联化自北宋大臣韩琦的诗句："虽惭老圃秋容淡，且看黄花晚节香。"

福禄寿三星共照
天地人六合同春

福星高照满庭庆
寿诞生辉合家欢

海屋有筹多附鹤
春城无处不飞花

花开红杏酣春色
酒进南山作寿杯

健体欣逢家国盛
高龄不论子孙多

年丰喜看花千树
人寿笑斟酒一杯

蟠桃已结瑶池露
玉树交联阆苑春

青春四海抒豪气
白首九州写壮怀

人如天上珠星聚
春到筵前柏酒香

身似西方无量佛
寿如南岳老人星

福如东海长流水
寿比南山不老松

高龄稔许同龟鹤
瑞世应知有凤毛

红梅绿竹称佳友
翠柏苍松耐岁寒

华屋常悬仁寿镜
高堂盛放吉祥花

菊花潭里人同寿
扬子江头海不波

年高且喜白发少
人寿最爱儿孙多

千尺松筠霜后翠
五云花浩日边红

青霜不老千年鹤
锦鲤高腾太液波

人上征途心不老
志朝峰顶景长春

诗咏兰台歌上座
樽开北海乐天忧

福寿双全人生喜
富贵无非子孙贤

桂馥兰馨春不老
年高德劭福无穷

琥珀盏斟千岁酒
琉璃瓶种四时花

几行红树来佳气
一抹青山是寿眉

露润青松多寿色
月明丹桂酿灵根

蟠桃捧日三千岁
吉柏参天五十围

千岁蟠桃开寿域
九重春色映霞觞

青松增寿年年寿
丹桂飘香户户香

山静日长仁者寿
荷香风善圣之清

室有芝兰春自韵
人如松柏岁长新

寿同松柏千年碧
品似芝兰一味清

寿域无涯宜友鹤
童心不老为观花

松风高驻千年鹤
玉露长滋五色芝

岁序更新添寿考
江山竞秀显英才

堂前燕舞迎春舞
院内莺歌祝寿歌

桃李第随春水绿
桑榆偏向夕阳红

天上星辰长做伴
人间松柏不知年

天上众星拱北斗
世间无水不朝东

庭前多种忘忧草
头上新簪益寿花

万壑松风增寿色
四时花鸟壮诗情

万斛秋香飘宇宙
五方佳气接蓬莱

万里云霞开寿域
满园桃李颂春风

文移北斗成天象
日捧南山作寿杯

五色云中三瑞草
九重天上万年松

稀龄喜晋长春酒
盛世欣开松鹤图

名山梅鹤饶清福
陆地神仙占大春①

霄汉鹏程腾九万
锦堂鹤算颂三千

心地光明宜福寿
精神爽朗自康强

行可楷模争称德
寿如松柏岁长春

杏花雨润韶华灿
椿树云深淑景长

幸福门前松柏秀
安乐堂上步履轻

胸怀淡泊人长寿
心气平和体健康

休辞客路三千远
须念人生七十稀

一贯劳动保本色
平生廉洁树新风

一阳喜见天心夏
五福还推人寿先

已为老骥常嘶枥
化作春泥更护花

银发彩衣乐歌舞
玉液琼浆作寿杯

---

①此为清代何玉田贺林岳祖寿联。

云霞辉映千年鹤
雨露滋润九畹兰[①]

芝兰气味松筠态
龙马精神鸥鹤姿

朱颜醉映丹枫色
华发疏同老鹤形

紫毫粉壁题仙籍
玉液琼醪作寿杯

紫松树里千年鹤
清风池边五色云

自是牡丹真富贵
果然松柏老精神

足食丰衣晚景好
勤耕苦读老来红

足衣足食国家好
勤耕勤种老年红

白发朱颜宜登上寿
丰衣足食乐享晚年

北国开樽西园载酒
南山献寿东阁宴宾

北极同荣南极同寿
灵芝为圃丹桂为林

春满神州松梅献寿
首开花甲桃李迎风

大德仁翁多福多寿
南山松柏越老越坚

得古人风有为有守
惟仁者寿如冈如陵

福禄光明使君寿考
吉善长久宜我子孙

福寿无边国恩家庆
今昔殊异苦尽甘来

红灯高照福庆长乐
爆竹连声寿祝久安

红杏在林寿征二月
碧桃满树时待三春

景星庆云和风甘雨
醴泉芝草雪藕冰桃

乐天乐地福如东海
如松如柏寿比南山

南极辉腾彤云瑞霭
西池宴会绛雪香芳

璞玉浑金是寿者相
碧梧翠竹得气之清

诗谱南山筵开西序
樽倾北海彩绚东阶

寿酒盈樽春风满座
嵩山比峻南极生辉

---

①九畹兰：语出屈原《楚辞·离骚》“余既滋兰之九畹兮，又树蕙之百亩”，畹是古代的一种土地面积单位，说法不一，有说三十亩为一畹，有说十二亩为一畹。

体健身强宏开寿域
孙贤子孝欢度晚年

添福添寿年高卫武①
如松如柏算似庄椿

序届阳春春同松柏
寿称同瑞瑞献芙蓉

子敬孙贤福如东海
体强身健寿比南山

绿野云开丹崖日灿
瑶池桃熟海屋筹添

家家喜见松鹤千年寿
处处笑迎祖国万代春

精神矍铄似东海云鹤
身体健康如南山劲松

穷且弥坚不坠青云之志
老当益壮须珍皓首余晖

飒飒金风声奏丰收乐曲
朗朗秋月光照长寿人家

天上太阳光照山河万里
人间高寿喜看兰桂盈庭

醉来萸菊香中初扶玉杖
归自蓬莱顶上早跃金丹②

冰冷霜寒五岳劲松曾傲雪
风和日暖一城古柳尚争春

恩德盖世共乐光天呼万岁
功勋耀祖宏开寿域祝千秋

福地人勤荷锄载月三星朗
南山寿考傲雪凌霜一柏坚

酒洌花香幸有丰功酬壮志
时和人瑞喜从盛世祝遐龄

乐享遐龄寿比南山松不老
生逢盛世福如东海水长流

蓬莱仙境幻若蜃楼生此地
南极寿星真如图画是斯人

曲谱南薰四月清和逢首夏
樽开北海一家欢乐庆长春

①卫武：典出《国语》“昔卫武公年数九十有五，犹箴儆于国”，春秋时期的卫国国君卫武公年届高龄，依然勤政不懈，朝中无人因他年老而对他有所欺瞒轻视。后世以此指耄耋之年仍精神矍铄、精力旺盛。

②此为清代刘传祺联。

乾坤为寿桂馥兰芳青山翠
日月齐光花明柳媚碧水长

四海皆春万里云霞开寿域
百花竞艳一梁雏燕闹华堂

一片冰心柏节松贞持晚景
满庭瑞气兰芳桂实灿朝霞

瑞气满乡村人与青山同不老
暖风吹大地心随绿野共丰收

呼吸风云大鹏九万里而南北
沉酣泉石灵椿八千岁为春秋①

贺女寿星联

春云霭瑞
宝婺腾辉

辉腾宝婺
香发琪花

慈竹添秀
瑞莲生香

冰清还玉润
松苍寿萱荣

慈竹青云护
灵芝绛雪滋

蓬壶春不老
萱室日原长

瑞霭全家幸
光耀半边天

盛世常青树
百年不老梅

岁寒松晚翠
寿暖蕙先芳

萱草千年缘
桃花万树红

萱花欣永茂
梅蕊庆先春

瑶池春不老
寿域日开祥

①此为清代寿联。

一景悬宝婺①
九酝湛金觞②

玉树盈阶秀
金萱映日荣

风和旋阁恒春树
日暖萱庭长乐花

麻姑赐得长生酒
天女敬来益寿花

南极星临山岳幼
北堂萱映海天晴

勤劳酿就延龄酒
俭朴绽开益寿花

松柏长滋仙掌露
凤凰新浴碧池春

萱草含芳千岁艳
桂花香动五株新

萱花挺秀辉南极
梅萼舒芬绕北堂

玉露常凝萱草绿
金风远送桂花香

芝兰玉树竞娟秀
青鸟蟠桃共岁华

乃冰其清乃玉其洁
如山之寿如松之青

婺耀呈祥近对瑶池王母
琼花并蒂恍疑姑射仙人③

男女双寿联

椿萱并茂
庚婺同明

寿庚寿婺
如竹如梅

斑衣人绕膝④
白首案齐眉

---

①宝婺：即婺女，星宿名，二十八宿之一，也叫须女、务女，常被用来指代女神，也被作为女性的美称。

②九酝：古代的一种美酒，正月开始酿造，历经反复发酵，至八月才能成熟。

③姑射仙人：典出《庄子·逍遥游》“藐姑射之山，有神人居焉，肌肤若冰雪，绰约若处子”，后世以“姑射”指代仙人或美人。

④斑衣：古时候，楚人老莱子70岁时父母仍健在，他为了不让父母为了衰老而忧虑，便常常穿着五色斑斓的彩衣扮小婴儿，逗父母开心。

椿树千寻碧
蟠桃几度红

合欢花总艳
伉俪寿无疆

青松多寿色
丹桂有丛香

松柏老而健
芝兰清且香

泰岱松千尺
丹山凤九苞

益寿花开并蒂
恒春树茁连枝

丹凤传来王母使
青鸾驾递老君书

凤凰枝上花如锦
松菊堂中人并年

福如王母三千岁
寿比彭祖八百年①

南极星临衡岳朗
北堂萱映海天明②

勤俭持家由内助
康强到老有余闲

庆佳节双亲长寿
贺新春五谷丰登

绕膝芳兰夸并茂
齐眉日月庆双辉

人近百年犹赤子
天留二老看元孙

寿星伴子子长寿
童婴映老老还童

棠棣齐开千载好
椿萱并茂万年长

皓首穷经青云得路
黄花介寿晚节飘香

绕膝承欢图开家庆
齐眉同乐福降人间

举酒称觞祝双星长寿
高歌引咏喜四海同春

百花争妍祖国河山似锦
六旬并寿家庭老少同欢

---

①彭祖：传说中一位活了800岁的老寿星，擅长养生术，典出《列仙传》。
②北堂：古人以家中北堂为女眷盥洗之处，后世便以此作为一家主妇居所的代称。

切龄寿联

贺五十岁寿联

男寿星

半百光阴人未老
一生风雨志初酬

五岳同尊嵩极峻
百年上寿日方中

学到知非宏开寿域
年齐大衍共晋霞觞

太白当醉三万六千日
伯玉已知四十九年非

数百岁之桑弧过去五十再来五十
问大年于海屋春华八千秋实八千

女寿星

庭闱长驻三春景
海屋平分百岁筹

蟠桃捧日三千岁
萱树参天五十围

记八千为一春萱草千年绿
再五十便百岁桃花万树红

设帨遇芳辰百岁期颐刚一半
称觞有莱子九畴福寿已双全

双寿

门庭常驻三春景
海屋平分百岁筹

屈指三秋天上双逢七夕
齐眉百寿人间自有双星[1]

---

①此为清代严保庸联。

花时已三千年果时又三千年我以斯言为兄嫂寿
今日合一百岁异日各一百岁倘如所愿诚家庭欢①

贺六十岁寿联

男寿星

八月秋高仰仙桂
六旬人健比乔松

百岁光阴传大业
半生甲子焕童颜

杯倾北海辰初度
颂献南山甲再重

二回甲子春初度
举目笙歌月正圆

甲子重新新甲子
春秋几度度春秋

延龄人种神仙掌
纪算春开甲子花

一阳复体及耳顺
万物同春近眼来

甲子重开如山如阜
春秋不老大德大年

花甲虽周身手犹能大显
精神尚旺骥骐定可争先

海屋添筹不记山中花甲子
华封多祝应知天上老人星

一门清德喜眉山贤父贤母贤子
六十华筵跻洛社多福多寿多男②

女寿星

花乃金萱开六甲
星真宝婺焕中天

纪寿欣逢新甲子
培香喜缀早丹花

六秩华诞新岁月
三迁慈训大文章

桃熟正逢花甲茂
兰开又遇寿筹添

玉芽久种春秋圃
青液频浇甲子花

---

①此为清代王芝林联。

②此为贺清代名士沈岐夫妇六十双寿联。上联取苏洵、苏轼、苏辙父子故事，下联的洛社指著名文人所办的文会，源于北宋。

八月秋高仰仙桂
六旬人健比乔松

延龄人种神仙草
纪竹新开甲子花

宝婺星辉延六秩
蟠桃献寿祝千秋

彤管飞音歌玉树
绿云分彩护金萱

桃熟正逢花甲茂
兰开几阅寿筹添

玉树阶前莱衣竞舞
金萱堂上花甲初周

六十年华似芙蓉出水
二回甲子如桃李逢春

双寿

百年光阴催人老
万世甲子始二童

花甲齐年骈臻上寿
芝房连句共赋长春①

贺七十岁寿联

男寿星

人歌上寿
天与稀龄

一乡称长者
七十曰古稀

国中从此推鸠杖②
池上于今有凤毛

三千岁月春常在
六一丰神古所稀

当看九州今正盛
谁云七十古来稀

百花潭北杜工部
九老科中白乐天

自古称稀尊上寿
而今伊始东新春

松柏长年眉寿无已③
云烟过眼灵光岿然④

①芝房：指连生成丛的灵芝。汉武帝时曾有九茎连生的灵芝出现，武帝很高兴，特地为之写了一首《芝房歌》，作为祭祀天地的歌曲。

②鸠杖：在杖头刻有斑鸠形状的木杖，古代君主经常向本国境内的老人颁赐这种木杖。

③眉寿：长寿。典出《诗·豳风·七月》“为此春酒，以介眉寿”。古人认为长寿老人眉毛中一定会出现白色的毫毛。

④此为清代张文虎联。

杖国鸠扶人歌上寿
筹添鹤算天与稀龄

女寿星

一乡称寿母
七十庆古稀

年过七旬称健妇
筹添三十享期颐

蟠桃初熟老还健
萱草长春古来稀

七度菊香秋后献
五云花洁日边来

寿衍七旬辉宝婺
堂开三代乐黛风

月满桂花延七秩
庭留萱草茂千秋

金桂生辉老益健
萱草长春庆古稀

日煦萱花云征异彩
天留婺宿人庆百年

论行在列女诸编可陶可欧可韦柳
介厘符九畴五福曰富曰寿曰康宁

介寿呈王母蟠桃一千岁花两千岁果
忘忧羡北堂萱草四十年苦三十年甜

双寿

鹤算频添七旬清健
鹿车共挽百岁长生①

日月双辉唯仁者寿
阴阳合德真古来稀

贺八十岁寿联

男寿星

寿过古稀多十载
人祝期颐仅廿年

渭水一竿闲试钓
武陵千树放行舟

①鹿车共挽：典出《后汉书·列女传》。西汉末年的大臣鲍宣年轻时贫困而好学，他的老师对他很是欣赏，就把女儿嫁给了他，还给了非常丰厚的嫁妆。鲍宣对妻子说："我家贫，实在担当不起如此重礼。"妻子便将娘家陪嫁的衣物首饰全都归还，穿着朴素的短衣，和鲍宣一起挽着鹿车回乡去了。后世以"共挽鹿车"作为夫妻清贫自守的典故。鹿车是古代的一种小车，十分狭小，仅容一鹿，故名。

杖朝步履春秋永
钓渭丝纶日月长

卓尔经纶传渭水
飘然风致入香山①

八秩康强春秋永在
四时健旺岁月优游

迹隐丹崖品征琛玉
名齐渭水胸贮经纶

桃熟三千欣看献瑞
旬开八十庆喜添筹

宝树灵椿三千甲子
龙眉华顶八十春光

白发朱颜登八旬大寿
丰衣足食享幸福晚年

百岁能预期廿载后如今日健
群芳齐上寿十年前已古来稀

女寿星

八旬且献瑶池瑞
四代同瞻宝婺辉

燕喜堂前歌寿母
忘忧阶下乐长年②

沧海月莹寿母相
瑶台仙近女人星

菱花当面照黄发
竹叶入唇醉耋龄

鸾笙合奏和声乐
鹤算同添大耋年

四代斑衣荣耋寿
八旬宝婺庆遐龄

萱寿八千八旬伊始
范福九五九畴乃全③

八秩寿筵开萱草眉舒绿
千秋佳节届蟠桃面映红

八月称觞桂实投肴延八秩
千声奏乐萱花迎笑祝千秋

逾古稀又十年可喜慈颜久驻
去期颐尚廿载预征后福无疆

双寿

八旬举案夫偕妇
四世同堂子抱孙

盘献双桃岁熟三千甲子
箕衍五福庚同八十春秋

---

①上联典出姜尚（即姜太公）故事。姜尚在渭水边垂钓，80岁得周文王寻访，成为周朝太师。下联典出“香山九老”故事，白居易晚年隐居在洛阳香山，自号香山居士，常与胡杲、吉皎、刘真、郑据、卢贞、张浑、李元爽及僧如满八人集会，这九人都是年届高寿的名士，当时人称“香山九老”。

②摘自明代卢尤云《寿母行为倪明府作》。

③九畴：古代传说中天帝赐给大禹的九种法典制度，泛指法制。

贺九十岁寿联

男寿星

九秩曾留千载寿
十年再进百龄觞

三千岁月春常在
九秩丰神古所稀

桃花已发三层浪
人瑞先征五色云①

瑶池桃熟三千度
海屋筹添九十春

漫道世间难逢百岁
且看堂上再过十年

明月有恒纪年合献九秩寿
长春不老添闰当称百岁人

明月有恒纪年合献九如颂
长春不老添闰当称百岁人

丘壑足烟霞九十年来留逸志
屋堂多雨露八旬寿后又逢春

女寿星

芝荣五色
图献九如

一乡称寿母
九十颂奇萱

华筵九秩莱子乐
慈训三迁孟母贤

九旬鹤发同金母
七秩斑衣学老莱

庆花甲一周添半
祝萱堂百岁有奇

堂北萱花荣九秩
天南宝婺耀千秋

瑶池果熟三千岁
海屋筹添九十春

九十春光堂前菩萨
三千甲子山上灵萱

帨动春风寿延九褰
萱标绛色庆诞千秋

开上寿初筵九十曰耄
乐余年安康八千为秋

---

①典出《旧唐书·郑肃列传》。郑肃为唐武宗的宰相，他的孙子郑仁表恃才傲物，自视极高，曾声称"天瑞有五色云，人瑞有郑仁表"，世人为之侧目。后来，"人瑞"词义有所变化，指德行或年寿很高的人。

设帨溯当年喜花甲一周又半
称觞逢此日祝萱龄百岁添十

爱日伫期颐兰阶早酿十年酒
慈云周海岳莱彩犹载一树花

双寿

鸾笙合奏和声乐
鹤算同添大耄年

人近百年犹赤子
天留二老看玄孙

贺一百岁寿联

男寿星

百岁为高寿
一言乃万金

盛世常青树
百年不老松

世间真人瑞
地上活神仙

古稀已是寻常事
上寿今逢百岁翁

莫道人生无百岁
须知草木有重春

人生不满君今满
世上难逢我竟逢[①]

天边已满一轮月
世上同钟百岁人

一生哪有真闲日
百岁仍多未了缘[②]

桃熟三千老人星耀
春光百载华宴歌喧

百年长寿祝吾岂敢
终岁勤劳惟我不辞

女寿星

天边将满一轮月
世上同尊百岁萱

海日蟠桃开寿域
天风奇鸟降蓬莱

家中早酿千年酒
盛世长歌百岁人

蓬莱盘进长生果
婺宿筵开百岁觞

瑶池喜晋千年酒
海屋欣添百岁筹

---

①此为清代彭浚联。
②此为清代徐灵联。

天上三秋婺星几转
人间百岁萱草长荣

桃熟三千瑶池启宴
筹添一百海屋称觞

妇德交称百年殊寿
孙荣竞秀五世其昌

双寿

人康神健晚年乐
萱茂松苍百岁红

德行齐辉一门合庆
福寿大衍百岁同符①

孙子生孙五代幸逢全盛世
老人偕老百年共乐太平春②

贺长辈寿联

贺祖父寿联

祖德恩长荫后德
孙贤学成耀前贤

德祖寿高苍松不老
贤孙志远事业长春

贺祖母寿联

祖母今朝称寿母
慈龄盛世享遐龄

蓬莱会上逢王母
婺女光中见老人③

①大衍：出自《周易》“大衍之数五十”。
②此为清代南方某县令贺本县一对百岁夫妇的寿联。
③摘自宋代文天祥《庆罗氏祖母百岁》。

贺外祖父寿联

海屋添筹春永驻
外孙祝寿福长荫

贺外祖母寿联

华诞扬歌声满院
外孙祝寿酒盈樽

贺父亲寿联

身强体健迎新纪
子孝孙贤庆鹤龄

桃熟三千祝父寿
椿劳四世庆仙龄

严亲鹤发无量寿
吾父童颜不老星

贺母亲寿联

萱花春雨润
梓舍惠风清

丹桂飘香增福寿
壬林献瑞益康宁

天护慈萱母永健
云垂玉树岁常青

节届重阳福临寿母
喜逢秋日酒敬慈亲

贺岳父寿联

仰丈人峰名高北斗
修半子礼颂献南山

贺岳母寿联

桃熟池西图呈王母
萱荣堂北荫庇馆甥

堂北萱荣馆甥舞彩
池西桃熟王母称觞

贺舅父寿联

吾家阿舅得天赐寿
何处仙翁返老还童

贺舅母寿联

自惭乏舅风小子无知久仰慈云叨庇护
今喜祝母寿长生不老永留爱日乐欢娱

贺师长寿联

书多真富贵
寿大小神仙

文名高北斗
颂语献南山

桃李满园期寿考
诗书盈榻度春秋

后辈门墙承化雨
先生杖履煦春风

培桃李以成行斯人必寿
颂莱台而介福大德恒昌

祝耆龄人看桃李门前满
具仙骨君自蓬莱顶上来①

①此为清代杨鹤秋联。

贺各界人士寿联

贺商界人士寿联

利人兼利己
多寿亦多财

商界执牛耳
古稀晋鹤龄

仁人具寿者相
善士作富家翁

长者绝无市井气
寿翁久有斗山名

学擅陶朱千金术
才同管子北海樽

大德同南山寿不老
巨富如陶朱公有余

贺文化界人士寿联

文才高北斗
琴韵颂南山

词苑诗坛大手笔
鹿骑鹤驾老寿星

恒山维高多寿者
泮水思乐见文人[①]

翰墨春光辉寿域
丹青异彩入霞觞

气吞烟云情怡山水
胸藏丘壑寿祝同陵

斗酒百篇诗人高寿
奇文十卷墨客遐龄

翁绝似陶渊明只以菊花为性命
游何必赤松子能兼诗画亦仙才[②]

---

①此为清代孙樗联。

②此为清代裘葆良联。赤松子：古代神话中的上古仙人，传说他是神农时的雨师，也就是雨神，能入火自烧而无恙，经常在风雨中上下飘飞。炎帝小女儿跟随他出游修道，后来也成了仙人。

贺医药界人士寿联

有回春妙手
称寿世仙翁

盛世春秋共乐
名医寿德同高

妙手回春人长寿
慈心济世自延年

医国医人同兹医意
寿民寿世亦以寿身

学精术也精名医名士随君唤
人寿己同寿仙杏仙桃着意栽

八千岁为椿试看杏林荫满橘并波芳频年妙手回春扁鹊仓公同列传
九五福曰寿更兼梓舍风和桐阶日暖此日庞眉介寿梁鸿德曜共垂名①

贺宗教界人士寿联

参最上乘得无量寿
分九华脉为六朝僧②

住持第一江山问长老几生慧福
游遍大千世界知寿星即是如来③

寿联横批

贺男性寿联横批

南极寿翁　　共祝期颐　　春秋不老　　庆衍古稀

①此为清代朱应镐贺医士夫妇双寿联。庞眉意为老人花白的眉毛，指代长寿者的容颜。
②此为清代无名氏贺可曾禅师寿联。
③此为清代无名氏贺北固山僧八十寿联。

鹤算遐龄	蓬壶日永	福寿无边	海屋添筹
椿树长荣	嵩岳长生	康强逢吉	人中真瑞

贺女性寿联横批

慈颜不老	寿衍千秋	古稀慈寿	蟠桃献寿
福寿无疆	萱花芬芳	婺宿腾辉	后福无疆
萱草长春			

贺男女双寿联横批

双星争辉	酒介齐眉	伉俪寿禧	盘献双桃
柏翠松青	寿域无疆	椿萱并茂	福海寿山
庚婺同明			

贺建房联

贺奠基、上梁联

竖擎天柱
架创业梁

地势开华阙①
天时焕紫微

固立擎天柱
高抬创业梁

夯基符地利②
架栋合天时

花开立柱日
鸟颂上梁时

基石奠新业
栋梁擎壮心

基稳上梁正
人和盛世兴

坚贞观梁柱
巩固历沧桑

金梁光耀日
玉柱力擎天

青龙盘玉柱
白虎架金梁

上梁门聚瑞
铺瓦户呈祥

世盛大梁正
人和家业兴

树千年砥柱
架万代金梁

天眼观佳地
宏基启凤台

喜竹苞永茂
庆磐石长安

旭日悬华顶
紫微绕栋梁

玉柱擎红日
金梁架庆云

运筹百年计
杰构千层楼

肇启文明运
宏开富贵基

忠实作基柱
耿直为栋梁

创业全凭劳动手
奠基尽是栋梁才

---

①阙：本义为宫殿等建筑两边的高台，也指代宫殿。
②夯（hāng）：用重物将泥土或其他颗粒状的物质砸至紧实。

定磉欣逢大好日[1]
上梁正遇幸福时

定磉欣逢天好日
上梁正遇地灵时

栋起连云凌北斗
堂开向阳对南山

栋起祥云连北斗
堂开瑞气焕春光

基实奠定千秋业
柱正撑起万载梁

吉日上梁凝百岁
良辰立柱集千祥

家业振兴凭巨手
栋梁凌瑞靠齐心

今朝玉柱根基固
明日新房喜献祥

金梁灿灿光耀日
玉柱巍巍力擎天

旧时燕垒初更换
今日鸿基已奠成

旧宅常生如意草
新基又放吉祥花

坤端奠定兴家业[2]
基实撑起继世梁

落栋欣逢好时代
上梁还靠众乡亲

千秋家业凭双手
百代栋梁举铁肩

千秋事业原非易
万代根基由来深

巧手纷成时代业
铁梁撑起盛年楼

群能群智莫基地
同德同心建国家

上梁凌霄云浩荡
举业兴旺日喷薄

声声道喜鸣花炮
步步登高起大梁

竖柱欣逢大治世
上梁正遇富强年

为梁耿直千秋业
作柱忠诚万代基

一门立栋逢佳日
众手托梁盖大楼

择地适逢吉庆日
奠基正值大兴年

柱立良辰凝百瑞
梁抬吉日集千祥

安基砌壁千秋永固
立柱架梁万代长宁

大起宏图龙盘虎踞
彩描新业柱正基坚

吉日逢祥大梁宜举
良辰添庆砥柱高擎

---

①磉（sǎng）：柱子下面的石墩。
②坤：指大地。

艰苦雄强写兴业史
勤劳俭朴奠富民基

平安福第紫微拂栋
喜庆人家瑞气绕梁

起屋开基百年大计
兴家立业五世其昌

玉柱劲撑蓬勃丰采
金梁高架雄伟新姿

贺竣工联

华堂昼永
乔木春深

东风开画宇
旭日映华堂

华屋辉生壁
春山绿到门

佳地春风暖
新居燕语多

家种吉祥草
宅开幸福门

门前遍野绿
宅内满堂红

楼台凌碧宇
堂构焕朱门

青山环绿水
翠柳映朱门

堂华结构巧
室雅布局新

天星灿紫微
堂构毓人龙

庭院花香地
楼台鸟戏天

庭辉连树影
檐影接云光

文星高北斗
甲第仰西京

祥云绕栋宇
佳气满门庭

阳光照佳地
春风拂新屋

玉堂映画锦
华屋焕春晖

筑就文明院
建成和睦房

碧宇倚云昭大壮
紫微映日焕中孚

春到高楼添好运
风吹新居纳嘉祥

栋宇连云父母愿
华堂耀日子孙心

栋宇霞飞光梓里
阶除玉砌耀华堂

房建花间风更爽
身居新院梦也甜

阁上金龙腾紫气
堂前彩凤映丹霞

华构落成百岁计
小筑安居四季春

华堂建就合亲力
玉宇落成聚匠功

画栋倚云添异彩
明灯映月倍光辉

画栋倚云瞻大壮
华堂映日焕中孚

宏图大展兴隆地
泰运长临富裕家

江山聚秀归新宇
奎壁联辉映画堂

兰馨华屋风常霭
酒泛轩窗月倍明

龙虎风云新际会
湖山胜概壮观瞻

满庭诗景飘红叶
五色云华堆画梁

门迎春夏秋冬景
户纳东西南北情

巧构宏开立广厦
励精图治建家园

山水朝宗依旧日
堂前集瑞伴新居

山增翠色锦宅院
日洒金辉镀栋梁

水贺奠基绕玉带
山因落成列翠屏

潭第鼎新容驷马①
华堂钟秀毓人龙

堂开瑞日金莺啭
帘卷春风玉燕来

五柳旧称陶令宅
百花新构杜陵庄②

昔日陋室随逝水
今朝华厦伴高山

新屋落成千载盛
阳光普照一家春

新屋落成千般喜
全家和睦万事兴

新厦落成增秀色
华门安居进财源

燕恋新楼留好语
花开胜地吐奇香

---

①潭第：又作“潭府”，是对他人宅子的尊称，出自唐代韩愈《符读书城南》“一为公与相，潭潭府中居”，“符”是指韩愈的儿子韩符。

②杜陵庄：唐代诗人杜甫祖籍陕西西安杜陵原，常自称杜陵野老、杜陵布衣。

一朝成此千秋业
百代居之万事安

宜山宜水无双景
润屋润身第一家

羽仪旧德占鸿渐①
树色朝阳引凤巢

玉堂曾受凤毛赐
霞宇新贻燕翼谋

园林欣有春风茂
庭院喜承雨露甘

云栋尽书金碧宇
瑶阶并种吉祥花

竹苞秀起云为室
兰玉香生锦作堂

大地钟灵文明运启
华堂集瑞富贵基开

华构落成可称乐土
比邻互助更喜安居

画栋雕梁齐称杰构
德门仁里共庆安居

甲第宏开有堂有构
壬林作颂多福多男②

麦庆丰收花开红杏
宅起基业果奉蟠桃

美奂美轮大启尔宇③
肯堂肯构聿观厥成④

南望飞云雕梁画栋
西来爽气玉宇琼楼

新居焕彩盈门秀色
华构落成满座春风

依山傍水云中胜境
坐北朝南画里新居

华堂入云江山添一景
大厦落成农家乐三春

喜临华堂瑞气缭绕百事顺
乐居新屋祥光普照万代昌

山河气象果新奇到处莺歌燕舞
栋宇规模真壮丽满眼虎踞龙盘

---

①鸿渐：语出《周易》“初六，鸿渐于干”“六二，鸿渐于磐”“九三，鸿渐于陆”，指鸿雁从低向高飞升的过程。后世以此比喻仕途向上。

②壬林：形容盛大之貌，语出《诗经·小雅·宾之初筵》：“百礼既至，有壬有林。”

③美奂美轮：出自《礼记·檀弓》“美哉轮焉，美哉奂焉”。多形容新屋高大而美观，布置繁复，非常富丽堂皇。

④肯堂肯构：出自《尚书·大诰》：“若考作室，既厎法，厥子乃弗肯堂，矧肯构?”意思是，政治之事好比建造房屋，父辈已经确定了方法，子孙却连地基都不肯建造，又哪里谈得上建造房屋本身?后世反典故本意而用之，表示子孙愿意继承父辈的事业。

陋室落成欣逢旭日初升屋梁燕集歌人美
茅庐构造喜遇艳阳正照乔木莺迁感物华①

贺迁新居联

风开画栋
日映华堂

国家兴旺
栋宇辉煌

红日高照
紫气东来

红砖青瓦
绿竹斜阳

华堂焕彩
栋宇维新

吉星高照
幸福常来

楼望绿野
路接青云

门焕奎壁
栋接云霞

门来燕贺
院起宏图

青峰对户
绿水环家

山川纳绿
凤凰来仪

堂连绿野
室接青云

禧凝燕贺
庆肇鸿图

祥光西起
紫气东来

祥麟臻圃②
鸣凤栖梧

①物华：指自然风光景物。
②祥麟：即麒麟，因其为吉祥的瑞兽，故曰祥麟。

雁鸣秋色 凤栖高梧	莺迁乔木[1] 燕入高楼	莺迁花径 鱼跃龙门
竹苞松茂[2] 业乐居安	车马虽嫌僻[3] 莺花不厌贫[4]	出谷莺声旧[5] 来仪凤羽新
玳梁欣贺燕[6] 乔木喜迁莺	登楼人近月 迎福喜到门	栋宇朝红日 竹帘引惠风[7]
风和新居暖 日丽甲第安	凤彩金谷舞 柳拂画堂春	凤巢雏皆好 龙门客又新
飞云落翠岭 鸣凤栖青梧	福第多安乐 鸿基长发祥	好景年年好 新居处处新
鹤舞千年树 凤鸣百尺楼	红墙衬碧瓦 绿竹映斜阳	花绕新屋放 鸟伴雅室鸣
华构贻谋远 乔迁裕后昆[8]	吉门沾泰早 和里得春多	佳地春风暖 新居燕语喧

---

①莺迁：出自《诗经·小雅·伐木》“伐木丁丁，鸟鸣嘤嘤。出自幽谷，迁于乔木”。古人认为这里说的“鸟”指的是黄莺，所以后来就用“莺迁乔木”来比喻乔迁、中举、升官等向上发展的喜事。

②竹苞松茂：出自《诗经·小雅·斯干》“如竹苞矣，如松茂矣”。后世常用于形容根基稳固，家族昌盛，作为祝寿或祝贺新屋落成的吉祥用语。

③上联化自晋代诗人陶渊明《饮酒》“结庐在人境，而无车马喧”。

④莺花：莺鸟啼鸣，花朵开放，以这两样事物代表春天的景色。

⑤出谷莺声：典出《诗经·小雅·伐木》。莺指黄莺。

⑥玳梁：玳瑁梁，指传统建筑中绘有彩色图案或花纹的房梁。贺燕：同“燕贺”，祝贺新居落成，也泛指祝贺。

⑦惠风：柔和的风，常比喻仁政、德政。

⑧后昆：亦作后绲，指后代子孙。

江山添异彩
家道渐小康

居安能望远
室雅可聚贤

居安神仙境
养心康乐乡

连云开甲第[①]
摛藻艳春华[②]

楼栖沧海月
窗落敬亭云[③]

楼外江山景
门中福寿人

茂林莺语闹
新屋燕声喧

门庭多喜气
山水有清音

迁宅吉祥日
安居大有年

青龙缠玉柱
白虎架金梁

琼楼因勤建
玉宇以俭出

瑞气凝福地
嘉树拂新居

山幽花寂寂
庭静草青青

室雅何须大
花香不在多[④]

室有迁莺瑞
门多吐凤才[⑤]

室有山林乐
人同天地春

庭辉联树彩
檐影接云光

庭辉承月彩
檐影接霞光

庭外群山绿
室中一堂红

文明昌景运
栋宇绕彤云

物华焕新彩
天宝呈瑞祥

---

①连云：与天空中的云相连接，形容楼阁高大。语出晋代文学家潘岳《秋兴赋》“高阁连云，阳景罕曜”。

②摛（chī）：舒展、铺陈。语出东汉班固《答宾戏》“虽驰辩如涛波，摛藻如春华，犹无益于殿最也”。原意指写作时使用了华丽的辞藻。这里用了“藻”的另一个意思，即古代建筑物上的彩绘。

③此句出自唐代诗人李白《过崔八丈水亭》：“檐飞宛溪水，窗落敬亭云。”敬亭云指的是敬亭山上空的白云。此为佚名题少林寺联。

④此为清代郑板桥联。

⑤吐凤：指出众的文才或优美的文字。西汉学者扬雄撰写《太玄经》时，曾梦见自己口中吐出凤凰，落在书稿上，即为“吐凤”典故。

喜红光四照
看气象一新

旭日辉仁里
祥云护德门

云山起翰墨
星斗焕文章

紫微绕碧宇
翠柳妆朱门

居乡爱乡为睦
治家严家斯和

宝树鲜明花簇锦
莺声婉转韵调琴

大厦落成应燕贺
华堂瑞绕定蛟腾③

地占万湾多是水
楼无一面不当山

祥光临福地
喜气满新居

映日辉生室
垂花静掩门

玉堂映春色
珠树发秋香

紫燕栖仁里
文莺觅德邻

庭院花香鸟语
楼台月满云开

潺潺绿水绕福地
融融红日照新居

翠梧久待朝阳凤④
碧树初鸣山谷莺

栋拂云霞生紫气
家传诗礼足春秋

祥云浮紫阁
喜气绕朱轩

莺迁金谷晓
花报玉堂春

云霞为藻缋
桃李茂英华

甲第新开美景
子孙大展鸿图

宝鼎呈祥香结彩①
银台报喜烛生花②

窗含青山莺衔翠
门垂碧柳燕语枝

地无寒舍春常在
居有芳邻德不孤

栋拂云霞辉金宇
家传浩气足春风

---

①宝鼎：指香炉。

②银台：银制的烛台。

③瑞绕：瑞气环绕。

④朝阳凤：即“丹凤朝”，典出《诗经·大雅·卷阿》“凤凰鸣矣，于彼高冈。梧桐生矣，于彼朝阳”，比喻有才华的人生逢其时。

栋宇连云子孙愿
华堂耀日父母心

房建福地丽日暖
生逢盛世举家欢

福星高照善德府
喜气长留俭朴家

合家共庆乔迁喜
亲友同享致富欢

河清海晏金瓯固
人寿年丰画栋兴

红日高照临新栋
福寿咸臻满画堂

华堂翠屋春风至
甲第崇门瑞色开

惠政赐来如意第
良工造就庆丰楼

江山聚秀归新宇
日月交辉映画堂

居之安四时吉庆
平为福八节康宁①

吉屋新迁莺出谷
华堂彩焕凤栖梧

吉星高照小康户
喜气常盈大富家

居卜风和仁是里②
堂开景聚德为邻

开门见山山水绿
进家观花花卉红

坤正奠定千秋业
基实撑起万年梁

鲤跃禹门知浪暖③
莺适乔第喜春晴

门对青山摇钱树
户迎绿水聚宝盆

门对青山龙虎地
户纳绿水凤凰池④

门前绿水声声笑
屋后青山步步春

门连菊水人皆寿⑤
宅近桃源境是仙⑥

门迎春夏秋冬景
户纳东西南北财

---

①八节：指二十四节气中的立春、春分、立夏、夏至、立秋、秋分、立冬、冬至，此八节气较为主要。

②居卜：犹“卜居”，意为选择住处。

③禹门：即龙门，相传为大禹所凿，在山西河津县和陕西韩城县之间的黄河峡谷处。

④凤凰池：池水的美称。古时也作为中央行政机构“中书省”和统管中书省的宰相这一职位的别名。

⑤菊水：据《太平御览》记载，南阳一带有一个地方名为“甘谷”，山崖上长满菊花，有泉水带着菊花的芬芳顺流而下。谷中居民皆饮用此水，寿命都很长。

⑥桃源：典出晋代陶渊明《桃花源记》，此文讲述武陵渔人偶入一处隐秘之境，这里遍地桃林，桃花缤纷，居民都是为避战乱躲藏于此的先秦古人的后代，对外面的世界一无所知，过着怡然自得的生活。从此，桃源便用来比喻与外界纷争无关的悠闲快乐的地方。

乔迁美室步步起
喜居层楼阶阶升

日丽风和锦铺院
冬暖夏爽笑满堂

日月光华临画栋
山川秀丽映雕栏

日照新居添锦绣
花饰前圃吐芬芳

瑞彩盈庭山聚秀
祥光当户斗联辉

三阳日照平安府
五福星临吉庆门

山环水抱风光好
柳翠花明宅第新

山水朝宗依旧日
门堂集瑞霭新居

水如碧玉山如黛
风有高梧鹤有松

堂构鼎新添喜色
箕裘晋步焕文光①

天池水足龙仍化②
庭梧荫成凤始归

庭前细雨东坡竹③
池上清风茂叔莲④

万里风云奔骐骥⑤
百年珠树栖凤凰⑥

屋宇维新添异彩
门庭革旧蔚奇观

西岭烟霞生梁栋
东山云树掩门庭

祥云环绕新门第
红日光临喜人家

新厦落成增秀气
华门安居进财源

欣逢盛世迁乔第
喜值丰年进雅居

幸福同欢仁有里
安居共贺德为邻

秀宇层明光日月
朱堂高辟大人家

旭日乍临家室乐
和风初度物华新

①箕裘：箕为竹木所制的簸箕，古代用来抛谷扬糠，裘为皮衣。典出《礼记·学记》“良冶之子，必学为裘，良弓之子，必学为箕”，意思是善于冶炼金属的家族，子弟常见修补器物的过程，就能学会补缀裘皮，善于制造弓的家族，子弟常见如何削刮软木，就能学会制作木条编织的簸箕。因此，箕裘一词指的是传自祖上的工艺、职业。

②龙化：像龙一样飞腾发迹。

③东坡竹：宋代诗人苏轼，号东坡居士，故又被称为苏东坡。据说有一种竹子，因苏轼曾在竹间泼墨，使竹子沾染了墨点，从此生成斑竹，故名“东坡竹”。另一说，苏轼有《於潜僧绿筠轩》诗云：“宁可食无肉，不可居无竹。无肉令人瘦，无竹令人俗。”因为苏轼非常喜爱竹子，所以竹子又被称为“东坡竹”。

④茂叔莲：宋代学者周敦颐著有名文《爱莲说》，赞美莲花“出淤泥而不染，濯清涟而不妖”的高洁姿态。周敦颐字茂叔，因此人们称莲花为“茂叔莲”。

⑤骐骥：指骏马、千里马。

⑥珠树：树的美称。

一院葱茏青春景
八方锦绣福寿图

一片彩霞迎旭日
满屋喜气庆新居

移门欲就山当榻
迁居常将水为琴

莺过重门留好语
花开胜地吐奇香

莺迁华屋骄阳照
燕贺雅室福星明

氤氲祥云笼吉地①
葱茏嘉树拂新轩

鱼跃龙门三尺浪
莺迁花径一枝春

云栋尽书金碧字
瑶阶并种吉祥花

择居仁里和为贵
善与人同德有邻

紫气迎祥双阙晓
彤云献瑞五门春

宝气光腾屏开翡翠
玉堂风静帘卷珊瑚

创基业门庭腾瑞气
展宏图宅第起祥云

大哉居乎移气移体
慎其独也润屋润身

合天时祥云连画栋
得地利峻岭对新庭

吉日迁居万般惬意
良辰安第百事遂心

金屋玉堂固称杰构
德门仁里自是安居

美奂美轮大启尔宇
肯堂肯构长发其祥

克绍箕裘家声丕振②
东升旭日气象昌明

日升月恒天赐百寿③
竹苞松茂地发万金

树植院中年年吐秀
花开园内处处闻香

松茂竹苞及时而秀
兰馨桂馥迁地为良④

堂构光辉瞻云新日
规模宏大植桂培兰

唯德成邻莺迁燕喜
以文会友霞蔚云蒸

喜到门前清风明月
福临宅地积玉堆金

---

①氤氲（yīn yūn）：烟气或光芒弥漫、摇曳的样子。

②克绍箕裘：意为继承祖业。家声丕振：指家族名声得到大力弘扬。

③日升月恒：出自《诗经·小雅·天保》："如月之恒，如日之升。如南山之寿，不骞不崩。"

④迁地为良：出自《周礼·考工记》"郑之刀，宋之斤，鲁之削，吴越之剑，迁乎其地而弗能为良也"。意思是各地所出产的著名兵器，一旦离开本地，就难以打造出良品。这里反其意而用之，表示对搬迁之后生活的祝福。

移取春风门栽桃李
蔚成大器材备栋梁

紫阁祥云物华天宝
朱轩瑞气人杰地灵

新砖新瓦新屋人人喜
大房大事大家个个忙

何必金屋玉堂方称杰构
就此简室寒舍便是安居

何须大厦高楼方称乐第
有此青山绿水便好安居

何须画栋雕梁但求仁里
虽是茅庐草舍幸与德邻

何须玉宇琼楼方称佳构
即此春堂静室亦是安居

甲第弘开永向苍穹斗日
门闾轩敞堪容瀚海风云

粮广钱宽畅谈古今中外
神安意快乐度春夏秋冬

绿野堂前满贮山川秀色
红梁架上尽挑幸福心声

砌铜墙粉铁壁华居添彩
竖玉柱上金梁庭宇生辉

画栋连云燕子重来应有异①
新居焕彩春光长驻何须归

杰地乃幽水如碧玉山如黛
新居不俗凤有高梧鹤有松

丽日抒怀造就华堂生意旺
春风得意落成新宅人丁安

水抱山环旧村享园林乐趣
春华秋实新居胜城市风光

小院四方几度春风几度雨
新房一座半藏农具半藏书

创造得天时福寿财源祈并茂
安居逢地利儿孙富贵冀齐荣

春华秋实其间颇有农家趣韵
水抱山环此处宛如仙境风光

---

①燕子重来：燕子是候鸟，每年秋去春来，在南方、北方之间迁徙。燕子归来时有寻找去年旧巢继续居住的习性，它们的巢一般都筑在房舍屋檐下，有时，房子已经换了新的住客，而之前在这里筑巢的燕子还是会回来，所以古诗词中常常借用燕子归巢来表达一种物是人非的感伤。

祥云绕吉宅家逢旺世添福禄
瑞霭盈芳庭人值丰年增寿康

庭前风光绚丽览四时美景桂香兰翠
屋后莺语婉转听几声歌唱心旷神怡

新居面对青山屏障天然保全人财两好
斗室门朝绿水膏腴地质助益富贵双全

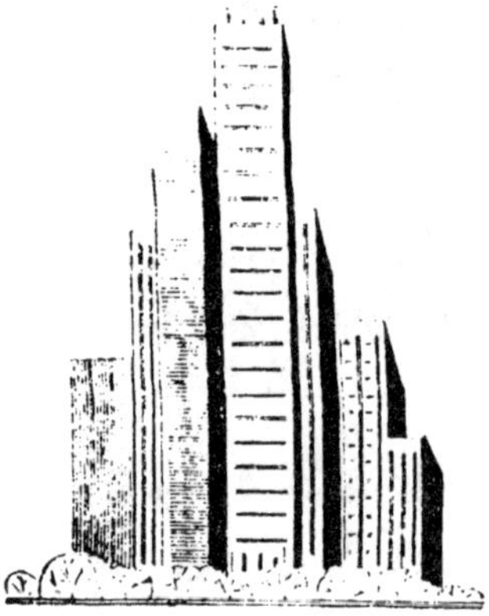

贺四季迁居联

春

春光入户
燕语垂帘

燕贺新禧
莺歌阳春

春风新燕语
瑞气好家风

佳地春风暖
新居燕语喧

腊尽新居暖
春来紫燕忙

门庭多喜气
家室驻早春

韶光开锦绣
春色上楼台

新春迁新第
福地启福门

祥云浮新栋
春色镀金梁

燕报重门喜
莺歌大地春

玉堂映画锦
金屋霭春晖

春风杨柳拂金宇
晴光桃李映玉堂

华堂翠幔春风至
绮阁金屏曙色开

乔木更新花入户
高楼焕彩燕穿帘

瑞映画堂多喜色
吉临新宅焕春光

堂前紫燕鸣春暖
院外红梅斗雪寒

万木争荣支大厦
一家和睦留好春

檐前柳色分张绿①
窗外花枝借助春

园林欣有春风茂
庭院喜承雨露甘

燕喜新居春正暖
莺迁乔木日初长

云接画檐流宝气
日临丹室尽春光

三春有脚光临福地
四季多情花饰新居

田野欣逢春风春雨
村庄喜获新财新居

喜建华堂春风入座
乔迁新屋佳客盈门

人勤地好画栋浮云联旧垒
春美花香玉兰绕砌缀新枝

燕喜新居迎得春风栽玉树
莺迁乔木蔚成大器建家园

夏

荷开五福第
鹊贺七夕节

帘卷杨柳谱
廊题桑榆诗

堂前蕉叶绿
阶下榴花红

雨洗芙蓉艳
霞飞宅院新

荷花香里开新屋
杨柳荫中会故人

华堂昼永书香满
乔木夜深蛙鼓多②

槐花落处生瑞气
阳雀鸣时入新居

珠帘暮卷西山雨
画栋朝飞南浦云③

---

①分张：散布、分散之意。此联出自唐代温庭筠《李羽处士寄新酝走笔戏酬》：“檐前柳色分张绿，窗外梅花借助香。”

②蛙鼓：指群蛙的鸣叫声。

③此联出自唐代王勃《滕王阁诗》：“画栋朝飞南浦云，珠帘暮卷西山雨。”写于诗前的诗序即《滕王阁序》，比诗更有名。

秋

谷香飘宅院
菊色映门庭

菊开五福宅
霜染一叶秋

明月一轮满
德门四邻和

明月一轮满
芳邻百代和

乔木莺迁瑞
高秋桂吐香

莺迁乔木松流韵
月洗高秋桂吐香

冬

门前霜雪逢春化
室内宾朋贺喜来

岁寒三友傲白雪
家睦四邻聚德风

岁寒三友添新色
迎春百福聚德光

玉树银花门外景
欢歌笑语室中春

冬令如春江山吐瑞
生财有道栋宇增辉

门对青山庭铺瑞雪
屋临绿水窗横蜡梅

贺建房、竣工、乔迁联横批

碧宇光辉	春光满室	德必有邻	栋宇辉煌
风和新居	富贵常临	户纳千祥	华堂生辉
华屋载恩	家居福地	乐驻新居	乔迁志禧
日新月异	如意如祥	诗礼传家	天宝呈祥
天地同春	喜气盈门	新居大吉	新居焕彩
燕贺新居	莺迁仁里	宅院福地	紫气东来

建筑装饰联

家宅联

大门联

出门见喜
举步生春

河山壮丽
家室雍和①

厚德载物
和气致祥

花开锦绣
云献吉祥

康平世界
丰稔年华

礼门义路
智水仁山

隆启家业
盛开德华

勤劳致富
科技发家

仁为安宅
德必有邻②

庭荣松柏
阶茂芝兰

物华天宝
人杰地灵

和风来天际
瑞气蔼门庭

虎踞龙盘地
夏凉冬暖家

鸡鸣催读早
鸟语唤耕勤

家睦福凝瑞
邻安和致祥

阶前生百福
檐下纳千祥

楼栖沧海月
门揽江山青

梁上飞紫燕
室中绕红云

①雍和：和睦，融洽。
②语出《论语·里仁》“德不孤，必有邻”，意思是“道德高尚的人不会是孤单的，一定能找到同伴”。

门楣生喜气
田野有清音

千门含日丽
万户映霞丹

卿云书燕喜①
芒树听莺声

日暖江山丽
家和事业兴

山河新气象
诗礼好家声

随处开新景
信手拈春秋

桃李开新色
芝兰馥旧庭

天地扬正气
门庭沐清风

田园犹自乐
鱼鸟亦相亲

田园无限景
门户有余年

为人尚正气
处世贵公平

心宽忘舍陋
野旷觉天低

莺歌新日月
燕舞旧门庭

有门皆毓秀
无景不妖娆②

院小胸怀大
门低志向高

枝头沾晓露
门户洽和风

海阔天高气象
风光月霁襟怀

和睦聚祥致富
忠厚多福永安

花好月圆景美
天时地利人和

江山万里如画
门户四时皆春

门对千山景色
窗含万里风光

门敛青山碧水
户藏绿夏金秋

门畔山清水秀
院中鸟语花香

门外苍梧碧水
檐下秋菊春山

前程千帆竞渡
盛世万象更新

田野风光依旧
门庭岁月更新

安居乐业乐无限
身处福门福有源

---

①卿云：即庆云。燕喜，宴饮欢乐。
②妖娆：妩媚多姿，娇艳美好。

承家事业辉堂构
继世文章裕栋梁

蝶舞天花飞上下
燕寻旧主辨音容

风清流水当门转
春暖飞花隔岸来

富贵莺花明盛世
平安门第乐雍熙①

累仁积德根基厚
对宇望衡气象新②

满园桃李堪娱目
无限风光喜舒怀

门槛虽低存远志
朋友不多有奇才

门前有水人可智
宅后依山室常春

门外芳山清流秀
家中大业财源兴

门大要容千骑入
堂深不觉百男欢③

平安即是家门幸
孝友堪为子弟规

仁义堂前无限好
芝兰家内有余香

仁宅安居德有应
礼门积庆善生缘

日出金莺绕屋语
风和玉树当门开

万里曙光来下邑④
九天淑气到衡门⑤

万里祥光辉绣户
四时瑞气集华门

五色祥云笼甲第
三多景福集门闾

祥云捧日日长利
瑞气盈门门永昌

幸无三顾来门外⑥
自有千秋在个中

小院栽花香四季
大门结彩喜全家

兄弟和其中自乐
子孙贤此外何求

---

①雍熙：和谐和乐，世道太平。

②对宇望衡：又作“望衡对宇”，意思是门户相对，住处接近。

③此为宋代苏轼联。

④下邑：古时县分三等，以粮赋多少为划分依据，最少最贫的称下邑。也有将国都称为上邑，国都之外的城邑称为下邑的。也作谦辞，意思是小地方。

⑤衡门：用横木做门的屋舍，意思是简陋的房屋。也有自谦的含义。

⑥三顾：指“三顾茅庐”的典故。东汉末年，刘备为了争取到当时隐居于隆中的诸葛亮的辅佐，连续三次登门邀请，最后终于打动了诸葛亮。诸葛亮出山成为刘备的谋士，帮助刘备建立了蜀国，与曹魏、孙吴相抗衡，形成三足鼎立之势，史称“三国”。这里所说的“幸无三顾”，是表达一种不愿劳心于世事俗务的淡泊心态。

秀水绕门蓝作带
青山当户翠为屏

玉树琪花香作锦
水光山色翠连云

月无贫富家家有
燕不炎凉岁岁来

云间树色千重满
门外山江万叠浓

种树如培佳子弟
卜居恰对好河山

爱劳动者其人必寿
承勤俭风子弟当贤

门有古松庭无俗石
秋宜明月春则和风

似兰斯馨如松之盛①
于玉比德乃水其清②

云涌吉祥风吹和顺
花开如意竹报平安

种满院名花何如种善缘
修万间广厦不若修德行

梅花红柳丝绿画般山水千里秀
旭日丽松柏青锦样风光万年春

中堂（厅堂）联

存忠孝心
立修齐志③

老当益壮
乐以忘忧

龙盘福海
虎踞寿山

四时佳景
满座高朋

夕阳无语
芳草有情

一轮明月
四壁清风

宜耕宜读
能和能行

友天下士
读古今书

正身履道④
蹈德咏和

芝兰气味
湖海襟怀

高怀同霁月
雅量洽春风

好山一窗足
佳景四时宜

---

①语出南北朝时期周兴嗣所撰《千字文》“临深履薄，夙兴温凊。似兰斯馨，如松之盛”。

②于玉比德：出自《礼记·聘义》：“夫昔者君子比德于玉焉。”就是说君子的品德和玉石的特性有相通之处。

③此为宋代朱熹联。

④正身履道：出自东汉班昭《东征赋》“正身履道，以俟时兮”。

佳韵邀清月
幽怀托素风

松菊开三径
琴书萃一堂

松风高士供
兰梦美人圆①

忠厚传家久
诗书继世长②

竹因虚受益
松以静延年

夜月琴声书韵
春风鸟语花香

闲居足以养志
至乐莫如读书

燕雀应思壮志
梅兰珍重年华

有竹有梅门第
半村半廓人家

竹雨松风梧月
茶烟琴韵书声

不因果报方行善
岂为功名始读书

春风大雅能容物
秋水文章不染尘

得好友来如对月
有佳书读胜看花

读书身健即有幸
种树花开亦是缘

读有益书精神爽
行无愧事寝食安

古人已往留明鉴
逝者如斯惜少年③

蕉分新碧侵书架
茶带余香入砚池

居家当有天伦乐
处世唯宜地步宽

君子之交淡如水
大夫无故不杀羊④

愧无俗骨难从众
赖有疾肠解读书⑤

门前莫约频来客
坐上同观未见书

---

①此为明代范允临联。

②此为传统名联。

③逝者如斯：语出《论语·子在川上曰》“子在川上曰：逝者如斯夫！不舍昼夜”，意思是“时间的流逝就像江河的水流淌一般，无日无夜”。

④此为清代王耀辰联。杀羊，典出《礼记·王制》：“诸侯无故不杀牛，大夫无故不杀羊，士无故不杀犬豕，庶人无故不食珍。”意思是说，诸侯没有理由不能杀牛来吃，大夫没有理由不能杀羊来吃，士没有理由不能杀狗和猪来吃，普通老百姓没有理由不能吃精细制作的食物。

⑤疾肠：指迅疾敏锐的思维。

岂有文章惊海内
漫劳车马驻江干

千古文章书卷里
百花消息雨声中

人间岁月闲至东
天下知交老更深

日月两轮天地眼
诗书万卷圣贤心

天为补贫偏与健
人因见懒误称高①

室有芝兰鼻端爽
胸无城府眼界宽

世间唯有读书好
天下无如吃饭难

世事每从宽处乐
人伦常在自忍中

术业宜从勤学起
韶华不为少年留

一窗晴日开图画
四座春风拥笑谈

一窗月影兼花影
满室书香并墨香

一庭花发迎知己
半卷书开见古人

鹦鹉能言争似凤
蜘蛛虽巧不如蚕

至乐事无如为善
有福人方肯读书

志士闻鸡常起舞
才人梦笔自生花

忠厚留有余地步
平和养无限生机

书似青山常乱叠
灯如红豆最相思②

风月双清云霞五色
诗书三味山水八音

金石其心芝兰其室
仁义为友道德为师

肯干一事便了一事
若要半文不值半文③

学问无穷曾三颜四④
光阴有限禹才陶分

认天地为家休嫌室小
与圣贤共语便见朋来

无子无孙尽是他人之物
有花有酒聊为卒岁之欢⑤

---

①此为陆游《六日云重有雪意独酌》一诗的颔联，明代文学家陈继儒将其作为对联挂在堂中。

②此为清代葛庆曾联。

③此为古代无名氏所撰官员家中堂用联。

④曾三颜四：指孔子的弟子曾参和颜回的典故，曾参说过名言“吾日三省吾身（我一天要反省自己的行为三次）”；颜回有一次问孔子“仁是什么”，孔子回答“四勿”，即“非礼勿视，非礼勿听，非礼勿言，非礼勿动”，这就是颜回“问仁四勿”的典故。

⑤此为明代沈德符在其著作《敝帚斋余谈》中记录的一副在某赋闲前高官家中看到的对联。

写字读书作赋讴歌新世
栽花种竹养鱼乐享晚年

富不读书纵有银钱身何贵
贫而好学虽无功名气亦豪

何物动人二月杏花八月桂
有谁催我三更灯火五更鸡

棋盘有路二三车马任纵横
砚水无波多少鱼龙从变化

世事如棋让一着不为亏我
心田似海纳百川方见容人

芝草无根醴泉无源人贵自立
流水不腐户枢不蠹民生在勤①

必孝友乃可传家兄弟式好无他即外侮何由而入
惟诗书常能裕后子孙见闻止此虽中材不至为非②

宾馆、民宿、别墅用联

白云依远岫
明月照高楼

池小能容月
檐低不碍山

窗小千峰近
楼高万木低

春秋多佳日③
山水有清音④

地静人常逸
山青花欲燃

东风开画栋
旭日映华堂

①户枢：门轴或门闩。蠹（dù）：被虫蛀蚀。
②此为传统家宅中堂联。
③出自晋代诗人陶渊明《移居二首》：“春秋多佳日，登高赋新诗。”
④出自晋代诗人左思《招隐二首》：“非必丝与竹，山水有清音。”

飞阁凌芳树
高窗渡白云

风静花自落
鸟鸣山更幽

风光行处好
景物望中新

高枕随流水
轻帆任远风

阁拥江边树
楼融雨后山

古树当庭直
时花满座香

桂香浮淡月
竹影乱清风

海近山常雨①
楼高月更明

花逢朝雨润
人爱夕阳红

江城似画里
楼阁入云中

江山供指顾
风月助登临②

径隐溪石静
园开草木香

卷帘花气入
移座鸟声喧

客来宜对酒
人静好读书

柳烟笼岸碧
草色入帘青

楼阁烟云里
山河锦绣中

楼小听春雨
峰多望夏云

梅花千树雪
石竹数重青

鸟宿池边柳
云生户外峰

其中有茅舍
此处即桃源

韶光开锦绣
春色上楼台

石榻看云坐
溪窗听雨眠

水清花自照
风暖鸟相呼

松柏有本性
园林无俗情

---

①上联出自唐代崔颢《发锦沙村》。

②指顾：用手指点，用眼睛观看，也有指挥的意思。此联上句出自南宋王十朋《正月六日游碛呈行可元章》“江山供指顾，尊俎奉从容”，下句出自唐代郑澣《和李德裕游汉州房公湖二首》“徽弦一掩抑，风月助登临”。

桃李成蹊径[1] 江山出画图	田有桑麻绿 路无车马喧	庭前花似雪 楼边月如云
溪声常在耳 山色不离门	溪山呈瑞彩 庭砌焕祥光	夕阳山外山 春水渡旁渡[2]
摇竹一身雨 摘花满手香	一径飞红雨 千林散绿荫	园静花留客 林深鸟唤人
远水碧千里 朝霞红半楼	玉柱擎红日 金舆入紫微[3]	远岫碧千里 夕阳红半楼
月朝帘里照 云在楼中悬	竹深留客处 荷净纳凉时	座上客常满 樽中酒不空
背树楼高迎月早 临湖窗润占山多	半榻有诗邀月赏 一春无事为花忙	别墅初栽新竹木 幽居先辟小蓬莱
澄波影里星辰动 明月船中诗酒歌	大河千里水东注 明月一天人独来	地多种竹欲留鹤 池不栽莲恐碍鱼
对松或可成知己 看竹哪须问主人	冬去情怀询垂柳 春归消息问落花	飞觞共醉天边月 鼓棹长开水上花

①此上联出自成语“桃李不言，下自成蹊”，意思是桃树和李树不会说话，但因其生出了甜美的果实，自然有人前来寻访，以至于树下踩出一条道路。

②传统名联，摘自南宋诗人戴复古《世事》一诗。

③金舆：原意为帝王的车驾。紫微，是古人划分的星空三垣之一，位于北天中央，被认为是天帝所居。

风声度竹有琴韵
月影写梅无墨痕

和气春风贤者坐
静山流水玉人杯

荷深似入苕溪路①
石怪疑行雁荡间②

红滴砚池花泻露
绿藏书榻树团云

花不知名难报客
竹因有节可迎宾

花满一座人载酒
竹深三径鹤窥书

花影不离身左右
鸟声只在耳东西

好山入座清如洗
佳树当窗翠欲流

静坐莲池香染袖
晓行花径露湿襟

看竹客来双屐雨
寻诗人坐一庭秋

客中客入画中画
亭外亭看山外山

缆系碧芦云绕去
棹穿明月夜归来

丽日楼台春似海
清风杖履客如仙

林荫绿树春中老
竹马青梅影里来

芦荻丛中依小艇
芰荷乡里觅吾家

满院繁花红蝶隐
一山修竹绿莺藏

千重碧树锁青苑
四面朱楼卷画帘

三春花满香成海
八月涛来水作云

三径绿时人醉月
百花红处客寻春

深院抄书桐叶雨
曲径寻句藕花风

树影不随明月去
荷香时与好风来

水清石出鱼能数
竹密花深鸟自啼

水色山光皆画本
花香鸟语总诗情

亭间流水齐今古
雨外青山看有无

---

①苕溪：水名，自浙江天目山南、北两边出，分别流入太湖。水边多生芦苇，秋天芦花纷飞如雪，芦花即为苕，故名。

②雁荡：雁荡山，在浙江东南部，以奇峰险崖著名，宋代学者沈括赞其为“天下奇秀”。

五更窗白鸣禽早
三尺池清游鱼浮

溪云初起日沉阁
山雨欲来风满楼①

斜日浴红秋水上
好山横碧画桥西

修竹满庭浮翠色
芳枝绕径映春晖

眼界高时无物碍
心源开处有波清

野树穿花星在涧
清风拂座竹环门

一池荷叶衣无尽
数亩松花食有余

一心不为风波乱
半榻常对天地宽

幽禽不见但闻语
野草无名亦著花

雨脚远连山脚暗
杏梢斜倚竹梢红

园林不吝价高论
蹊径何妨我别开

月移竹影吞棋子
风送花香入酒樽

乍雨乍晴花易老
耐霜耐雪柏长青

载酒每邀新月色
临流快听隔芦歌②

只以菊花为性命
本来松雪是神仙③

竹里登楼人不见
花间寻路鸟先知

剪月裁云好花四季
穿林叠石流水一湾

似入万重山不离三亩地
欲穷千里目更上一层楼

碧天连水水连天水天一色
明月伴星星伴月星月交辉④

别墅庭前翠柳扶风飘绿线
琼楼窗下碧莲擎雨捧晶珠

岭上高亭明月清风留客醉
山中古寺白云流水伴僧闲⑤

---

①此联出自唐代许浑《咸阳城东楼》。

②隔芦歌：北宋徐积有《渔父乐》诗：“水曲山隈四五家。夕阳烟火隔芦花。渔唱歇，醉眠斜。纶竿蓑笠是生涯。”因此隔芦歌指的是水上的渔歌。

③此为清代刘凤浩联。

④此为明代顾鼎臣联。

⑤此为明代高季迪联。

青山原不老一朝为雪白头
绿水本无忧几度因风皱面[①]

雪里白梅雪映白梅梅映雪
风中绿竹风翻绿竹竹翻风[②]

有月即登台无论春秋冬夏
是风皆入座不分南北东西[③]

借问行路人四面云山谁做主
坐观垂钓者八方湖海独忘机[④]

五柳先生懒自栽唯坐享邻家秀色
六朝风景由他变且尽收此日清光[⑤]

此地有峻岭崇山茂林修竹不设藩篱因恐风月被他拘束
其间能留春消夏益寿延年大开户牖欲放江山入我襟怀[⑥]

---

①此为南宋沈义甫联。

②此为北宋米芾、佛印对联。

③此为清代岳钟琪联（或以为明代李渔所作）。

④忘机：指忘却了纷争计较，消除了机巧之心，享受淡泊平和的心态。

⑤六朝：中国历史上的六个相继以建康（今之南京）为都城的朝代，即三国东吴、东晋以及南朝的宋、齐、梁、陈。这六个朝代持续的时间都十分短暂，更迭频仍。

⑥户牖（yǒu）：门窗。

挽联

通用挽联

常怀典范
寄托哀思

怀仁颂德
虽死犹生

泪倾太岳
痛断黄泉

名垂千古
光启后人

前人典范
后世楷模

秋风鹤唳
夜月鹃啼

寿高德望
子肖孙贤

音容宛在
风范长存

音容宛在
笑貌长存

音容在目
德泽铭心

音容已杳
德泽犹存

云凝泪雨
水放悲声

奠云遮望眼
泣雨寄哀思

儿孙称典范
邻里赞楷模

高风传梓里
亮节昭后人

海内存知己
云间渺知音

花为春寒泣
鸟因肠断哀

驾鹤西天去
留名人世间

哭灵心泣血
扶柩泪涌泉

哭灵心欲碎
弹泪眼将枯

泪作倾盆雨
魂飞奠路云

生死情难舍
阴阳路已分

素心悬日月
悲泪湿秋云

提耳言犹在
椎心泪未干

痛心伤永逝
挥泪忆深情

笑貌今犹在
嘉风永世传

一生行好事
千古流芳名

一生树美德
半世传嘉风

音容如在目
愁绪向谁宣

雨洒天流泪
风号地哭声

转眼人千里
销魂梦一柯

身逝音容宛在
风遗德业长存

一世勤劳俭朴
终身浑厚和平

白马素车愁入梦①
青天碧海怅招魂

不作风波于世上
别有天地非人间

但愿此境成梦境
怎奈哀情是真情

恩似海深悔未报
泪如泉涌苦难言

风号鹤唳人何处
月落乌啼霜满天

扶桑此日骑鲸去②
华表何年化鹤来③

魂归九天悲夜月
名留百代忆春风

君贤惜未常教诲
吾耄何堪来哭灵

空悬月冷人千古
华表魂归鹤一声

泪流九曲黄河溢
恨压三峰华月低

泪滴千行天地暗
哭声一片暮云低

流水高山思典范
春风霁月仰仪容

骑鲸去后行云暗
化鹤归来霁月寒

山耸北廓埋忠骨
泽被乡间仰遗风

听雨生悲愁碧汉
望云垂泪染丹枫

---

①白马素车：古代丧葬仪式所用的车马。

②扶桑：古代神话中的神树，为太阳栖息之所，也是太阳升起的地方。骑鲸：又作“骑京鱼”，即骑很大的鱼。典出汉代扬雄《羽猎赋》“乘巨鳞，骑京鱼”，比喻隐居或仙游而去。

③典出《搜神后记》，辽东人丁令威学道于灵虚山，后来变化成一只鹤飞回故乡，停落在城门的华表柱上，有个年轻人想用弹弓打这只鹤，鹤飞起来，徘徊在空中，口中说道：“有鸟有鸟丁令威，去家千年今始归。城郭如故人民非，何不学仙冢累累。”后来人们便以华表鹤来比喻久去的人。

完来大璞归天地
留得和风惠子孙

一片哀思挥泪诉
满腔心语对谁言

一世精神归梦地
满堂血泪洒云天

一生俭朴留典范
半世勤劳遗嘉风

一生节如冰霜厉
千古心同日月明

云深竹径樽犹在
雪压芝田梦不回

生前忠节如松凌霜雪
死后高风似水照青天

生前风骨似松凌傲雪
身后清名如水照云天

忠魂一缕萦萦依故土
正气无量浩浩满中华

规律难违自古谁能千年寿
高风永继后人景仰一世功

鹤驾难回终隔云山家万里
猿肠易断那堪风雨月三更

烟雨凄迷满眼春花凝血泪
音容寂寞一溪流水伴哀声

世事已无常空留尘室梦萦绕
音容何处觅怅望人情思渺茫

挽男士联

悲歌动地
哀乐惊天

德传百世
名耿千秋

光明正大
磊落清白

精神不死
风范长存

名留后世
德及梓里

前世典范
后人楷模

严颜已逝
风木与悲

音容在目
浩气凌空

苍松长耸翠
古柏永垂青

丹心昭日月
仁德泣河山

杜梁悲落月[1]
鲁殿圮灵光[2]

高风传乡里
亮节昭后人

海内存知己
云间渺嗣音

美名留千古
忠魂上九霄

门外奠云聚
堂中悼念多

寿终德望在
身去音容留

素心悬夜月
高义薄秋云

天不遗一老
人已是千秋

英名垂千古
丹心照汗青

星沉处士里[3]
月冷庾公楼[4]

雨洒天流泪
风号地放悲

欲祭疑君在
无语泪沾衣

知君已病死
愧我犹醉生

化悲痛为力量
继遗志写春秋

垄上犹存劳迹
堂前共仰遗容

美德堪称典范
遗训长昭子孙

青山永志芳德
绿水长吟雅风

一世正直忠厚
终生勤劳有为

直道至今犹在
清名终古长留

千卷史书怀拥座
一帘风雨忆篝灯[5]

悲风难挽流云住
泪雨相随野鹤飞

等闲暂别犹惊梦
此后何缘再晤言

地下又添高士伴
生前原作古人看

---

①典出唐代诗人杜甫悼念李白的诗《梦李白》："落月满屋梁，犹疑照颜色。"

②鲁殿：鲁灵光殿的简写，亦作"鲁殿灵光"。本意指汉代著名的曲阜灵光殿。西汉灭亡时，汉室的各处宫殿都损毁了，唯独灵光殿岿然不倒，因此后世以鲁殿指代硕果仅存的人或物。

③典出《晋书·谢敷传》。谢敷是东晋时会稽郡的一个处士，也就是隐居不做官的名士。一次月亮与天上少微星相冲，少微被认为与地面上的处士有关，果然不久谢敷就去世了。

④庾公：指东晋名臣庾亮。他镇守武昌时，趁秋夜月明，气清景佳，登楼与几位属吏吟诗作赋，兴致勃勃。

⑤篝灯：灯笼。

仿佛音容犹入梦
依稀笑语更伤心

风吹秋水起珠浪
雨点春山满眼悲

风号夜树子规泣[1]
雪扫重门白马哭

风凄暝色愁杨柳
月吊宵声哭杜鹃

盖棺泪飞悲风木
执绋人行舞雪花[2]

何堪一梦飞白鹤
竟使千秋泣杜鹃

鹤驾已随云影杳
鹃声犹带月光寒

魂归天上风云暗
名在人间草木香

黄土一抔埋忠骨
心香数瓣吊英魂

剑空宝匣龙应化
云锁丹心凤不来

江管春归花不发[3]
周窗雨冷草空青[4]

尽堪模范端人品
不可销磨寿世书

径扫丹枫皆吊礼
门临白马尽嘉宾

九原有泪流知己
万户同声哭善人

空向灵前瞻色笑
何从膝下觅欢欣

兰亭少长悲陈迹
玉局风光叹化身

泪添九曲黄河溢
恨压三峰华岳低

良操美德千秋在
亮节高风万古存

流水夕阳千古恨
暮云春树一天愁

龙隐海天云万里
鹤归华表月三更

绿水青山常送月
碧云红树不胜悲

---

①子规：杜鹃鸟。

②执绋：古代丧俗，送葬路上，要以手执握大绳来牵引灵柩前进，此谓执绋。

③江管：即江淹笔。传说南朝梁朝诗人江淹曾梦见有人自称前朝大诗人郭璞，向他索笔，他从怀中掏出一管五彩笔交还对方便醒来了，从此他再也写不出佳句，人称“江郎才尽”。后世以江淹笔指代出色的文学才华。春归花不发：化自李白《落日忆山中》“东风随春归，发我枝上花”句。传说李白幼年时曾梦见自己用的笔开出了花，故后世也以“梦笔生花”来形容文学才华高超。

④周窗：宋代词人周密《玉漏迟·题吴梦窗》中有“雨窗短梦难凭，是几番宫商，几番吟啸”句。此词是周密为悼念老友吴文英（其号梦窗）所作。草空青，在古诗词中经常被用于形容坟墓或是逝者故居中的荒草，表达怀念亡人的悲思。

美德常与乾坤在
英名永同天地存

明月清风怀旧宇
残山剩水读遗书

南极无辉寒北斗
西风失望痛东人

蓬门日影高轩过
蒿里歌声白马来[①]

人间未遂青云志
天上先成白玉楼

骑虬夜冷湖边月
驾鹤朝栖岭上云

情深风木呼天恸
泪点寒梅触景思

秋草独寻人去后
寒林只见日斜时

三更月冷鹃犹泣
万里云空鹤自飞

三径青松含露泣
半窗翠竹带风号

扫榻飞烟惊化鹤
卷帘留月觅归魂

山哀水哭悲长睡
骨恸心摧作永诀

事业已归前辈录
典型留与后人模

桃花流水杳然去
明月清风何处寻

夕阳流水千古恨
春露秋霜百年愁

想见音容云万里
思听教训月三更

想见音容空有泪
欲闻教诲杳无声

新界潮流摧砥柱
老成风度邈云山

一庭芳草凄白日
满径黄花寂清流

一世精神归华表
满堂血泪祭云天

已缔丰功垂史册
犹存大节誉人民

英灵已作蓬莱客
德范犹薰故乡人

玉树长埋悲老友
瑶花焕发盼佳儿

月霁风光人共仰
山颓木朽天增愁

月阶静夜蛩声切[②]
竹院秋声鹤梦惊

云深竹径樽尚在
雪压芝田梦不回[③]

直道至今犹可想
旧游何处不堪悲

---

①蒿里：古代为丧礼所演唱的挽歌。
②蛩（qióng）：蟋蟀。
③芝田：古人认为的仙人种灵芝的地方。

志同松柏清同竹
言可经纶行可师

骖鸾腾天驾鹤上汉
飞霜迎节高风送秋

大雅云亡空怀旧雨①
哲人其萎怅望清风②

大雅云亡典型犹在
老成遽谢言行可师③

福寿全归音容宛在
齿德兼隆名望常昭

海阔天空忽悲西去
乌啼月落犹望南归

客燕思归悲添秋土
宾鸿仪断梦杳仙乡

梦断庚星韬光匿影
心伤子夜返璞归真

南极星残徒陈椒酒
华堂日淡空进桃汤④

謦咳不闻老成永逝⑤
音容宛在矩范长存

日月如流一朝永诀
风云不测千古同哀

为人正直毕生无愧
办事公道浩气常存

为国为民斯人可传
有才有德事业长存

未弭前思顿成往迹
追寻笑绪皆为悲端

噩耗惊传哀歌动乡里
遗言长在美德示人间

生前忠节似松凌霜雪
身后高风如水照青天

敦厚可风实为前辈表率
和谦共仰堪作后人楷模

多少人痛悼斯人难再有
千百世最伤此世不重来

风惨云凄对青灯而自苦
山颓木坏痛绛帐之空悬

①大雅：泛指有极高德才之人。明代蒋灿有《题杜少陵像》诗："大雅长往矣，遗容后代看。"杜少陵即杜甫。杜甫《秋述》一文中写道："常时车马之客，旧雨来，今雨不来。"以旧雨、今雨比喻旧时朋友和新交的朋友。

②哲人其萎：语出《礼记·檀弓上》，孔子作歌云："泰山其颓乎，梁木其坏乎，哲人其萎乎！"其弟子子贡听了，便对别人说："夫子很快就要生病死去了。"后世便以"哲人其萎"来指代贤人病逝。清风，这里指高贵纯洁的品质。

③老成：指年高有德之人。

④桃汤：古代丧俗，以桃木煮水为逝者洗浴，后来也在大年初一这一天喝桃木水驱邪。

⑤謦（qǐng）咳（hāi）：亦作"謦欬（kài）"，本义是咳嗽，这里指说笑谈吐。

青山绿水长留生前浩气
苍松翠柏堪慰逝后英灵

碧海潮空此日扶桑龙化去
黄山月冷何时华表鹤归来

大雅云亡绿水青山谁做主
老成凋谢落花啼鸟总伤神

残月空山辟谷已随黄石去①
寒云低野束刍空怅素车来②

德重如山寸草春晖难报德
恩深似海空庭月夜痛思恩

风动帏空青鸟降时魂泣血
潭深波咽苍鸦啼处梦传神

高谊难酬风雨鸡声偏结憾
幽思莫解屋梁月色愈关情

挂剑有情黄菊花开人去后③
思君何处白杨秋净夜明时

规律难违自古谁能千年寿
勤风永继后人景仰一世功

鹤驾难回终隔云山家万里
猿肠易断那堪风雨月三更

红日难留暮景生愁黯夕照
白云不返竹林挥泪洒经筵

龄德俱尊犹执谦恭敦友谊
形神虽逝尚留清白在人间

梦不醒来杜鹃空悲华表日
事皆撇去桃花不恋武陵春

时事伤心风号鹤唳人何处
哀情惨目月落乌啼霜满天

---

①典出西汉开国功臣张良的事迹。张良曾学道家辟谷之术，后为了避祸而辞官隐居，世人都说他追随老师黄石公仙去了。

②典出东汉学者徐孺子的故事。徐孺子与名士郭林宗互相欣赏，但并不认识。郭林宗母亲去世时，徐孺子赶来吊唁，将一小捆青草（生刍）放在郭家门口就走了。旁人觉得很奇怪，郭林宗说："这一定是南昌来的高人徐孺子，诗经有云，'生刍一束，其人如玉'，我的德行，配不上他的评价啊。"

③挂剑：典出《史记》。春秋时期吴王少子季札出使路过徐国时，徐国国君想要他的剑，季札公务在身需要佩剑没有答应，但心里决定回程的时候就把剑送给他。等季札返回再次路过徐国时，徐国国君已经死了。季札将剑挂在徐君的墓上，这才离去。这是一则朋友交谊的故事，后世因此以挂剑作为朋友去世的隐晦说法。

寿越八旬睦邻美德留遗范
时逢九月秋风黄菊黯灵旗

烟雨凄迷万里山花凝血泪
音容寂寞千溪流水伴哀声

原上春满鲲鹏音断云千里
林梢夜寂杜鹃声哀月一轮

云鹤失声一片鲜花凝血泪
寒松有节千秋碧色凛冰霜

此老竟萧条幸有高文垂宇宙
一生不落寞仍留壮志在江湖

明月不长圆过了中秋终夜冷
高风安可仰如何一别再难逢

同气遽分途原隰秋风魂不返①
异时谁共语池塘春草梦难通

云路仰天高竟使雁行分棣萼③
风亭悲月冷何堪鹤驭失葭莩④

齿德并推尊月旦有评慈惠常留众口颂
斗山今安仰风流长往典型堪作后人师

松柏侣君一生错节风霜苦
芝兰契我毕竟深情肝胆知

与世长辞绿水青山谁做主
同君永诀素车白马总伤神

月照寒枫空谷深山徒泣泪
霜封宿草素车白马最伤情

沧海慨横流跨鹤空山归上界
少微惊隐曜啼鹃清夜哭先生

道其犹龙乎剑水云横嗟去渺
翁今化鹤矣花庭月暗恨归迟

撒手了无情尘世长辞归碧落
伤心将何用夕阳虽好近黄昏

象应少微星彩落萧辰悲夜月②
名登耆旧传芳留梓里忆春风

前身是神仙一笑一谈便归天上
后辈称长者古风古貌长在人间

---

①原隰（xí）：原野。
②萧辰：指秋季。
③棣萼：指兄弟。
④葭莩：指亲戚。

与人无忤与世无争清贫自甘葆真而去
如金在镕如玉在璞元善所庇有子必昌①

挽女士联

春晖未报
秋雨添愁

慈颜已逝
风木与悲

慈云缥缈
宝婺昏沉

花凝悲泪
水放哀声

花凝泪迹
水放悲声

兰摧玉折
花落水咽

兰摧玉折
璧落珠流

梅含孝意
柳动伤情

难忘淑德
永记慈恩

情传慈爱
泪洒凄凉

寿终内寝
鹤驾西天

音容宛在
懿德长存

白云悬影望
乌鸟切遐思

画荻踪难觅②
扶桐泪欲倾③

花为春寒泣
鸟因肠断哀

①元善：大善。

②画荻：典出《宋史》，北宋文豪欧阳修幼年贫困，买不起纸笔，他的母亲郑氏用芦苇秆在地上写写画画，教他认字。后世以此作为赞颂贤母的典故。

③扶桐：古代为母亲服丧时要手扶桐木做的孝杖，故以扶桐代指母亲去世。

风木有遗恨
瞻依无尽时

户寂凄风冷
楼空苦雨寒

落花春已去
残月夜难圆

名标彤史范[1]
望断白云乡

女星沉宝婺
仙驾返瑶池

淑德标彤史
芳踪依白云

天下皆春色
吾家独素门

音容常在目
懿德永铭心

带去暮年残岁
留来厚德芳名

户外梅红竹绿
宅内衣素袍白

案积芸香存手泽
庭余芝草见心田

白马素车挥别泪
青天碧海寄离言

宝瑟无声弦柱断
瑶台有月镜奁空

宝婺光沉天上宿
莲花香现佛前身

冰霜高洁传彤笔
圭璧清华表后贤

慈竹临风空有影
晚萱经雨不留芳

慈竹萧疏南陌雨
桐花零落北堂烟

蝶化竟成辞世梦
鹤鸣犹作步虚声[2]

芳草玉树香满院
凄风苦雨泪盈门

芳德常齐天地久
嘉风久伴山河存

风凋棉树红于血
月照寒林白似霜

风骨直超双鹤上
语言犹存五云中

鹤驭瑶台孤月冷
鹃啼玉砌素云飞

花落胭脂春去早
魂销锦帐梦来惊

惠质兰姿归阆苑
琼林玉树绕阶庭

魂上九天悲夜月
芳流百代忆春风

静夜鸟啼悲月色
长年鸡警付花尘

---

①彤史：古代宫廷中专门负责记录后妃们生活起居的女官，也指记录有后妃们贤德言行的史书。
②步虚声：指道士诵经的声音。

鹃啼一夜凄风冷
鹤唳三更苦雨寒

兰径水流三月暮
萱帏花谢一庭秋

柳知孝意花似雪
鹃解哀情泪更红

梅吐瘦容含孝意
柳飘柔态动哀情

岂无遗恨留幽闺
自有余徽裕后昆

人悼慈云长别恨
天摧萱草尽哀容

扫榻飞烟惊化鹤
卷帘留月觅归魂

身似芳兰从此逝
心如皓月几时回

身归阆苑丹丘上
神在光风霁月中

彤管自应标淑范
萱帏长此仰徽音

唯向北堂瞻淑范
却从南国纪徽音

西竺莲翻云影淡
北堂萱萎月光寒

西池驾已归王母
南国辉空仰婺星

细语柔言情宛在
凄风苦雨恨偏长

香消夜月梅花寂
韵冷苍天鹤梦寒

绣阁风凄伤鹤唳
瑶阶月冷泣鹃啼

懿德合应传后世
典范从此望前贤

懿范永垂家国史
慈容犹绕子孙行

幽兰空觉香风在
宿草何曾泪雨干

雨霖杏蕊流红泪
雪压松梢戴素冠

雨飘翠竹垂清泪
云垂青松戴素冠

雨泣黄花应有恨
风凄翠竹更堪悲

欲看山水存懿范
长留清白在人间

朱墙碧瓦归仙驾
象服鱼轩想母仪①

云覆巫山人不见
月明仙岭鹤归来

竹林风月谁相赏
兰桂庭阶我独悲

白云居空悠然而尽
黄叶满地凄其以悲

---

①象服：古代贵族妇女所穿的一种礼服。鱼轩，古代一种以鱼皮装饰的车，也是贵族妇女乘坐的。

壶范垂型贤推巾帼
婺星匿彩驾返蓬莱

苦雨凄风问归何处
嘉言懿训痛想当年

彤管芬扬久钦懿范
绣帏香冷空仰徽音

湘水曲终莲山路杳
妆台尘掩皓月云封

胸有绀珠贤推巾帼①
星沉宝婺悲切丝罗

绣阁花残悲随鹤唳
妆台月冷梦闻鹃啼

绣幕风寒伤心鹤唳
兰阶月冷泣血萱花

烟径云迷风凄朔野
石阶露冷雨泣黄花

懿范美德千秋永在
高风亮节万古长存

残月光寒韵满庭前含孝意
愁云寂寞帘飘户外痛哀情

菊径荒凉冥漠秋郊悲雨泣
蓬山缥缈苍茫野陌帐风凄

梦断北堂春雨梨花千古恨
机悬东壁秋风桐叶一天愁

青鸟传来王母归时环佩冷
玉箫声断秦娥去后凤楼空

懿德久钦方冀萱帏开寿宇
高年多福忽乘莲筏返瑶池

樽酒昔言欢犹忆风姿磊落
慈容今已杳只余梅影横斜

菱镜影孤哉惨听秋风吹落叶
锦机声寂矣愁看夜月照空帏

仙驾返桃源堪叹落花流水去
挽歌起村后肯教明月送魂归

勤以持家善教子女生前诸事无荒废
乐于助人声闻村邻殁后何人不含悲

①绀珠：典出五代王仁裕《开元天宝遗事·记事珠》。唐开元年间，有人送给宰相张说一颗绀色（黑中带红的颜色）的大珠子，张说手拿这颗珠子的时候，便觉得心神开朗，事无巨细都记得清清楚楚。后世以此比喻博闻强记的能力。

挽祖辈联

挽曾祖父、曾祖母联

奉杖无从爱日绵绵成往事
含饴不再悲风瑟瑟哭先灵

百年能几许有守有为四代儿孙托燕翼
一笑意长归无忧无虑随身杖履赴龙华①

酷暑痛伤心八秩余年曾妣已先乘鹤去
新秋垂泪眼一堂五代群孙于此效鹃啼

挽太岳父联

北斗翘瞻愿效陈诗歌祖德②
东床幸选忍陪捧砚泣孙行③

姻好附孙枝当午空怀千尺影
仰瞻同祖竹未秋先陨一庭霜

---

①龙华：即龙华会，佛教典故，弥勒佛在龙华树下开法会济世度人，共开了三次，称龙华三会。

②陈诗：古代帝王命大臣到民间去采集诗歌并呈献给朝廷，以考察民风，谓之陈诗。

③捧砚：典出北宋刘斧《青琐高议·后集》。李白游华山时，乘醉骑驴进入华阴县的城门，县宰不认识他，把他抓到县衙审讯，李白要来纸笔写道：“曾龙巾拭唾，御手调羹，力士抹靴，贵妃捧砚。天子门前尚容走马，华阴县里不得我骑驴？”县宰方知这位是李翰林。

爱我若孙枝记两载承颜接词前辈典型书卷气①
频年支病叶怅此时霓旌羽盖蒙山风景紫阳仙

挽太岳母联

高瞻天姥峰一夜倾颓伤泰岳②
情重壻乡水千秋凭吊泣门孙③

慈云高荫仰重闱甥馆承恩稔知祖德
平日亲情叨二室灵帏下叩忝附孙行

挽祖父联

病榻呼孙情切切
灵堂哭祖泪纷纷

辞尘祖去空留像
投笔人回不见颜

豪气英姿归图画
丹心壮志留子孙

一夜秋风狂摧祖竹
三更凉露泪洒孙兰

无疾而终想是生平修到
含饴未报忧及何日能安

风起云飞室内犹浮诫子语
月明日黯堂前疑闻弄孙声

寂寞乾坤邈矣一公何所在
凄迷风雨哀哉两字弗堪闻

乌养未终区区怕读陈情表
鸾骖顿杳茕茕尤作痛心人

祖父辞尘深痛音容难再睹
嫡孙承爱回思教诲应长铭

严君早逝心犹痛福寿全归名驰乡里
大父旋亡泪更枯齿德兼隆荫及儿孙

祖德本堪传耕种书田共荷谋贻燕翼
先芬徒泣诵抚摩磐石何从虑竭乌私

①承颜：顺应长辈的神色，意即侍奉长辈。
②天姥：天姥山，在浙江省绍兴县。
③壻乡：壻乡川，在陕西省西南部。壻，古通“婿”。

岁已届成人每当赴试游庠太爷尚挂千般虑[①]
伤哉怀恨事枉费愁肠望眼此日难酬半点恩

挽祖母联

抱孙昔日恩如海
守孝今朝痛彻心

思亲感动花流泪
怀祖情牵孙断肠

望祖遗容心碎裂
思亲教诲泪横流

懿德传诸乡里口
贤慈报在子孙身

玉洁冰清归泉路
孙贤子肖哭灵台

祖母永别千载去
孙儿泪洒几时干

无病而终想是生平珍摄
含饴未报忧从何日忘怀

慈训长昭谨守燕谋毋或失
深恩未报情陈乌哺永怀铭

慈竹风摧鹤唳一时悲属纩[②]
西山日落鸠杖只影恨含饴

祖母云亡未报深恩徒涕泪
嫡孙遗痛还从何处觅音容

明月照高楼昨夜神仙游玉府
秋风摧慈竹有人天上侍晨昏

挽外祖父联

寿高德厚
子肖孙贤

美德堪称典范
嘉风长启子孙

外祖寿山德大
愚孙泪雨心伤

①游庠（xiáng）：明清时儒生通过科举考试进入府州县各级学宫读书，称为游庠。庠是周代的乡学，后来泛指学校。

②属纩（zhǔ kuàng）：古时人弥留之际亲属以新棉轻絮放在鼻前探测呼吸，以确认是否死亡，后指临终。

泪水成河思外祖
哀声动地祭恩公

灵鹊苦传声纵属铁石亦为洒泪
骑鲸向何处凡兹外孙怎不伤悲

曾随慈母归来昔日教言犹在耳
痛悉外公逝去当年德泽永铭心

痛外孙早失严君风木空余半子泪
谓家公同称祖父麻衣应吊六月霜

一年间欢聚几何春去春来霎时见背
二月中悲同罔报江南江北两地伤心

望重斗山喜福寿全归庚续诗歌绵祖德
恩深泰岳怅音容忽敛叨陪杖履泣孙枝

挽外祖母联

宝婺辉沉梨枣恩推难忘祖母爱①
瑶池驾返梧桐枝老莫愧外孙辞

萱帏喜长春视外孙为孙慈恩未报
莲台已仙逝随老母哭母悲泪难干

①梨枣：古代家宅中常种植梨树和枣树，故梨枣可指代童年。北宋陆游《焚黄》诗中说“啼呼梨枣忆儿时，驹隙频经日月驰”。

挽父辈联

挽父联

教诲永记
风范长存

父逝山垂首
儿悲水失声

英灵垂天地
美德传室家

多感嘉宾来祭奠
深悲严父去难留

临深履薄言犹在
谕志承欢愧未能

凄凉云树愁千里
怅惘春风恨百年

慎终不忘先父志
追远常存孝子心

寿终正寝
鹤驾西天

祭父泉为酒
思亲梦作真

不成功业愧为子
难报父恩欲断肠

风号万树子规啼
雪积重门白马咽

门对东方常见日
云封屺岭不逢亲

千呼不醒严君梦
万拜难酬慈父恩

生前教子成大器
身后望儿继良风

父灵驾白鹤
儿泪洒黄泉

严训如山重
父恩比海深

春风有恨垂疏柳
晓露含愁看早梅

父逝悲从心头起
子存教诲记永年

念遗言垂为家训
悲去日适隔春风

深恩未报惭为子
旧憾难消忝做人

守孝不知红日落
思父常望白鹤飞

思亲腊尽情无尽
望父春归人未归

痛哭父亡辞戚友
默祈母寿看曾孙

痛哭严椿千古恨
悲兴嫩桂百年愁

痛心我哭亲长逝
棘耳童呼岁又更

痛矣今朝当大事
伤哉何日报深恩

屋内儿女嗟父逝
门外吊客履霜来

心因父逝心滴血
月窥吾悲月无光

一天雨雪凋椿树
满日云山惨棘人①

倚门父去三更月
泣杖儿悲五夜寒

音容未远悲畴昔
杖履空存忆老成

欲闻严训空有泪
追思教诲杳无声

只见三秋多苦雨
谁知九月别严亲

陟岵回看无父面②
趋庭失训痛儿心

珠泪滚滚哭严父
奠酒滴滴祭英灵

福寿全归音容宛在
齿德兼隆名望常昭

勤劳本色儿女永记
节俭家风世代相传

祭酒陈辞表赤子心意
悲歌陨涕悼严父英灵

遗容寓遗志子孙承志
哀乐寄哀思后代永思

华月光寒韵满庭前含孝意
愁云寂寞旌飘户外痛哀情

俭朴一生撒手永抛家室累
沉疴百日归魂犹望子孙贤

情切一堂红泪相看都是血
哀生诸子斑衣忽变尽为麻

音容莫睹伤心难禁千行泪
亲恩未报哀痛不觉九回肠

---

①棘人：语出《诗经·桧风·素冠》"庶见素冠兮？棘人栾栾兮，劳心慱慱兮"，后世为父母居丧者自称为棘人。

②陟岵（zhì hù）：语出《诗经·魏风·陟岵》"陟彼岵兮，瞻望父兮"，后世以此指思父，也可用来指父亲去世。

音容宛在勤劳一生传佳话
神魂离去芳名百世著清风

愁思向谁宣空想胪欢承菽水①
终天成永诀枉教泣涕进羹汤

大义是难明无言复诲空流泪
深恩非勿报有像徒存只恸心

多年教导音容笑貌永铭心下
一朝诀离言谈举止化作几行

家务千事积虑劳心情深似海
风尘百年开基创业恩重如山

一生辛苦谁知听诸父道扬愈增悼痛②
三载劬劳未报奉慈帏教命祇进饔飧③

忆昔年诸事有当头浑然不觉为子易
叹今日百般经过手如此才知做父难

不肖子才庸德薄有负期望永别严颜去
承志人奋发读书遵循教诲不忘养育恩

鲤对方殷竟将大事付儿惨目灵椿生意老
乌私未遂犹念小人有母伤心慈竹泪痕多

想吾父厚以待人薄以待己不解己厚人薄
愧儿曹生未尽敬死未尽哀徒为敬死哀生

严父匆匆逝去想当年克俭克勤甘苦备尝今已矣
棘人切切饮恨痛此日弗闻弗见与世长辞竟何知

①胪欢：亦作“臚驩”，欢腾高歌之意。语出《汉书·礼乐志》“遍臚驩，腾天歌”。菽水，豆子和清水。典出《礼记·檀弓上》“啜菽饮水尽其欢，斯之谓孝”。指晚辈对长辈的侍奉。

②道扬：称许，宣扬。

③劬（qú）劳：过分的辛劳。饔飧：饭食。

挽母联

流芳百世
遗爱千秋

南柯梦里①
望云思亲②

悲慈母去矣
期仙鹤归来

寒风摧萱萎
瑞雪托哀思

哭干两眼泪
难报三春晖③

宝婺云迷妆阁冷
萱花霜萎绣帏寒

长记慈惠传后世
永留典范在人间

春近人笑花早发
岁更我哭母长辞

椿树衰朽长弃世
萱花凋谢恨终年

椿树早凋悲未已
萱花又殒泪何穷

椿影随鹤西去早
婺星掠空光追先

慈母一去杳无影
苦儿千声呼不回

慈颜一去杳无影
弱子千声呼不回

慈竹当风空有影
晚萱经雨不留香

顿失慈容劳想象
面怀懿训寄悲哀

隔世欲望慈母影
三餐嚼碎赤子心

花落萱帏春去早
光寒婺宿夜来沉

荆花树上知春冷④
萱草堂中不乐年

---

①典出唐代李公佐《南柯太守传》。有一个名叫淳于棼的人梦见自己来到槐安国，娶了公主，当了南柯郡太守，富贵一时，后来公主去世，他也随之失势被逐。他醒来后，发现自己才睡着了一小会儿，又在家中庭院的大槐树下挖出两个蚁穴，原来这就是他梦中的槐安国和南柯郡。

②典出《大唐新语》。狄仁杰受命担任并州法曹时，父母远居河阳。他登太行山，望见一片白云，对侍从说："我的双亲就住在那片云的下面。"遂久久伫立凝望，直到白云飘飞而去。

③三春晖：语出唐代诗人孟郊《游子吟》"谁言寸草心，报得三春晖"。

④荆花树：指紫荆树。南朝梁的吴均在《续齐谐记·紫荆树》中写道，田氏兄弟三人分家，庭前有一棵紫荆树无法分割，三人便商议将树砍成三片，还没有动手，树便自行枯死。三兄弟深受感动，决定不再分树，树随即又复活过来，变得欣欣向荣。后世便以紫荆树指代兄弟。

难报春晖伤寸草
空余血泪泣萱花

去岁慈言常在耳
今春子请再无音

生母继母皆为母
养恩育恩俱是恩①

生前记得三冬暖
死后思量六月寒

世上痛无救母药
灵前哭煞断肠人

守孝不知红日落
思亲常望白云飞

守孝难回佳节礼
思亲仍贺盛世年

思亲有影青云驻
怜子无声白鹤飞

天涯芳草留晖远
海角哀鸿洒泪多

啼血难酬兹母惠
挥毫莫罄此儿情

无路庭前重见母
有时梦里一呼儿

婺星顿失天色黯
美德犹存家运昌

心想慈母心有缺
月临中秋月不圆

严父早逝恩未报
慈母别世恨终天

忆慈颜心伤五内
抚遗物泪洒两行

玉洁冰清归泉路
孙贤子肖哭灵台

终天唯有思亲泪
寸草痛无益母丹

女宗靡依痛深戚里
母范何恃泪滴慈帏

问暖嘘寒音犹在耳
怀胎哺乳恩岂忘心

绮阁风寒伤心鹤唳
兰台月冷陨涕萱阴

哀哉虽非亲子胜亲子
痛矣不是生娘似生娘②

陈辞祭酒表赤子孝意
洒泪讴歌悼家慈亡灵

声咽丧帏肠断秋风鹤
泣残蕙帐血枯夜月鹃

仰日瞻云慈容不再现
期劳戒逸母训难忘怀

恩同生母只少怀胎十月
孝尽亲儿也应泣血三年③

怎忍心撇下儿女匆匆去
如有觉梦中母亲常归来

---

①此联挽继母。
②此联挽继母。
③此联挽继母。

慈母东来绕膝慕深萱草碧
彩云西去献觞悲断菊花黄

祸及贤慈当日顽劣悔已晚
愧为逆子终身沉痛恨靡涯

酒进晨昏怎教儿一滴一泪
香焚朝夕唯祝母如生如存

亲厌尘纷寿终正寝归蓬岛
儿悲手泽眼流双泪滴麻衣

泣杖子凄其中夜慈乌三鼓月③
断机人远逝北堂萱草五更霜④

陟岵痛前年方祝萱颜长白发
捐帏当此日忽悲菽水隔黄泉⑤

离别竟千秋往事追回流水不禁双眼泪
死生惊一霎恨肠欲断寸心难报三春晖

杜宇伤春泣残雪泪悲花老
慈乌失母啼破哀声夜光寒

久别慈颜忧乐几多犹未话
骤闻噩耗聪眸一概顿无知

苴杖欲同扶又惧以恩掩义①
蓼莪深抱痛终难为礼夺情②

凉月写凄情环砌秋声听倍惨
慈云归缥缈空庭落月恨何如

乌养昔犹亏树背冀能荣晚景
黄泉今永诀草心恨莫报春晖

①苴（jū）杖：古时居父丧者所用的竹杖。

②蓼莪（lù é）：《诗经·小雅·蓼莪》中有“蓼蓼者莪，匪莪伊蒿。哀哀父母，生我劬劳”，抒发了对故去双亲的思念之情。后世以此为悼念去世父母的典故。

③泣杖子：典出汉代刘向《说苑》。汉人韩伯俞因犯错被母亲杖责，他感到母亲衰老得没有力气打痛自己，伤心哭泣起来。

④断机人：典出汉代刘向《列女传》。孟子小时候在外求学，因思念母亲偷偷跑回家。他的母亲正在织布，见他逃学归来，便将织布机上的布匹割断，对他说：“你荒废学业，就像织到一半的布断掉一样。”孟子从此一心向学，终于成为一代大儒。

⑤捐帏：古人对女子辞世婉称“捐床帐”，帏就指床帐。

早岁痛莪蒿感频年兰砌相依心同保赤①
比邻悲薤露恨此日萱堂倏萎目断垂青②

挽岳父联

泪倾泰岳
痛断黄泉

半子无依何所赖
东床有泪几时干

大雅云亡梁木断
老成凋谢泰山颓

峰顶大人嗟已矣
膝前半子痛何如

浮白自惭苏子美
垂青空忆杜祁公③

泰岳无云滋玉润
东床有泪滴冰清

丈人峰屹瞻如昨
半子情灰怅在兹

菊径荒凉乔阴莫仰
蓬山缥缈仙驭难回

樛木同瞻幸分椿荫④
泰山莫仰怅绝兰阶

半子情深叨预鲤庭诗礼训
三山迹杳忍教鹤驾海天秋

德范堪钦唯冀泰山常荫婿
鹤龄方祝孰期冰鉴顿捐尘

翁不少留风木伤心分半子
吾将安仰音容回首隔重泉

恩同父称伤鹤驾已随云影散
爱并儿号泣鹃声犹带月光寒

和风寄高台雪冷椿庭忍听悲声翻玉管
骖鸾望古道月明苏馆不堪清影谢冰花

---

①此联挽义母。莪蒿，一种水边植物，俗称抱娘蒿。

②薤露：和《蒿里》一样都是古代的挽歌名。

③此联典出宋代诗人苏舜钦和他的岳父杜衍的故事。苏舜钦豪放好饮，在杜衍家住的时候，每天晚上要喝掉至少一斗酒，杜衍觉得很奇怪，就让人暗暗观察他。到了晚上，苏舜钦读《汉书·张良传》，读到情节紧张激越处就要喝一大杯酒，偷看的人回去告诉杜衍，杜衍笑道："有这样的下酒菜，喝上一斗一点儿都不多。"

④樛（jiū）木：语出《诗经·周南·樛木》"南有樛木，葛藟（lěi）累之"，樛木即向下弯曲、让藤蔓攀援而上的树枝，比喻庇护扶持晚辈的长辈。

挽岳母联

爱女爱婿无限爱
悲风悲雨几多悲

慈容已隔重泉路
寒雨犹伤半子心

慈竹影寒甥馆月
昙花香杳北堂云

凄凉甥馆慈云黯
缥缈仙乡夜月寒

婺星西陨恩无既①
泰水东流泪与俱②

婺星西陨恩犹在
泰水东流泪未干

自从婿乡蒙厚爱
何堪甥馆杳慈云

莲蕊生香有子心中无限苦
萱花遽谢出人意外不胜悲

婺隐中天伤心徒洒千行泪
爱隆东袒报德未伸半子心

义薄云天未报涓埃无限恨
波寒泰水更增半子一番愁

忆半子昔日乘龙东床有幸
痛岳母今朝驾鹤北堂无依

半子荷深恩玉镜台前承色笑
一朝悲怛化璇闺堂上失慈晖

获选昔乘龙独忆东床初袒腹
游仙今驾鹤那堪北堂杳慈颜

岳母果何之可是心羡瑶池逍遥赴宴
子婿无以吊只好眼含珠泪悲泣奔丧

①无既：无穷无尽。
②泰水：岳母的别称。

挽伯父、伯母联

待吾如生母
伤心比子规

寿终德望犹在
人去徽音长存

伯父魂灭哭枯眼
侄儿心悲泣断肠

一生务农勤稼穑
全心爱国勉侄儿

永别子侄功业在
长辞人世遗风存

画荻同遵推思犹子①
采蘩以荐虽死如生②

勤劳毕生足堪侄儿表率
忠厚一世实乃邻里楷模

痛失慈萱花落竹林春去早
悲兴犹子光寒婺宿夜来沉

乌诉春愁花落竹林人去后
诗陈秋感风摧萱草月明时

痛伯母寿届稀龄夏日炎炎伤驾鹤
叹侄辈情深服重夜悲耿耿泪啼鹃

慈训夙亲承高枝秀茁田荆箕帚无嫌资家母③
遗容今宛在几树荣分窦桂埙篪有韵协诸孤

侄子何知喜荆枝一树分荣每祝萱堂多大寿
遗容长在愿棣萼双方济美莫言葱肆少贤才④

---

①犹子：谓如同儿子，即侄子。

②采蘩：蘩是一种可食的水草，古人用于祭祀，因而泛指祭品。“采蘩”语出《诗经·周南·采蘩》，原为咏叹贵族妇女主持祭祀事务时尽职尽责，后也指女性对家庭事务恪尽职守。

③田荆：见前“荆花”典故。箕帚，打扫庭院屋舍，泛指家务，古人以洒扫餐厨为已婚妇女的职责，所以箕帚又指代一个家庭中的主妇们。

④葱肆：出自唐初李大师、李延寿父子所撰《南史·品僧珍传》。品僧珍为南朝的梁朝人，出身贫寒，家族以贩葱为业。后来他当了大官，他的侄子来向他求官做，品僧珍说：“你才能平庸，不适合做官，还是回去卖葱吧。”以后，人们便以“宜反（返）葱肆”形容一个人为官清正不徇私情或没有才能做不了官。

挽叔父、叔母联

先辈夙敦棠棣好
今朝又感竹林寒

遥望竹林空堕泪
徒思马诫有遗书①

遗训常怀亚父德
酬恩未尽比儿情②

月落侄儿心痛泣
风吹林海树哀号

竹林风月谁相赏
兰桂庭阶我更悲

一生勤劳泽留乡里
终生节俭范式村邻

勤俭持家悟吾婶是赖
殷勤侍疾憾犹子未能

勉力持家半生最怜叔母苦
报答无地六亲都为比儿悲

昔年训诲亲承犹子鲤庭聆教范
此日音容顿渺儿曹马诫感遗书

叔父魂飞青岭云寒未解何年还鹤驭
侄儿泪湿枫江月冷怕逢薄暮听乌啼

缠疾始三朝汤药枉投慈爱婶娘形不见
游仙临腊月梅花正放伤心侄子情难堪

大好竹林游厚谊比儿竟日清淡慈眷注
无端萱草萎传言诸弟急时共济孔怀吟③

小子愧庸才平时杖履追随辄喜竹林叨训诲
吾家多旧德此后门庭辑睦永教棣萼入诗歌④

①马诫：东汉名将马援有《诫兄子严、敦书》，是叔父写给侄子的著名家训。
②比儿：即侄儿。
③孔怀：语出《诗经·小雅·棠棣》“死丧之威，兄弟孔怀”，原意是彼此非常思念，后世用作兄弟代称。
④辑睦：和睦。语出《管子·五辅》“和协辑睦，以备寇戎”。

幼侄无知想当年训诲谆谆眷顾深恩同无极
悲叔忽逝叹今日音容寂寂空瞻遗颜有余悲

幼年失恃仰荷慈云获画著贤劳分得恩情及犹子
远道相依遽歌薤露蓬山嗟缥缈更谁孤苦念零丁

挽姑父、姑母联

仙容惨淡浑如睡
阃留范遗永不违①

德厚先姑光耀门庭叨泽荫
恩深犹子泪挥衣袖寄哀思

谊属先姑光耀门楣蒙慈荫
恩深犹子诗赓茑萝寄哀思②

内侄昔来庭只云玉体违和岂意语声移薤露
姑丈今谢世自愧金丹莫续伤心泪语滴榴花

挽姨父、姨母联

悼念不闻姨教诲
情怀仍忆旧音容

淑德慈言诲甥儿
音容笑貌在人间

鹤驾遽西归痛姨音容从此杳
乌啼未中断伤予心脾何以堪

冷雨迫残春时节偏逢百五日③
高风怀遗事音容遽渺九重泉

---

①阃：内室。

②茑萝：语出《诗经·小雅·頍弁》“茑与女萝，施于松柏”。茑萝是茑萝和女萝的合称，这是两种攀缘在高大树木上的蔓生植物，人们以此形容非常亲密的依附关系。

③百五日：指寒食节，时在冬至后的第105天，故名。

恩谊略同甥舅与吾母姊妹同行顿失慈容劳想象
往来无向邢谭唯小子童蒙教诲缅怀懿训寄悲哀①

小子有何知唯父母是依童年即谒高门早识邢谭通雅谊
亲情原最厚痛音容顿杳今日来凭灵榇不堪萝茑失乔阴②

挽舅父、舅母联

痛悼母舅颜难见
悲叹外甥教无人

生前抚我育我恩将何报
死后哀之哭之泪终难干

慈竹风摧长有遗徽留懿范
含桃雨润不堪清酌奠灵帏

明月不长圆桂子香时舅已逝
高风安可仰菊花开后甥方来

懿训昔难忘自顾庸愚惭大德
慈容今已杳未曾报答愧春晖

有泪洒州门千古白眉增太息③
无才成宅相廿年青眼益酸辛④

挽友父、友母联

德才见贻谋有子能担家务事
荣哀酬生平伤心遽失老太公

文章练达先生教子义方千古
事业热忱桑梓被泽中坚遽失

---

①邢谭：典出《诗经·卫风·硕人》“邢侯之姨，谭公维私”。邢侯、谭公的妻子都是卫庄公的夫人庄姜的姐妹，故邢谭之谊指娶了同一家女儿的关系。

②灵榇（líng chèn）：灵柩。

③州门：典出《晋书·谢安传》。谢安有个非常爱重的外甥名叫羊昙。谢安去世后，羊昙一年多都闷闷不乐，而且再也不肯走谢安生病回京城时走过的西州路。有一天他喝醉了，身不由己一直走到西州城门，旁人提醒之后，他便恸哭起来。后世以西州路或西州门作为感哭故人尤其是外甥哭舅舅的典故。白眉，指兄弟中最出色者。

④宅相：原意是住宅的风水。典出《晋书·魏舒传》。东晋司徒魏舒年幼丧父，在外祖父家长大。他的外祖父盖了一座新宅子，看风水的人说：“从宅相上看，这里会出一位尊贵的外甥。”后来，魏舒果然做了大官。后世因此以宅相作为外甥的代称。

令子以读书成名年岁文章惊海内
恨我未登堂拜母他年碑碣诵泷冈①

挽恩师联

一生倾碧血
万里传芳名

当年幸立程门雪②
此日空怀马帐风③

合校同仁伤益友
满庭桃李哭良师

化雨春风偏厚我
耳提面命更何人

满苑禾苗伤化雨
一门桃李哭春风

面命如今无一语
心丧未可少三年

圯上罔闻呼小子④
雪中空立见先生

培养桃李曾尽瘁
光辉竹帛永流芳

欲见严容何处觅
唯思良训弗能闻

欲见音容云万里
梦听教诲月三更

大道为公徒存手泽
因材而教顿失心传

德高学富名归梓里
桃哭李悲我失良师

教育深恩终身感戴
浩荡正气万古长存

茹苦含辛半世劬劳培后代
鞠躬尽瘁满园桃李启新猷

---

①泷冈：山冈名，在今江西省永丰县凤凰山。北宋欧阳修葬父母于此。墓前青石阡表上镌有欧阳修撰写的墓表，非常著名，史称《泷冈阡表》。

②典出《宋史·道学传二·杨时》。儒生杨时、游酢有一天冒雪去拜访老师程颐，正遇程颐小睡，两人在门外站着等了很久，程颐醒来时，积雪已经有一尺厚了。后世以“程门立雪”作为尊师的典故。

③马帐：东汉经学家马融门下有上千名学生，他经常布置一顶绛纱帐子，在前面开课授徒，后面排列舞乐，学生依次入内。后人以马帐指代讲学授课的地方。

④典出《史记·留侯世家》。张良年轻时有一次在下邳圯上闲逛，遇到一位老人，呼他“孺子”（即小子），老人让他去桥下取掉落的鞋，并伸脚让他给穿上，张良一一照办。经过一番测试后，老人给了张良一本《太公兵法》。张良熟读此书，成为一代谋略家。

此老竟萧条幸有高文垂宇宙
平生怀大志广栽桃李在人间

为国育英才手栽桃李三千树
文星光万里忠肝义胆见师表

半生薄名利坐守山乡数十年
一世献丹诚广栽桃李在人间

校舍感凄凉后日典范仍足式
讲坛悲寂寞当时馨香竟无闻

一世献忠诚陋室烛光长灿烂
九天无遗憾故园桃李已芳菲

讲学立台端前无古人后无来者
修文归天上生为师表殁为仙灵

为祖国为人民克己奉公烛光莹莹照百代
爱学生爱科学鞠躬尽瘁桃李夭夭遍九州

教育终身备尝艰苦喜桃李芳菲正遍布天下
桂兰挺秀勇攀高峰看中华振兴应含笑九泉

挽平辈联

挽丈夫联

碧水青山谁做主
落花流水总伤情

假如我死替夫死
挽得君生代吾生

鲲鹏音断云千里
杜鹃声哀月一轮

裂肺撕肝小哭老
捶胸跺足妻挽夫

鸾飞镜里悲孤影
凤立钗头叹只身

燕阵残斜孤月冷
箫声吹断白云愁

欲殉难抛黄口子
偷生勉事白头翁

郎果多情楼上冀迎萧史凤
我真薄命冢前愿做舍人鸯①

亲老家贫负担忍付称孤子
行修名立诔词悲做未亡人

无禄才郎长夜不醒蝴蝶梦
伤心少妇深宵悲听子规啼

明月岂长圆过了中秋终不满
深情安可仰如何一别再难逢

数十年赤手起家你死料难如往日
八旬人白头永诀我生谅也不多时

睹物思情常疑是花前月下卿卿我我
人去房空最难为身孤影单戚戚悲悲

君去矣万事独任艰难能无追念前徽深为吾痛
儿苦哉尔父既归泉壤尚其各自努力克振家声

挽妻子联

烛剪西窗②
梅残东阁

春风闲楚管③
明月断秦箫

窗竹鸣秋雨
床琴断夜弦④

①舍人鸯：典出韩凭夫妇故事。韩凭是战国时期宋康王的舍人（王侯贵族的私门官员），其妻貌美，被宋康王强行霸占，韩凭气愤自杀，韩妻偷偷用药物腐蚀了自己的衣袖，在随宋康王登楼游玩的时候跳下，左右侍从抓住她的袖子，袖子腐坏破裂，韩妻坠楼而死。宋康王大怒，将两人尸体分别葬在两个坟墓里，不久坟头上长出两棵大树，树上停着一对鸳鸯，交颈而鸣，声音悲凉，宋国人便将这两棵树叫作相思树。

②语出唐代诗人李商隐《夜雨寄北》“何当共剪西窗烛，却话巴山夜雨时”。这首诗是李商隐游宦在外时写给妻子的信，但实际上当时他的妻子已经去世了，因交通不便，他写信时尚未获知死讯。

③楚管：楚地的一种乐器，也泛指南方乐器。语出唐代杜牧《见刘秀才与池州妓别》“楚管能吹柳花怨，吴姬争唱竹枝歌”。

④断夜弦：古人以琴瑟和谐比喻夫妻关系和美，因此断弦就成了男性丧偶的代称。

落花春已去
残月夜难圆

宝琴无声弦柱绝
瑶台有月镜奁空

春江桃叶莺啼湿①
夜雨梅花蝶梦寒②

泪残秋雨遗罗绮
肠断春风陨玉娇

梦游蝴蝶飞双影
血泪杜鹃泣孤身

每思田园共笑语
难禁空房悲泪流

瑶池旧有青鸾舞
绣幕今看白鹤翔

炊臼梦来哭尔三年发白③
断机人去愁予五月枫青

钗逐燕飞影分鸾凤悲菱镜
梭停龙化尘染鸳鸯废锦机

炊臼梦觉粉悴脂憔金阁冷
断弦情切鸾孤凤只绣帏寒

恩爱良妻苦雨凄风催汝去
可怜儿女大啼小哭要娘回

负我多情独抱鸳鸯偕老愿
祝卿再世重寻鹣鲽未完盟

菱镜影孤惨听秋风吹落叶
锦机声寂愁看夜月照空帏

亲老儿雏乌哺心情期汝助
天寒夜永牛衣劝勉有谁怜④

一百年弹指光阴天胡靳此⑤
九十载齐眉夫妻我独何堪

①桃叶：晋代王献之的妾，她死后王献之很悲伤，为她作《桃叶歌》："桃叶复桃叶，渡江不用楫。但渡无所苦，我自迎接汝。"后世泛指所爱女子。

②蝶梦：典出《庄子·齐物论》"昔者庄周梦为胡蝶，栩栩然胡蝶也"。后世以此指难以分清梦境现实的迷离感。

③典出唐代段成式《酉阳杂俎·梦》。江淮有一个王生，在街头为人占梦，商人张瞻正要回乡，梦见自己在一个石臼里煮饭，他把这个梦告诉王生，王生说："你回去可能见不到你的妻子了。"张瞻回到家，妻子果然已经去世数月。在石臼中煮饭，意味着没有锅，锅就是釜，"釜"谐音"妇"，所以王生推算这个梦的意思是"无妇"，即妻子没了。后来"炊臼"便指代丧妻。

④牛衣："牛衣对泣"的简写，典出《汉书·王章传》。汉代王章读书时家境贫寒，连棉被也没有，生病时只能以乱麻编织的牛衣御寒，自觉必死无疑，哭着与妻子诀别，妻子怒而骂道："如今京城里的高官哪一个比得上你的才学？现在不过是穷病而已，你不思奋起，反而像女人一样哭哭啼啼，行事的姿态太低下了！"后来王章出仕，官至京兆尹。

⑤胡：为何。靳（jìn），吝惜。

奔月访姮娥忍令天香虚旧馆
持花归净土徒烦松雪礼中峰

不做凡夫妻明年欲嫁今年死
愿为比翼鸟他生未卜此生休[1]

一梦黄粱别儿离孙妻耶往矣
几搔皓首断柱破镜子也凄哉[2]

苦我半生可怜举案荆妻先归天上
祝卿再世不遇登科夫婿莫到人间

数十年勤俭持家卿死料难如往日
恍然间今生永诀梦乡方能晤汝颜

樽酒昔言欢烛剪西窗犹忆笑靥畅朗
人琴今已杳梅残东阁只余月影横斜

只望儿女成人生活日美你我同享快乐
不料人愿难遂好景不长夫妻从此东西

卿竟瞑乎最难家妇初来料米量盐都未习
吾其衰矣尚有少男太稚酸风苦雨不知愁

缘尽先离伤心卅载荆钗漫说来生还有约
事多未了回首七旬椿树敢言已死便无知

最怜儿女无知犹自枕畔娇啼问阿母重归何日
但愿苍穹有眼补此人间缺憾许良缘再结来生

---

①此联挽未婚妻。

②破镜子：典出唐代孟棨《本事诗·情感》。南朝陈后主的妹妹乐昌公主嫁给徐德言为妻，陈灭亡之后，徐德言担心夫妻离散，便将一面镜子分成两半，两人各持一半，约定今后以镜为信。后来，乐昌公主被越国公杨素纳入府中，偷偷派人到集市上卖那半片残镜，被徐德言看到，夫妻相认。杨素知道这件事之后，将公主送回徐德言身边，两人回到江南相守终老。

念此生何以酬君幸死而有知奉泉下翁姑依然称意
论全福似应先我愿事犹未了看床前儿女怎不伤心

你翁哀你姑哀你祖姑尤哀听盆鼓声喧一个个顿足捶胸看你如何舍得
我女幼我子幼我次子更幼到更阑人静皆依依牵衣问母教我怎样开销

天下无不散之筵席似尔我八旬已过存何喜殁何悲三岁忝增奇则奇被卿先去
人生最难堪者迟暮纵子孙四代相依耳也聋目也瞽九原有觉等一等看我就来[1]

济艰辛尝险阻贫家妇信难为痛今朝镜破钗分欲图梦影重圆除异世再同青玉案
习荆布屏绮罗半生俭应可法奈尘海飙驰电掣赢得褶痕如旧到秋宵怕检缕金箱

挽兄弟联

北望鹡原千里远[2]
南来雁侣半行孤

不图花萼终集秀
何忍雁行自分飞

弟已决然离尘世
兄将何以慰高堂

阿弟辞尘致使荆庭悲寂寞
为兄洒泪何堪手足痛长分

魂兮归来夜月楼台花萼影
行不得也暮天风雨鹧鸪声

训弟课儿一生辛苦今犹在
持身涉世十分忠厚古来稀

竹径萧条平生壮志三更梦
云山迢递万里西风一雁哀

回想幼年时绕膝相依如我母
难疗今日病伤心何以慰吾兄[3]

云路仰天高谁使雁行分只影
风亭悲月冷忍教荆树折连枝

---

①九原：墓地，黄泉。
②鹡原：“鹡鸰在原”的简写，语出《诗经·小雅·棠棣》“脊令在原，兄弟急难”，脊令即鹡鸰。
③此为挽嫂联。

兄竟去矣地下遇双亲先为致意
弟将何为堂前抚诸子不负嘱言

雁翼折西风虽先我而生岂可先我而死
蛩音哀落日纵可悲在弟毕竟可悲在兄

挽姐妹联

贞静幽娴姐妹行中推独冠
凄凉寂寞杜鹃声里暗伤神

姐云孰怜甥顾托音容犹在目①
我来谁呼弟依稀景况尽伤情

锦瑟共年华蟠桃料饮何姑酒
文章成薄命柳絮孰题谢女诗

乐事叙家庭絮诗少调吾犹让
悲怀深手足登岸音书谁与贻

四十年生有自来身到蓬瀛天遽召
三千里没而犹视心伤桑梓母何依②

忆昔时深荷提携得助长承蒙姐惠
值此日忽传噩耗不胜凄楚哭姊来

缘尽先离伤心卌载荆枝漫说来生还有约③
事多未了回首七旬萱荫敢言已死便无知

挽朋友联

海内存知己
云间渺知音

苍天何遽丧黑发
老泪无多哭后生

眉间爽气无由见
座右清言不再闻

平生风义兼师友
来世因缘结弟兄

千里吊君唯有泪
十年知交不因文

万卷诗书堪我诵
一时风月向谁谈

①顾托：嘱托。
②此为清代梁山舟挽妹夫联，其妹夫 40 岁便去世了。
③此为清代郑苏年挽弟联。卌，音 xì，四十。

往日论交钦德厚
今朝追悼寄情哀

幸有高文垂宇宙
未酬壮志在中华

幽兰空觉香风在
宿草何曾泪雨干

犹似昨日共笑语
恍惚今时汝尚存

玉树栽来欣擢秀
琼枝萎去动悲怀

竹影仍偕身影在
墨花尽带泪花飞

学道有涯安心是乐
酒阑人散云卧天行

学富雕龙文修天上①
才雄倚马星陨人间

山川含泪悲友人难见
风云变色伤栋梁遽颓

白发依人今日哭君还哭我
青山回首几时归骨并归魂

何处听琴流水高山成古调
特来挂剑清风明月想遗徽

梁木风摧从此不见尊君影
德星夜坠往后只看仙鹤飞

我辈读书正希望鹏程万里
他山攻玉忽惊闻鹤唳九泉

长梦竟无回英姿独悬孤月冷
故乡应在望旅魂频逐白云飞

学术各门庭与子平生无唱和
交情同骨肉俾予后死独伤悲

从束发为兄弟至今属纩不知思我否
纵苦心求仕宦何益请缨当更待儿曹

好梦渺难寻白雪阳春绝调竟成广陵散②
知音能有几高山流水伤心永断伯牙琴

①雕龙：典出《史记·孟子荀卿列传》，意思是写文章犹如雕刻精美的龙纹，文辞极尽华丽精琢。

②广陵散：古琴曲名。三国时魏国的嵇康善弹此曲，但他不肯教人，后来他被陷害获罪，当时大权独揽的司马昭不顾劝阻坚持要杀他。临刑时，嵇康最后一次弹奏《广陵散》，并叹息说："这首琴曲从此绝了。"后世便以《广陵散》指代绝响之音。

挽友人妻联

香消夜月梅花寂
韵冷苍天鹤影寒

其夫贫也乐妇可知矣
有子贤且文母何憾欤

岁月无情鸳鸯折翼足令人肝肠痛断
前程有望骏马争先抬望眼心境放宽

挽晚辈联

挽子女联

沉痛昙花才一现
方知芝草本无根

庭梧虽有栖雏处
池鹤今无子和声

痛子情深尚有尔母
藐躬德薄累及吾儿

少者殁长者存数诚难测
天之涯地之角情不可终①

锦字成文淬掌居然呼不栉②
玉台断咏招魂何处拾明珠

---

①此联摘自唐代韩愈《祭十二郎文》，十二郎是韩愈的侄子，故此联用于挽侄子女。

②此联挽女儿。淬掌：刻苦学习，为了不睡觉用火烧灼自己的手掌，与悬梁刺股同义。不栉，即“不栉进士”，指有文采的女性。典出唐代《谐噱录》，某人有个妹妹文章写得很好，此人逢人就说：“我家里有个进士，只恨不栉。”古代男子束发为栉。

满腹经纶离世太早实堪叹　　月冷空床空负平时冰玉誉
一腔热血创业未及诚可悲　　云凄甥馆难回此日雨风魂①

弄玉结仙缘神女应归天上有②
掌珠遭物忌奇珍未许世间留③

弃尔子并弃尔妻此际殊多不了事④
哭吾婿即哭吾女从今竟做未亡人

痛汝命夭儿誉满亲朋始信虚名能折寿
伤余年老父默参因果好归定数只由天

学成艺成名成事业垂成天不假年胡太苛
父在母在弟在妻儿俱在我今哭汝可曾知

挽孙子女联

身列兰阶争献瑞　　搔首望长天夜月飘残丹桂子
香残桂蕊不禁秋　　伤心挥老泪和风吹折玉兰芽

①此联挽女婿。
②此联挽女儿。弄玉：传说中春秋时期秦穆公之女，嫁萧史为妻，后夫妻双双成仙而去。
③物忌：周围人们的嫉妒。
④此联挽女婿。

挽各类人士联

挽公职人员联

哀歌动大地
浩气贯长空

人间鸿羽折[1]
天上大星沉

正气留千古
丹心照万年

政绩今犹在
德名终古留

以正气还天地
将身心献人民

出生入死当年事
廉洁奉公此际心

岱色苍茫众山小
天容惨淡大星沉[2]

风雨为民终生奋斗
山川留迹一代风流

生为人民功高四海
死忠祖国名壮千秋

平凡工作系千秋大业
高尚情操留百世芳名

日月驶如流一朝永诀
风云诚不测千古同哀

魂魄明日月正气留千古
肝胆映河山丹心照万年

一身正气无愧公仆本色
两袖清风堪为后代楷模

毕生为党赢得光辉齐日月
廉洁奉公长留清白在人间

鞠躬尽瘁此心不憾尤不愧
光明磊落一生无谄也无骄

恪守党纪一生品与冰雪洁
善全晚节千古心同日月明

---

①鸿羽：指鸿雁，鸿雁可高飞，故传统俗语中也指代高升的仕途。
②此为清代纪昀挽刘统勋联。

遗爱难忘黍雨棠阴皆德政①
循声遍诵江云海水尽哀思

沥血呕心革命精神足堪效
先人后己崇高品质诚可钦

居帷幄内落落然高屋建瓴具豪杰情怀当今能有几
于执事间耿耿者忠心报国兴马列学风长别竟何堪

挽学术界人士联

才子本来多不寿
谪仙归去悟前身

为国育才曾尽瘁
此生著作永留芳

新学潮流摧砥柱
斯人风度涉云山

学界于今伤巨子
名山自古有藏书

著作等身身不死
学生继业业长存

壮怀犹在风云上
诗卷长留天地间

攻错借他山犹记兰言在耳②
音容伤隔世当堪楚地招魂

学界称人师桃李门墙宏化育
士林惜硕宿文秉星斗黯光芒

公殁犹存在天为日星在地为河岳
我生憾晚深未见江汉高不见华嵩

读书经世即真儒遑问他一席名山千秋竹简③
学佛成仙皆幻相终输我五湖明月万树梅花

①遗爱、棠阴：旧时常用“甘棠遗爱”作为对卸任官长的颂词。
②兰言：典出《周易》“同心之言，其臭如兰”，意为同心同德之言。
③此为清代毕沅自挽联。

挽商界人士联

商业界又少一个
老成人永别千秋

有长者风无市侩气
离浊尘世登极乐天

忠厚存心市井咸钦公正
音容隔世经营空惜长谋

齿德兼尊犹执谦恭延后辈
典型俱在尚留声望属商家

挽文艺界人士联

锦书留至后世赏①
挚友还于梦境交

岂知地府招骚客
应是那边要好诗

六书渊源秦汉之学②
一夕解脱神仙中人

功名事业文章他生未卜
嬉笑悲歌怒骂到此皆休③

文星酒星书星在天不灭
金管银管斑管其人可传④

挽医务界人士联

妙药良方怀大德
白衣天使留芳名

巧艺精工堪称妙手
忠心赤胆弥足真诚

恨百草竟无救汝药
念一生常有活人心

惜乎带走回春妙手
悲矣留下济世芳名

---

①锦书：语出南朝梁沈约《华山馆为国家营功德诗》“锦书飞云字，玉简黄金编”，指华美的文书。

②六书：此处指六种字体。说法有二，一为古文、奇字、篆书、隶书、缪篆、虫书；二为大篆、小篆、八分、隶书、行书、草书。

③此为清代鲍桂星自挽联。

④此为清代沈德潜挽桑调元联。

挽烈士联

出生入死
虽死犹生

千秋忠烈
百世芳名

生为人杰
死做鬼雄

生无媚骨
死有芳名

碧血染风采
青史留英名

丹心辉日月
正气壮河山

光辉齐日月
身影耀河山

正气昭天地
红心献人民

功业常齐天地永
红旗自有后人擎

守成大业怀先烈
开展宏图启后贤

一片丹心昭日月
千古大义薄云天

已立丰功垂史册
犹存大节励青年

知此死必为雄鬼
愿来生再做奇男

壮士威名昭日月
英雄豪气满山川

舍己为人当仁不让
赴汤蹈火见义勇为

天若有情应寿百年于勇士
人谁不死独将千古让英雄

英雄瞑目卫国尚多钢铁汉
烈士长眠举旗自有后来人

忠魂不泯一腔热血化春雨
大义凛然万丈豪情泣鬼神

伟大功勋如日月经天千秋永继
光辉业绩若江河行地万古长流

抛头颅洒热血御敌戍边革命烈士酬壮志
创大业展宏图开来继往祖国人民慰忠魂

挽幛

通用挽幛

百世流芳	乘鹤竟去	丹成羽化	德厚堪师
德及梓里	肝胆照人	高风亮节	光明磊落
鹤驾西天	挥泪祭祀	驾鹤归山	驾鹤云游
驾返蓬莱	教诲铭心	鞠躬尽瘁	良师楷模
良操美德	流芳百世	美德遗风	名垂千古
名耿百世	名远德高	品高德厚	寿终正寝
虽死犹生	坦德可风	桃李望春	天人同悲
痛失知音	万古长青	仙驭难回	遗志永昭
音容宛在	永垂不朽	悲同宋玉	悲恸早逝

吊男性挽幛

骖鸾腾天	苍松其萎	大雅云亡	典型尚在
殿圯灵光	风流顿尽	古柏霜摧	管鲍遗风
光仪万斛	功业长存	鹤归华表	哭奠中堂
老成凋谢	泪洒西州	临风陨涕	木坏山颓
南极星殒	蓬岛归真	骑鲸西归	神归紫府
声寂案冷	松柏常青	硕德长存	痛切山颓
香山添座	仙苑驾鹤	雅范霁光	音嗣终南
英灵随鹤	帐寒几冷	哲人其萎	作范九原

百世流芳　宝婺星沉　慈惠可式

吊女性挽幛

慈容猝然	慈帏催竹	慈孝并著	慈颜宛在
慈颜永存	慈竹风凄	芳容永存	风落长空
妇德无愧	光寒宿婺	壶范常存	花萼逊色
驾返西池	驾鸾瑶池	坤惠流芳	坤归真泉
泪洒冰清	美德遗风	孟母留迹	母仪千古
母仪足式	女史留芳	品高德厚	芹香玉冷
淑德一生	淑德常昭	淑德懿行	彤史留芳
温恭淑慎	婺宿沉芒	懿德永昭	懿范犹存
余香经月	玉埋名留		

吊父亲挽幛

哀思难尽	悲恸欲绝	椿影顿杳	德惠无极
恩德难酬	昊天罔极	鹤声寒月	空余南陔[1]
哭奠高尊	蓼莪抱痛	痛冷高堂	痛失严椿
痛失严亲	望云思亲	呜呼哀哉	薤露兴悲
严训铭心	陟岵空嗟		

吊母亲挽幛

悲随鹤唳	慈恩难报	慈逝难归	慈云缥缈
顿失慈爱	顿失慈晖	鹤鸣悲声	哭亲泪枯
母子难分	泣血萱花	伤心鹤唳	彤管流芳

①南陔：《诗经·小雅》中的一篇，仅存篇名，后人认为这是孝子告诫人们敬养双亲的歌曲。

痛失母爱　　遗爱永珍　　陟屺生悲①

吊父母双逝挽幛

痛失双亲　　严慈双颓

吊祖父挽幛

风摧祖竹　　福德留名　　遗训长昭　　祖杖仙游

吊祖母挽幛

悲读陈情　　慈恩如山　　恸切含饴　　鸾骋顿杳

吊外祖父、外祖母挽幛

难纾母戚　　懿德传世　　孙兰痛心　　痛失含饴

吊岳父挽幛

半子失恃　　岱岭月冷　　恩重泰山　　泰山其颓
痛仰岳尊　　望岳含悲　　吾将安仰　　雪冷岳峰

吊岳母挽幛

爱遗甥馆　　半子泣血　　冰清永怀　　甥馆凄情
泰水断流　　泰水枯竭　　泰水西流　　心伤泰水

---

①陟屺：语出《诗经·魏风·陟岵》“陟彼屺兮，瞻望母兮”。

吊岳父、岳母挽幛

岱老双颓　　望重二泰

吊舅舅挽幛

哭奠渭阳　　泪倾西州　　泣送渭阳①　　痛深渭阳
渭阳顿杳　　西门泣别　　西州恸然　　终成宅相

吊舅母挽幛

神伤渭水　　痛哉甥心

吊伯父挽幛

月仰仪型　　悲恸涕零　　寿终德在

吊伯母挽幛

慈颜宛在　　霜陨帏堂

吊叔父挽幛

顿失叔音　　竹林忽寂

---

①渭阳：渭河之阳，即渭河北岸。典出《诗经·秦风·渭阳》："我送舅氏，曰至渭阳？"说的是逃亡在外的晋国公子重耳欲前往投奔秦穆公，他的外甥——当时还是太子的秦康公送他到渭河北岸时所作的诗歌，表现的是甥舅之间的深厚感情。

吊婶母挽幛

婶萱忽萎	恸如陟屺

挽联横批

宝婺星沉	德及梓里	德泽永存	典范长存
风雨永怀	功贯日月	含笑九泉	浩气长存
鹤归华表	驾返蓬莱	驾返瑶池	驾鹤仙游
鞠躬尽瘁	亮节高风	流芳千古	名留后世
名垂青史	母仪千古	南极星陨	蓬岛归真
千秋忠烈	生荣死哀	师表永存	史册留芳
寿老归真	淑德可风	松柏常青	天人同悲
痛失严亲	痛失知音	我心泣血	遗爱千秋
懿范长留	音容宛在	永垂不朽	祖德千秋

名胜联

高山仰止
大河前横
——兰州白塔山联

海上神山
仙人旧馆
——广州海仙山馆联

千峰拔地
万笏朝天
——长白山天池联

白云朝夕异
明月古今同
——林纾题福建福州双骖园联

波光入窗淡
草色护阶新
——北海交翠亭联

侧耳泉声冷
举头月色清
——兰州金花庙联

丹青山外寺
红白雨中花
——福州于山联

当春莲带水
坐久蕙烟微
——故宫倦勤斋联

帆远浮天阔
江空得月多
——镇江金寺联

高峰停落日
流水和疏钟
——杭州昭庆寺联

泉清堪洗砚
山秀可藏书
——南宋朱熹题九江白鹿洞书院联

行到水穷处
坐看云起时
——北京樱桃沟半山亭联

眼中沧海小
衣上白云多
——福州鼓山联

布席只疑天上座
凭栏何异镜中游
——北京北海画舫斋联

苍官寿客结好友
岸芷汀兰入画图
——团城古籁堂联

苍松翠柏真佳客
明月清风是故人
——明代唐寅题苏州狮子林真趣亭联

潮音普觉有闻界
水观中涵智慧珠
——北京大慧寺联

长桥支海三千丈
明月浮空十二栏
——厦门鼓浪屿千波亭联

城市别开仙佛界
楼台妙在水云间
——昆明翠湖联

春风阆苑三千客
明月扬州第一楼
——元代赵孟頫赠扬州迎月楼联

春水绿波扬子渡
梅花明月状元山
——清代陈鸿寿题扬州康山联

春阳在山极其静
风趣与竹将无同
——沈阳春风亭联

灯火春星浮北郭
云霞朝景揽西神
——清代孙尔準题无锡皇甫墩联

鹅岭梅香刚吐蕊
龙城柳色尚含烟
——柳州鹅山柳宗元读书处联

逢人都说斯泉好
愧我无如此水清
——济南珍珠泉联

高处何如低处好
下来还比上来难
——兰州五泉山木坊额联

高阁逼天红日近
一川如画晚晴初
——武汉晴川阁联

红桥映海三更月
石濑通江两度潮
——清代王士禛题广州长寿庵南大池联

阶下泉声答松籁
云间树色隐峰螺
——清康熙题天津古中盘寺联

恐坏云根开地窄
爱看山色放墙低
——北京香山来青轩联

岚飞生翠常疑雨
峰有真姿不藉春
——北京北海白塔联

两京锁钥无双地
万里长城第一关
——山海关东城门联

龙峰疏柳笼烟暖
潭月劲松锁月寒
——吉林龙凤寺联

龙游凤舞中天瑞
日朗风和大地春
——北京故宫联

门前学种先生柳
日暮聊为梁父吟
——梁启超题袁崇焕祠联

三千里外一条水
十二时中两度潮
——五代僧契盈游钱塘碧浪亭所题联

四面荷花三面柳
一城山色半城湖
——济南大明湖小沧浪亭联

四时佳气恒春树
一派祥光聚景园
——北京颐和园寄澜堂联

泗水文章昭日月
杏坛礼乐冠华夷
——曲阜孔庙杏坛联

天上楼台山上寺
云边钟鼓月边僧
——北宋苏轼题吉水龙济寺联

万荷倒影月痕绿
一雨洗秋山骨青
——北京陶然亭联

一笛清风寻鹤梦
千秋皓月问梅花
——武汉黄鹤楼联

一窍有泉通地脉
四时无雨滴天浆
——南宋朱熹题广信南岩寺朱子读书处联

云归大海龙千丈
雪满长空鹤一群
——清乾隆题颐和园广润灵雨祠联

得水之情盆鱼有乐
领山之趣拳石皆奇
——北京北海庆霄楼联

兰若即清竹林亦静
诸天不老大地皆春
——舟山普陀山联

留此湖山得此佳趣
召以佳景假以文章
——南昌百花洲水心观音亭联

品峻于山怀虚若水
风清在竹气静如兰
——昆明飞云阁联

继坡公舣舟谁为过客
问相如题柱可此升仙
——上海玉带桥联

泉出乎地地久泉俱久
水生于天天长水也长
——太原晋祠难老泉联

四顾八荒茫天何其高也
一览众山小人奚足算哉
——泰山绝顶亭联

山静尘清水参如是观
天高云浮月喻本来心
——河北承德水月庵联

洞辟几时问孤松而不语
云飞何处输老鹤以长闲
——贵阳飞云洞联

海水朝朝朝朝朝朝朝落
浮云长长长长长长长消
——山海关孟姜女庙联

十方善十方缘十方结果
同修道同修德同修成仙
——山西五台山南山寺联

是君子非君子到此便现
有天良无天良临阶可知
——山西五台山龙泉寺联

竹外疏花冷香飞上诗句
梅边吹笛此地宜有词仙
——苏州怡园锄月轩联

拔地擎天四面云山拱一柱
乘风步月万家灯火接云霄
——山西应县木塔联

风声雨声读书声声声入耳
家事国事天下事事事关心
——顾宪成题无锡东林书院联

高不自鸣看碧岫烟云若隐
老当益壮问青松岁月几何
——泰山普照寺六朝松联

虹卧石梁岸引长风吹不断
波回兰桨影翻明月照还空
——清乾隆题颐和园十七孔桥联

琴韵声清松窗滴露依虫响
书帷夜永萝壁含风动月华
——清乾隆题景山观德殿联

秋壑春岩百变云烟苍莽外
渔帆雁阵四周风景画图中
——镇江浮玉北堂联

色相皆空城郭河山尽幻影
烟云过眼神仙富贵了无痕
——济南兴国寺联

曙色清明残星几点雁横塞
晨曦初朗斜月孤伶门上关
——雁门山雁门关联

有感即通千江有水千江月
无机不被万里无云万里天
——天津大悲院联

遵道而行但到半途须努力
会心不远欲登绝顶莫辞劳
——湖南衡山半山亭联

登高远望四面云山千家烟树
长啸临风一川星月万里江天
——吉林北山旷观亭联

历代数鳌头朱墨千秋崇虎榜
题名附骥尾浮屠七级幻龙门
——西安大雁塔联

一水绕荒祠此地真无关节到
停车肃遗像几人得立姓名尊
——合肥包公祠联

演悲欢离合当代岂无前代事
观抑扬褒贬座中常有剧中人
——北京正乙祠戏楼联

终日解其颐笑世事纷纭曾无了局
经年坦乃腹看胸怀洒落却是上乘
——明代余昂题海会寺联

春醪独抚秋菊盈园高谢人间每纵心长往
花药分列林竹翳如任怀得意便欣然忘餐
——上海辛园联

亭前古井长留激浊扬清淡泊要明廉吏志
窗外孤峰突立居高临下伛偻须识老人心
——贵阳唾绿楼联

十年幕府悲秦泪诗史数千言秋天一鹄先生骨
一卷唐诗补蜀风草堂三五里春水群鸥野老心
——成都杜甫草堂联

同心相应同气相求约同仁小住为佳答云所谓之同
乐以忘忧乐以忘惧问乐事于今何在贤者也有此乐
——天津同乐戏院联

上一点下一点与我何干到此处看看都只为游山玩水
达也好窘也好管他怎甚来这边走走无非是拜佛烧香
——衡山雁峰寺联

半壁起危楼岭如屏海如镜舟如叶城郭村落如画况四时风月朝暮晴阴试问古今游人谁领略万千气象
九天临绝顶洞有云崖有泉松有涛花鸟林壑有情忆八载星霜关河奔走难得栖迟故里来啸傲金碧湖山
——昆明西山飞云阁联